Lipper Blut

Uwe Voehl

Lipper Blut

Roman

Verlag topp+möller
Detmold 2016

Titelbild: Redzep Memisevic
Umschlaggestaltung: Kreativagentur · topp+möller conAct

Bibliografische Information Der Deutschen Bibliothek
Die Deutsche Bibliothek verzeichnet diese Publikation in der Deutschen Nationalbibliografie; detaillierte bibliografische Daten sind im Internet über http://dnb.ddb.de abrufbar.

ISBN: 978-3-936867-64-0

Erste Auflage 2016

Verlag und Gesamtherstellung: topp+möller, Detmold
Lektorat: Volker Maria Neumann

Für meinen Vater,
der nie ein Buch las.

„Hier in Lippe,
da hab ich den Himmel auf Erden."
(Friedo Petig)

Personenregister:

Das Personal:
Balthasar Held, Besitzer des Kur-Schlößchens mit „Esszet“
Amelie-Clara, tätowierte Servicekraft
Franz Stummer, Chef-Portier
Lisa, Servicekraft
Heinz Henkel, genannt „Henkelmann“,
 Laufbursche und Kofferträger
Sammy, Küchenjunge aus Schwarzafrika
Martha Agathe Przybilla,
 resolute Köchin aus dem Ruhrpott
Katja, Housekeeping
Beate „Klümchen“ Krcmar, Zimmermädchen und
 Servicekraft, eigentlich Jurastudentin in Bielefeld

Die Gäste:
Heinrich von Meyrink, sturer Oberst a.D.
Luisa Zimmer, die Dame in Grau
Herr und Frau Luetkers, fideles Ehepaar
Frauke Hoyerswort, Fashion-Queen
Fee Brinkmann, kratzbürstige Feministin
Ralf Friedel, knallharter Manager
Volker Machoffsky aus Bremen,
 Präsident vom Westernclub Jesse James
Steven Willmers, Handlungsreisender
Anne-Kathrin Rosenberg, ehemalige Moderatorin
Tobias Höwel und Lena Brink, jung verliebtes Paar
Herr Nair, indischer Reisender

Weitere Personen:
Horst Strohmeier, Informant
Bernd Schwarzkopf, Stadtplaner
Jochen „Doc“ Schneider, von Haus aus Orthopäde
Hermann Schmolke, Security

Tatort *Kur-Schlößchen*

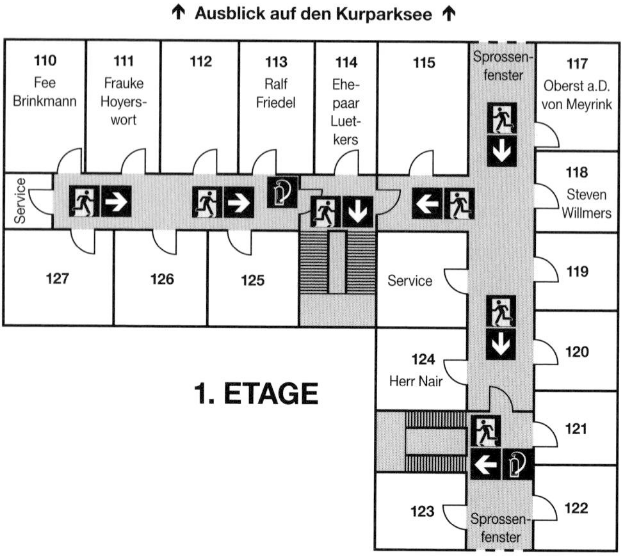

Prolog:

Fürstin Pauline war soeben ihrer Kutsche entstiegen, als sie das merkwürdige Gebilde auf den Höhen des Teutoburger Waldes erblickte. So etwas hatte sie noch nie gesehen. Es schien sich um eine Art Tempel oder Burganlage zu handeln. Die Säulen trugen ein Kuppeldach. Darauf thronte eine kriegerische Gestalt. Das Schwert zeigte in Siegerpose gen Himmel, der sich blutrot verfärbt hatte. Aber deutete der geflügelte Helm nicht vielmehr auf Hermes hin, den Götterboten? Fürstin Pauline erschauerte leicht, als ihr einfiel, dass Hermes nicht nur der Schutzgott der Reisenden, Kaufleute und Hirten war, sondern auch die Seelen der Verstorbenen in den Hades geleitete.

Unwillkürlich schaute sie sich um. Sie war allein mit der Kutsche gekommen. Und nun stand sie hier schutzlos und wie erstarrt am Fuße des Teutoburger Waldes, während die Sonne bereits unterging und die Landschaft in einen magischen Lichtschein tauchte.

Gigantisch musste die Figur auf dem Kuppeldach sein, dass sie selbst aus der Entfernung so deutlich zu erkennen war. War es eine Vision? Wollte sie der Teufel narren? Würde der Riese im nächsten Moment von seinem Dach klettern und zu ihr herabsteigen? Bei dem Gedanken zitterte sie leicht, aber nicht mehr vor Furcht, sondern vor Erregung.

Erst ein paar Wochen zuvor hatte sie hier gestanden, an genau derselben Stelle, und da war der Hügel, auf den sie nun blickte, nur mit Bäumen bedeckt gewesen. Sie liebte es, der Enge des Protokolls zu entfliehen, sich in eine Kutsche zu setzen und allein durch die wunderschöne lippische Landschaft zu fahren.

Allenfalls hatte sie Furcht vor Räubern verspürt. Die Hinrichtung des Schinderhannes auf dem Schafott war noch in aller Munde. Mit seiner Räuberbande hatte er zuletzt im Taunus reiche Leute ausgenommen, so hieß es. Der Taunus war weit weg, und der Schinderhannes inzwischen um einen Kopf kürzer. Aber wer sagte ihr, dass nicht auch im Teutoburger Wald jemand wie er sein Unwesen trieb? Jedoch hatte sie bislang nur von Wilderern gehört, und die machten ihr bei Weitem mehr Kopfzerbrechen.

Und nun stand sie hier und betrachtete das Wunder. Doch länger zu verweilen, wagte sie nicht. Gleich würde es dunkel werden. Sicherlich vermisste man sie schon längst.

Sie warf noch einen letzten Blick auf die Schwertgestalt, dann raffte sie ihre Kleider und lief zur Kutsche, um zurück ins Schloss zu fahren.

Auch wenn sie die Fürstin war, niemand würde ihr glauben, was sie gesehen hatte.

Also behielt sie es besser gleich für sich.

Aber sie schwor sich, wiederzukommen.

Sie musste das Geheimnis des Schwertmannes lüften.

Teil 1

Bis aufs Blut

I. Turbulenter Samstag

1. Ein Gast kommt selten allein

Vierundzwanzig Stunden bevor die grässlichste Entdeckung, die je das *Kur-Schlößchen* erschüttert hatte, publik wurde, war die Welt von Balthasar Held noch einigermaßen in Ordnung.

Ostern war hart gewesen. Viele Gäste waren wegen des kalten Wetters gar nicht erst gekommen. Die Wochen danach waren genauso grausam verlaufen. Wetter- wie umsatzmäßig. Und noch eine Woche vor Himmelfahrt hatte sich der April von seiner störrischsten Seite gezeigt. Hagel- und Regenschauer am Tag gaben sich die Hand mit den Nullgrad-Temperaturen in der Nacht.

Mit dem Mai schien nun endlich der Frühsommer einzukehren.

Balthasar Held saß im Frühstückssaal seines *Kur-Schlößchens* und sah den beiden Schwänen zu, die auf dem Kurparksee beschaulich ihre Kreise zogen. Nebenbei zählte er die Gäste, die sich heute Morgen gleich ihm hier niedergelassen hatten.

Auf mehr als sechs kam er nicht. Dafür aber schien eine freundlich gestimmte Morgensonne durch die Panoramascheiben und verlieh dem Raum gleich einen heiteren Anstrich.

„Noch einen Kaffee, Chef?"

Er schrak aus seinen Gedanken hoch und nickte Amelie-Clara zu. Amelie-Clara war eine seiner Servicekräfte. Schon drei Jahre war sie bei ihm. Gerade mal zwanzig Jahre alt – und bildhübsch. Manche älteren Gäste beschwerten sich über ihr Lippenpiercing und ihre Tattoos am Hals und an den Armen. Wahrscheinlich war sie auch sonst noch am ganzen Körper tätowiert. Balthasar hatte nicht nur nichts dagegen einzuwenden, er mochte alles an ihr: den koketten Augenaufschlag, das leicht freche Grinsen und ihr Selbstbewusstsein. Vor allem aber war sie in den drei Jahren zu einer schon fast perfekten Hotelfachfrau herangereift und las den Gästen die Wünsche von den Augen ab. Nicht alle. Aber die meisten.

Er nickte, und Amelie-Clara schenkte ihm nach. In seine neue Lieblingstasse mit dem Konterfei der Queen, die erst vor Kurzem ihren neunzigsten Geburtstagstag gefeiert hatte. Da hatte er noch ein paar Jahrzehnte vor sich, bis er dieses biblische Alter erreicht hätte. Und auch dieser Gedanke hellte seine Stimmung auf.

Über seine Tasse hinweg schaute er zum nächsten Tisch. Der war nicht besetzt, aber dahinter saß mit dem Rücken zu ihm Heinrich von Meyrink, Oberst a.D. Vor zwei Jahren war er mit ihm mehrmals aneinandergeraten, aber im Guten auseinandergegangen. Seitdem kam der Oberst a.D. jedes Jahr im Frühjahr für ein paar Wochen, um hier im *Kur-Schlößchen* die morschen Knochen durchlüften zu lassen. Nach dem spartanischen Frühstück und der morgendlichen Zeitungslektüre würde er sich ins nahegelegene Therapiezentrum zu seinen täglichen Kuranwendungen begeben.

Balthasars Blick wanderte weiter zum nächsten Tisch. Die Frau, die dort allein ihren Tee trank, war seit einer Woche hier zu Gast. Luisa Zimmer war ihr Name. An ihr war alles grau: der Rock, der über die Knie ging und altmodisch geschnitten war. Der Rollkragenpullover, der sich über einen flachen Busen spannte. Und auch das kurzgeschnittene Haar war grau, obwohl Luisa Zimmer noch gar nicht so alt wirkte. Balthasar schätzte sie auf Mitte fünfzig. Wahrscheinlich war auch ihr Herz ergraut.

Er wusste nicht, warum sie im Kurbad war. Nach dem Frühstück zog sie sich meistens auf ihr Zimmer zurück. Manchmal sah er sie um den Kurparksee spazieren gehen. Dann erinnerte sie ihn in ihrem weiten, grauen Flattermantel an einen traurigen Reiher.

Auf der anderen Seite des Frühstückraumes hatten Herr und Frau Luetkers Platz genommen. Beide waren Ende fünfzig. Er war ein Sportfreak und meistens mit dem Mountain-Bike unterwegs. Sie dagegen liebte die Jagd. Auf Männer. Während ihr Mann mit dem Rücken zu Balthasar saß, lächelte sie zu ihm herüber und kniff ihm ein Auge zu. Balthasar grüßte dezent zurück. Solange sie ihre Männerbekanntschaften nicht in sein *Kur-Schlößchen* mitschleppte, war es ihm egal, was sie trieb. Die beiden schienen sich arrangiert zu haben, da hatte er sich nicht einzumischen.

Gäste fünf und sechs tanzten aus der Reihe. Zumindest altersmäßig. Mit seinen beinahe vierzig Jahren fühlte sich Balthasar mitnichten alt, aber die beiden waren höchstens Mitte zwanzig. Sie turtelten herum wie frisch verliebt, gingen Arm in Arm und hielten auch jetzt über den Tisch hinweg Händchen.

Fast war Balthasar ein wenig neidisch, als er den verliebten Blick sah, mit dem die Frau ihren Begleiter anhimmelte. Das erinnerte ihn daran, dass er nach wie vor Single war und es augenblicklich nirgendwo ein Objekt gab, auf das er seine Leidenschaft hätte lenken können.

Manchmal hatte es natürlich auch seine Vorteile, sich ganz auf sich besinnen zu können. Denn so konnte er sich umso mehr dem *Kur-Schlößchen* und dem Wohl seiner Gäste widmen.

Ein weiterer früher Gast betrat den Frühstücksraum. Unwillkürlich schaute Balthasar einen Moment lang länger hin. Die Frau war ihm fremd. Wahrscheinlich hatte sie erst am Abend zuvor eingecheckt.

Das dunkle, nach hinten gebundene Haar war von wenigen grauen Strähnen durchwirkt. Die katzengrünen Augen hinter einer schmalrandigen Brille blickten neugierig umher. Die schmalen Lippen mit dem dezenten Lippenstift waren leicht nach oben gewinkelt. Das passte zu den Lachfalten um ihre Augen herum.

Dennoch lag über dem Gesicht ein Schatten, der kein Anrecht zu haben schien, es zu verschleiern. Die Frau trug eine hellblaue Strickjacke und Jeans, dazu schlichte Sneakers, ganz so, als würde sie sich wie zu Hause fühlen.

Unwillkürlich stellte sich Balthasar tatsächlich die Frage, wie es bei ihr daheim aussah. Sicherlich hatte sie alles geschmackvoll und gemütlich eingerichtet. Sie wirkte auf ihn wie eine Frau, die etwas vom Einrichten verstand.

Sie schaute kurz in seine Richtung, nickte ihm zu und hatte sich schon wieder abgewandt, bevor er den Gruß erwidern konnte. Sie setzte sich an einen der Fensterplätze, wählte aber den am weitesten entfernten und saß, wie der Oberst, mit dem Rücken zu Balthasar.

Eine Zeitlang betrachtete er sie. Was faszinierte ihn an dieser Frau? Sie hatte etwas an sich, das die Blicke auf sich zog, obwohl sie nicht unbedingt eine Schönheit war. Dafür war ihre Nase etwas zu spitz und ihr Kinn ein wenig zu rund. Vielleicht war es die Selbstverständlichkeit, mit der sie ihre offensichtliche Last trug. Woraus auch immer die bestand. Vielleicht hatte sie ja einen Todesfall zu beklagen. Ein geliebter Mensch, ihr Ehemann, ihre Eltern waren von ihr gegangen. Jedoch trug sie äußerlich kein Zeichen der Trauer.

Balthasars Gedanken wurden unterbrochen, als der Oberst a.D. die Zeitung ergriff, sich erhob und sich wie so oft ungefragt zu ihm setzte.

„Die Welt ist ein Jammertal“, begann er. „Haben Sie heute schon die Zeitung gelesen?“

„Nein, aber Sie werden sie mir sicher gleich erzählen“, seufzte er. In den Augen seines Gegenübers glaubte er für einen Moment ein leichtes Glimmen zu erkennen, als Ausdruck diebischer Freude, wieder mal ein Opfer gefunden zu haben.

Balthasar lehnte sich ergeben zurück und hoffte wie immer nur, dass nicht die anderen Gäste Anstoß nahmen an der radikalen Gesinnung des Ruheständlers, der nicht im

Geringsten daran dachte, einen Hehl aus seiner Meinung zu machen. Dementsprechend laut verkündete er sie bei jeder Gelegenheit. Doch diesmal waren es ausnahmsweise keine politischen, die Welt bewegenden Ereignisse, die den Oberst a.D. in Rage brachten, sondern eine Nachricht auf der Lokalseite.

„Haben Sie das denn noch nicht gelesen? Jetzt bin ich zum dritten Mal hier zu Gast und betrachte das *Kur-Schlößchen* als meine Burg. Und ich werde es nicht zulassen, dass mir irgendein Halsabschneider von Spekulant meinen Blick verbaut!“

„Ihren Blick verbaut?“ Das ging ihm jetzt zu schnell. Balthasar hatte die Ohren bereits halb zugeklappt und erwartete Kommentare zur deutschen Innenpolitik oder dem Präsidialsystem in Aserbaidschan.

„Hier steht's doch schwarz auf weiß, zum Donnerwetter! Haben Sie denn wirklich noch nicht in die Zeitung geguckt?“

Nein, die überließ er immer erst Gästen wie dem Oberst. Es lag ihm auf der Zunge, etwas in der Art zu erwidern, aber das Thema alarmierte ihn viel mehr.

„Zeigen Sie mal her!“, sagte er und riss dem Mann die Lippische Tageszeitung aus der Hand. Tatsächlich, da stand es! Als Aufmacher auf der Lokalseite!

Das Foto war von der anderen Seite des Sees aufgenommen. Es zeigte das *Kur-Schlößchen*, eingerahmt auf der linken Seite von der leerstehenden Kurparkklinik, die im Hintergrund aufragte, und dem Biergarten auf der rechten Seite. Allerdings war das Foto so bearbeitet worden, dass statt des Biergartens ein gläserner Pavillon dastand. Zwischen der protzig wirkenden Kurklinik und dem Pavillon war eine gläserne Brücke ins Foto retuschiert worden, die beide Gebäude verband. Diese führte direkt über dem Ufer des Kurparksees entlang und versperrte damit dem *Kur-Schlößchen* den Blick darauf.

„Das kann nur ein Witz sein!“, entfuhr es Balthasar. Aber der 1. April war längst vorbei. Warum sollte die Zeitung einen solchen Unsinn veröffentlichen, wenn nicht zumindest ein Fünkchen Wahrheit daran war?

Unter der Fotomontage stand der Name des Urhebers: ein Architekturbüro, dessen Name Balthasar noch nie gehört hatte.

Dann las er den Artikel. Geschrieben war er nicht von irgendeinem Komiker, sondern von einem der profiliertesten Schreiber der Lokalredaktion, Ralf Wange.

Mit jeder Zeile stieß ihm der zuvor so gemundete Kaffee mehr auf. Dem Artikel zufolge war die seit Jahren leerstehende Kurparkklinik endlich verkauft worden. An einen Investor, der dem Artikel nach sich schon mit dem jetzigen Betreiber des Biergartens auf den Verkauf geeinigt hatte. Geplant war, ein Tagungs- und Erholungshotel für stressgeplagte Manager und Vorstände daraus zu machen. Und die geschwungene Glasbrücke sollte darüber hinaus eine neue optische und touristische Attraktion werden.

Aber warum wollte der Investor den Biergarten kaufen, der einem Pavillon Platz machen sollte? Und wozu überhaupt die Brücke? Waren Manager fußfauler als andere Menschen? Konnten sie nicht einen kleinen Umweg in Kauf nehmen, um von A nach B zu gelangen? Das alles machte keinen Sinn. Er reichte seinem Gegenüber die Zeitung zurück.

Der Alte belauerte ihn wie ein Habicht. „Nun, was sagen Sie jetzt?“ „Dass es sich um eine Zeitungsente handeln muss“, erklärte Balthasar schroff. Er hoffte, dass seine Stimme dabei nicht zu sehr zitterte, denn noch saß der Schock tief.

Und die Wut. Natürlich würde es nie zu dem Projekt kommen. Aber dass ihm niemand zuvor von dem verrückten Plan etwas erzählt hatte, machte ihn zornig.

„Und wenn doch ein Fünkchen Wahrheit dran ist?“, fragte der Luchs von Oberst. „Die Ehre wird im Krieg zum Gerücht, das sich wie im Lauffeuer verbreitet!“

„Wir sind aber nicht im Krieg, und ich schwöre Ihnen, der unverbaute Blick auf den Kurparksee wird Ihnen erhalten bleiben.“

„So gefallen Sie mir! Viel Feind, viel Ehr! Und Sie haben Glück, junger Mann! Ich habe soeben beschlossen, mich auf Ihre Seite zu schlagen!“

„Vielen Dank, aber ich glaube, die Sache wird sich auch so schnell aufklären lassen.“ Er stand auf, nickte dem Oberst a.D. zerstreut zu und stürmte aus dem Frühstücksraum, ohne auf die überraschten Blicke der Gäste zu achten.

Beim Rausgehen stieß er fast mit Herrn Nair zusammen. Der braungebrannte Inder im edlen Zwirn verbeugte sich lächelnd und entschuldigte sich.

„Das war meine Schuld“, stammelte Balthasar. „Ich bitte vielmals um Verzeihung!“

Dann lief er an Herrn Nair vorbei.

Im Empfang stand wie immer Franz Stummer hocherhoben hinter dem Tresen und wachte über sein Reich. Obwohl er im gleichen Alter wie Balthasar war, hatte er eine etwas altmodische Art an sich. Balthasar hatte ihn im Hotel nie anders als in seiner Livree angetroffen, obwohl er ihm etliche Male zu verstehen gegeben hatte, dass ein Anzug auch genügen würde. Sogar eine Kombination. Seinetwegen konnte Stummer die Gäste des *Kur-Schlößchens* auch in Jeans empfangen, aber allein der Gedanke hatte diesem die Blässe ins Gesicht getrieben.

Trotz dieser und gewisser anderer Differenzen war und blieb Stummer der wichtigste Mann an seiner Seite. Er war seine rechte Hand und hielt ihm den Rücken frei, wann immer es erforderlich war.

Im Moment hatte der Portier allerdings keinen Blick für seinen heranrasenden Chef. Er schaute lächelnd der Dame entgegen, die soeben durch das Portal trat.

Sie war kurz stehen geblieben, um sich zu orientieren, dann kam sie mit ihrem Luxus-Trolley direkt auf Balthasar zugeschwebt. Ihr Lächeln elektrisierte ihn. Sie strahlte ihn geradezu an, als wäre das *Kur-Schlößchen* der Himmel auf Erden, den sie endlich nach langer und mühevoller Pilgerfahrt erreicht hatte.

Allerdings musste sie während der Pilgerfahrt einen vorzüglichen Frisör aufgesucht haben, ebenso ein Kosmetikstudio und eine Modeboutique, denn sie sah so gestylt aus, als wäre sie einem Katalog entstiegen. Oder zumindest der Brigitte oder einer anderen Frauenzeitschrift.

Die blonden Haare umrahmten in langen Wellen ihr Julia-Roberts-Gesicht. Und auch der Rest, also unterhalb des Halses, machte einer *Pretty Woman* alle Ehre. Wenigstens soweit Balthasar das unter ihrem steinfarbenen Kurzmantel erkennen konnte.

Die Frau strahlte noch immer, schüttelte anmutig ihre blonde Lockenpracht – und wandte sich Franz Stummer zu. Auch der hatte die ganze Zeit den Gast nur angestrahlt, aber er hatte zumindest einen Grund: Ihr Lächeln hatte ihm gegolten.

Zu spät bemerkte Balthasar, dass er nur die zweite Geige spielte. Oder vielleicht auch gar keine. Er hatte das Lächeln bereits mit einem breiten Grinsen erwidert, und kam sich nun ganz schön dämlich vor. So als wenn er der Dame zur Begrüßung die Hand ausgestreckt und diese sie ignoriert hätte.

Dann eben nicht!

Dafür legte sich Franz Stummer mächtig ins Zeug. Nachdem sie sich als Frauke Hoyerswort vorgestellt hatte, schaute der Portier wichtigtuerisch auf seinen Monitor, tippte lässig auf einige Tasten und verkündete: „Ah ja, Sie haben das Einzelzimmer für drei Tage gebucht. Ehrlich gesagt, es ist nicht gerade unser Vorzeigezimmer, da ohne Balkon und zur Straße rausgehend … aber warten Sie mal …“ Diesmal tanzten seine Finger nahezu einen Walzer auf der Tastatur. „Ich könnte Sie ohne Weiteres upgraden. Ein Doppelzimmer ganz für Sie allein, mit Sonnenterrasse zum Kurparksee …"

Frau Hoyerswort sah ihn dankbar an. „Sie sind ein echter Schatz. Wenn Sie wüssten, wie ich die Sonne genießen werde!"

„Ich begleite Sie hinauf zu Ihrem Zimmer", dienerte Stummer und verließ die Rezeption, um ihren Koffer zu nehmen.

„Der ist aber ganz schön schwer. Haben Sie da etwa Kanonenkugeln im Gepäck?", scherzte Stummer.

„Nein, nur eine Walther PP. Aber es ist bloß eine Schreckschusspistole", hörte Balthasar Frau Hoyerswort antworten. „Heutzutage weiß man ja nie …"

„Na, dann bin ich ja beruhigt! In unserem Hotel sind Sie aber sicher wie in Abrahams Schoß."

„Übrigens, mein Mercedes steht noch in Ihrer Einfahrt. Wenn Sie ihn bitte in Ihre Tiefgarage fahren könnten." Sie ließ den Schlüssel in Stummers ausgestreckte Hand fallen.

„Aber sicher doch, Gnädigste."

Den Rest der eigenwilligen Konversation bekam Balthasar nicht mehr mit, denn während er den beiden nachgeblickt hatte, wie sie zum Aufzug gingen, hatte sich eine weitere Person vor der Rezeption aufgebaut.

„Entschuldigen Sie, wenn ich störe …"

Balthasar wandte den Kopf und fühlte sich zurück in die Normalität katapultiert. Die Frau, die da mit energisch in breite Hüften gestemmten Fäusten vor ihm stand, schien ihm genau das Gegenteil von Pretty Woman. Normalerweise stand er über diesen Äußerlichkeiten. Vor allem innerhalb der eng gesteckten Grenzen des *Kur-Schlößchens* war ihm jeder Gast zunächst einmal gleich wert. Aber er musste zugeben, dass Frauke Hoyerswort schon einen ganz besonderen Eindruck auf ihn gemacht hatte.

„Was starren Sie so? Sind Sie taubstumm?"

„Nein, entschuldigen Sie“, beeilte sich Balthasar zu versichern. „Sie sind …?

„Fee Brinkmann“, stellte sie sich vor, und er betrachte sie genauer: Die schwarze Pagenfrisur klebte wie ein Helm um ihren rundlichen Kopf. Sie war patschnass, und erst jetzt fiel ihm auf, dass es zu regnen begonnen hatte. Ihr bunter Strickpullover Marke Wollstübchen, der ihr gut zwei Nummern zu groß war, schlabberte wie ein leerer Heißluftballon bis zu ihren Knien. Dazu trug sie quietschgelbe Gummistiefel, die ihn an Entenfüße erinnerten. Eine Fee hatte er sich anders vorgestellt.

„Sie starren wohl jede Frau so an, wie?“, schnarrte sie unfreundlich.

„Äh, wie kommen Sie darauf?“

„Na, erst gaffen sie dieser Tussi hinterher, und jetzt kriegen Sie bei meinem Anblick Stilaugen. Da kann ich ja froh sein, dass ich kein T-Shirt trage.“

Balthasar seufzte ergeben. Aber er schluckte jede Entgegnung, die ihm auf der Zunge lag, hinunter. Ein Gast war ein Gast. Auch wenn er Fee Brinkmann hieß und Gift und Galle spuckte. Vielleicht war sie auch nur so angefressen, weil sie durchnässt war.

„Hatten Sie keinen Regenschirm dabei?“, fragte er. „Wir …“ haben Hotelregenschirme für unsere Gäste zum Ausleihen, hatte er sagen wollen. Aber Fee Brinkmann unterbrach ihn. „Was glauben Sie, warum ich so aussehe? Weil mich irgendeine Pissnelke mit ihrem Mercedes fast überfahren hätte! Jedenfalls ist sie so dicht an mir durch eine Pfütze gezischt, dass ich bis zu den Haaren unter Wasser stand. Und wissen Sie, was das Schönste ist?“

„Dass Ihr Zimmer bestimmt über eine Wanne und heißes Wasser verfügt?“

„Nein“. Diesmal grinste sie auf diabolischste Weise. „Das Schönste ist, dass der Mercedes direkt vor Ihrem Eingang parkt, und ich garantiert herausbekommen werde, wem er gehört! Sie wissen nicht zufällig, wer ihn gefahren hat?“

Balthasar zuckte bedauernd mit den Schultern, obwohl ihm plötzlich klar war, warum Frauke Hoyerswort so trockenen Hauptes das Hotel betreten hatte.

Das konnte noch heiter werden!

Normalerweise war er sich nicht zu schade, die Arbeit seines Portiers zu übernehmen. Im Gegenteil, er liebte es, seine Gäste persönlich zu begrüßen und zu umhegen. Aber in diesem Falle hatte er keine Lust. Er winkte Lisa herbei, eine seiner Servicekräfte, und bat sie, die Formalitäten zu übernehmen.

„Ah ja, der Herr Hoteldirektor ist sich dazu natürlich zu schade", hörte er den neuen Gast ätzen. „Das ist typisch, dass in einer Welt von Frauen der Mann, überdies mit unebenbürtigen Merkmalen versehen, den Ton bestimmt."

„Donnerwetter? Haben Sie sich das gerade eben ausgedacht hat?"

„Nein, diese Weisheit stammt von einer anderen klugen Frau und Philosophin."

Balthasar wendete sich augenrollend ab. Allerdings hatte er noch Hoffnung. Manch ein Gast kam noch weit verbiesterter an und verließ das *Kur-Schlößchen* mit einem Lächeln auf den Lippen.

Einen Augenblick lang wusste er gar nicht, warum er hier noch stand. Dann fiel es ihm wieder ein. Er hatte mit Stummer über dieses verrückte Brückenprojekt sprechen wollen. Aber der war ja beschäftigt.

Balthasar kam sich ein wenig nutzlos vor. Am liebsten hätte er sich Luft gemacht und bei der Stadt angerufen, um herauszufinden, wer für den Unsinn mit der Glasbrücke verantwortlich war. Aber heute war Samstag. Da würde er keinen der Verantwortlichen im Rathaus erreichen. Er würde sich also bis Montag gedulden müssen.

Oder aber … plötzlich kam ihm eine Idee. Ohne sich zu verabschieden, riss er seinen immer griffbereiten Trenchcoat von der Gästegarderobe im Foyer und stürmte hinaus.

Er überlegte kurz, ob er den einen Kilometer langen Weg bis zur *Kleinen Kneipe* zu Fuß oder mit seinem Meijs-Moped zurücklegen sollte. Seitdem er das Elektromoped im Retrolook besaß, mochte er am liebsten gar nichts mehr per pedes erledigen. Dazu war es einfach zu bequem. Der gefederte Ledersattel bot sogar für seine geschätzten hundert Kilo Lebendgewicht ausreichend Komfort. Außerdem sorgte es allerorts für Staunen, wenn er auf dem Motorman angedüst kam. Insofern war es auch ein idealer Werbeträger. Die Akkubox, die wie ein Tank unter dem Oberrohr klebte, trug den Schriftzug des *Kur-Schlößchens*.

Aber diesmal ließ er das Moped in der Garage. Er war viel zu geladen, und bei einem kleinen Fußmarsch würde er sicherlich etwas Dampf ablassen können.

Bis auf ein paar letzte Regenpfützen zeigte sich der Samstag von der besten Seite. Vor dem Kurparkzentrum saßen die Frühaufsteher bereits im Schatten der mächtigen Gradierwerke, um die salzhaltige Luft zu inhalieren. Die Bänke auf dem Platz waren bereits an jene vergeben, die sich lieber die Morgensonne gönnten. Paulinchen, die elektrische Touristen-Bahn im Design einer alten Lokomotive, wartete bereits auf die ersten Mitfahrer. Balthasar winkte im Vorübergehen dem Fahrer zu.

Hier schien die Welt noch in Ordnung. Alles atmete Ruhe und Beschaulichkeit. An der Sechzigerjahre-Architektur würde wahrscheinlich auch in den nächsten fünfzig Jahren niemand mehr etwas verändern. Größenwahnsinnige Brückenkonstruktionen hatten hier keine Chance.

Er eilte weiter, vorbei an den schönen Villen im Bäderstil, nahm eine Abkürzung und fand sich schließlich in der Fußgängerzone wieder. Das seit einem Jahr neu verlegte Pflaster gefiel ihm nicht. Er hatte nichts gegen Modernität, im Gegenteil, Neues im Kontrast zu dem Althergebrachten forcierte er ja selbst in seinem *Kur-Schlößchen*. Aber mit dem neuen Pflaster wirkte die Fußgängerzone so steril wie ein Flughafenterminal. Vor allem abends, wenn sie ausgestorben war.

Jetzt jedoch belebte das Menschengewirr die Stadt und schuf eine freundliche Atmosphäre. Auf den meisten Gesichtern lag ein Lächeln, weil das Wetter endlich einmal Frühling versprach.

Balthasar schritt an dem historischen Postgebäude mit der Backsteinfassade vorbei und überquerte den Marktplatz. Es schien, als hätten die Händler heute ihr Obst und Gemüse poliert, damit es in der Sonne noch mehr glänzte.

Am Imbissstand überlegte Balthasar kurz, ob er sich nach dem Fußmarsch erst einmal eine Currywurst gönnen sollte, entschied sich aber dagegen. Noch war sein Magen vom üppigen Frühstücksbuffet wohl gefüllt. Er war bei sich selbst nur zu gern zu Gast. Außerdem rief zunächst die Pflicht.

Er hoffte, dass er Horst Strohmeier überhaupt antraf. Auf seinen morgendlichen Marktgängen hatte er den gutgelaunten Vierzigjährigen bei schönem Wetter stets vor der *Kleinen Kneipe* beim Frühschoppen sitzen sehen.

Strohmeier war unverheiratet und hinter jedem Schlüpfer her. Sein Pech war, dass er sich zwar für einen Adonis hielt, dies aber vom anderen Geschlecht in der Regel anders beurteilt wurde. Daher traf man ihn meist dort an, wo Frauenüberschuss herrschte. So wie samstagmorgens, wenn Markt war. Im Moment sah es für ihn noch eher düster aus. Der Altersdurchschnitt lag bei Ü 70.

Balthasar erspähte den selbsternannten Playboy sofort. Die Minipli-Frisur gab es in der ganzen Stadt nur einmal: auf dem Kopf von Horst Strohmeier. Er saß allein an einem Tisch vor der *Kleinen Kneipe*, vor sich ein Weizenbier, und ließ seinen Adlerblick kreisen. Dabei nahm er Balthasar bewusst nicht wahr.

Erst als dieser wie ein Büffel auf ihn zugeschritten kam, trat so etwas wie ein Fluchtinstinkt in seine Augen. Aber er blieb sitzen.

„Grüß dich, Balthasar. So früh schon auf der Pirsch. Setz dich doch!“

Balthasar hatte bereits ungefragt Platz genommen. „Gut, dass ich dich treffe. Hast du heute schon die Zeitung gelesen?“

Strohmeier wand sich. „Wieso sollte ich? Ist jemand gestorben?“

„Es könnte in der Tat demnächst ein paar mehr Leichen geben“, sagte Balthasar. „Wer hat sich denn die Schnapsidee mit der gläsernen Brücke einfallen lassen?“

Strohmeier tat, als müsste er schwer überlegen. Dann schlug er sich theatralisch mit der flachen Hand gegen die Stirn und lachte gezwungen. „Ach das meinst du!“

„Ja das!“

Strohmeier war einer der begabtesten Analogsachbearbeiter und Aktenaussitzer im ganzen Rathaus. Schon das Wort Arbeit mied er wie die Pest – es bestand ja die Gefahr, sich anzustecken. Dafür meldete er sich für jeden Posten, der ein wenig Abwechslung versprach. Seit Kurzem war er Koordinator des Öffentlichen Toilettenausschusses. Strohmeier galt als Chefzäpfchen. Das hatte den Nachteil, dass er seinen Vorgesetzten öfter mal in den Hintern kriechen musste. Aber dafür wusste er über alles Bescheid. Und er trug es gern weiter. Um ein Gerücht in Umlauf zu setzen, musste man es nur Strohmeier erzählen. Der Rest erledigte sich von selbst.

„Ja, weißt du“, sagte Strohmeier nun mit ernstem Gesicht. „Eigentlich bist du foxi. Fix und foxi.“

2. Der Haifisch zeigt Zähne

Es gibt eine Geschichte über Ralf Friedel, die man sofort glauben würde, selbst wenn sie frei erfunden wäre. Am Anfang seiner Karriere absolvierte Friedel ein Praktikum bei einem japanischen Modeversender. Schon damals verstand es Friedel, der ein exzellenter Schachspieler war, die Bauern von den Figuren zu unterscheiden. Den Bauern begegnete er freundlich und höflich, in Wahrheit aber verachtete er sie. Sein Ziel war es stets, sich die Dame zu angeln oder mit dem König zu paktieren, was nicht ganz einfach ist, wenn man gerade mal fünfundzwanzig Jahre alt ist und außer einem ausgeprägten Machtinstinkt wenig vorzuweisen hat. Bislang hatte sich Friedel daher mit dem Fußvolk begnügen müssen: den wendigen Läufern oder den beweglichen Springern, weniger den Türmen; sie agierten ihm zu statisch und berechenbar. Somit stellten sie für ihn zwar ein leichtes Opfer dar, waren aber als zukünftige Steigbügelhalter eher untauglich.

Anlässlich des japanischen Neujahrsfestes gelang es ihm, einen Platz am Tisch des Präsidenten Samejima Sutemi zugewiesen zu bekommen. Friedel war ein gut aussehender, junger Mann. Einsneunzig groß, athletisch gebaut, und mit seinem blonden Kurzhaarschnitt stellte er für einen Japaner sicherlich das Ideal eines Deutschen dar. Vor allem für die Japanerinnen; aber mit den Frauen hatte es Friedel nicht so. Er setzte seinen Charme entsprechend ein, um über Sutemis Chefsekretär sein Ziel zu erreichen.

Der Sekretär war es auch, der ihm zwischen den zahlreichen Liebesstunden sein zuvor leidliches Japanisch so weit perfektionierte, dass er zum Neujahrsempfang ein brillanter Gesprächspartner am Tisch des Präsidenten war.

Nach dem obligatorischen Osechi-Mahl und dem Genuss von reichlich Alkohol schlug Friedel dem notorisch um die mageren Firmengewinne klagenden Präsidenten eine Wette vor: Binnen eines Monats würde er einen Mitarbeiter, den der Präsident ausgucken möge, ersetzen, ohne dass dies einen Nachteil der Produktivität brächte.

Sutemi überlegte lange und fragte dann, ob er auch ihn, den Präsidenten, ersetzen könne. Natürlich war Friedel zu clever, um darauf reinzufallen. Nein, den Präsidenten könne natürlich niemand ersetzen. Aber wie wäre es mit dem Vizepräsidenten.

Dieser hieß Chinda Koichi und saß an einem der Nebentische. So bekam er zwar das Gelächter am Präsidententisch mit, denn alle hielten Friedels Vorschlag für einen zwar gewagten, aber immerhin für einen Witz – aber nicht den Anlass der Heiterkeit.

Es war bekannt, dass sich Sutemi und Koichi zutiefst hassten, und mit nichts hätte man bei Sutemi mehr punkten können als mit dem Angebot, Koichi abzusägen.

Um es kurz zu machen: Friedel benötigte zwar nicht einen Monat, sondern ein Jahr, aber dann hatte er es geschafft. Nach und nach hatte er an einem geschickten Umstrukturierungsplan gestrickt, der Koichi schließlich ohne wirksame Armee dastehen ließ. Zudem waren die von ihm geleiteten Abteilungen die unrentabelsten überhaupt, während Sutemi mit brillanten Zahlen glänzen konnte.

Koichi wurde auf einer routinemäßigen Vorstandssitzung abgewählt. Zu seiner eigenen Überraschung, denn man hatte ihn bis dahin mit falschen Zahlen getäuscht.

Drei Tage später nahm sich Koichi das Leben. Niemand trauerte groß um ihn.

Friedel aber hatte seinen letzten Gag lange vorbereitet:

Einen Tag nach Koichis Tod saß auf dessen Schreibtischstuhl eine Kopie des ehemaligen Vizepräsidenten. Menschengroß und ihm wie aus dem Gesicht geschnitten. Der Roboter konnte sogar sprechen. Wenn man sein Büro betrat, sagte er mit Koichis Stimme: „*Konnichiwa,* bitte setzen Sie sich doch!“

Der Geminoid wurde zum Liebling aller Mitarbeiter, und vor allem Sutemi hatte seinen Spaß daran. Er bezahlte den Preis dafür aus der Westentasche.

Wahr oder nur Legende? Wahr ist, dass Sutemi vernarrt in Friedel und seine Ideen war. Und natürlich war Friedel schon nach diesem einen Jahr längst kein Praktikant mehr, sondern Abteilungsleiter im Personalmanagement. Seine Stärke war es, Mitarbeiter einzusparen, ohne dass die Produktivität des Ganzen darunter litt. Dazu entwickelte er eine eisenharte Variante des MbO, dem Management by Objectives, die sogar seinen Namen trug: das Friedel-Prinzip.

Dieses bedeutete, dass das Unternehmen zunächst das Gesamtziel vorgab und ein speziell geschultes Controlling dieses in einzelne Teilziele splitterte. Adressaten waren Units von meistens zwei bis mehreren Dutzend Mitarbeitern, deren Leistungen nun gewissenhaft überwacht wurden. Wurde ein Teilziel nicht erreicht, drohte man die Unit aufzulösen. Hob sich eine Unit mit besonderen Leistungen hervor, entließ man die schlechtesten Leute, arbeitete mit den nun weniger an Köpfen zählenden Leistungsträgern weiter und erhöhte die Zielvorgabe. Man presste die Mitarbeiter also aus wie eine Zitrone.

Friedel blieb drei Jahre in Japan, danach hatte sich sein Ruf bis nach China herumgesprochen. Auch dort rationalisierte er Betriebe, um sie noch ertragreicher zu machen. Schließlich ereilte ihn ein Ruf aus den USA. Er hielt Gastvorträge in Harvard und wurde Vice President bei einem milliardenschweren Versandhändler für Damenmode: *Marina US.*

Ralf Friedel war Anfang dreißig und hatte bereits alles erreicht, was andere in einem ganzen Leben nicht schaffen. In der Folge heiratete er eine Ex Miss Florida, die ihm zwei Töchter schenkte, wobei nur Friedel und seine Frau wussten, ob wirklich er der Erzeuger war, kaufte sich eine Villa in den Hamptons und begann zu trinken.

Ob es am hohen Alkoholkonsum lag oder daran, dass sich seine Frau nach nur zwei Jahren von ihm scheiden ließ und die Töchter mitnahm, oder daran, dass seine Glückssträhne einfach nur zu Ende war, weiß man nicht. Jedenfalls ging sein Plan bei *Marina US* erst mal nicht auf. Die Hunderte Mitarbeiter, die er auf die Straße gesetzt hatte, fehlten zum Erfolg. *Marina US* schlitterte der Pleite entgegen. Erstmals musste Friedel erfahren, was es heißt, rausgeschmissen zu werden.

Mittlerweile hatte sich auch die öffentliche Meinung gegen ihn gewandt. Die Gewerkschaften unterstützten die entlassenen *Marina-US*-Mitarbeiter. Es gab Proteste und Massenklagen.

Die nächsten Jobs waren alle ein paar Nummern kleiner. Und jedes Mal alles andere als von Erfolg gekrönt. Das Friedel-Prinzip griff nicht mehr.

Schließlich zog es Friedel wieder nach Deutschland zurück. Hier gab es noch ein paar Unternehmen, bei denen er unterkommen konnte.

Seine letzte Station war ein Modeunternehmen in einer lippischen Kurstadt. Dort wirkte er als Geschäftsführer für Personal und Logistik zwar nur ein gutes Jahr, aber am Ende seiner Amtszeit hinterließ er auch dort ein insolventes Unternehmen.

Danach verlieren sich seine beruflichen wie privaten Wege.

Was immer ihn dazu bewogen hatte, ein Jahr später erneut in die Kurstadt zu reisen und ein Zimmer im *Kur-Schlößchen* zu beziehen, verriet er keinem.

Als er wieder zu sich kam, befand sich Ralf Friedel auf hoher See. Die Insel, die beim letzten Erwachen noch in Blickweite gewesen war, war verschwunden. Panik ergriff ihn. Unterhalb seines Kopfes schien sein Körper von dem eiskalten Wasser wie abgestorben.

Verzweifelt blickte er um sich. Nirgendwo war Rettung in Sicht. Kein Land. Kein Schiff.

Da sah er die Haifischflosse. Die hakenförmige Flosse war unverkennbar. Es war nur ein einzelner Hai.

Verzweifelt überlegte er, wie er sich verhalten sollte. Ruhig bleiben? Sich tot stellen? Oder versuchen, mit schnellen Schwimmbewegungen zu flüchten? Eigentlich ein irrsinniger Gedanke, aber einer, der ihm in seiner Hilflosigkeit am ehesten kam.

Er begann zu kraulen und mit den Füßen zu paddeln, kam aber keinen Zentimeter von der Stelle. Er verstand es nicht. Es gab keine Strömung. Das Meer war spiegelglatt.

Panik überkam ihn. Das Rudern der Arme glich nun eher einem Schattenboxen als sinnvollen Schwimmbewegungen. Alles, was er damit erreichte, war, den Hai auf sich aufmerksam zu machen.

Die Dreiecksflosse bewegte sich langsam auf ihn zu. Dann umkreiste sie ihn mit fast hypnotischer Langsamkeit.

Er bewegte sich ebenfalls im Kreis, strampelte verzweifelt auf der Stelle und behielt das Biest im Auge.

Es handelte sich um einen Riffhai. Eigentlich waren die eher in flachen Gewässern zu Hause. Etwas Hoffnung keimte in ihm auf. Vielleicht war die Küste ja doch nicht so fern, wie er dachte. Vielleicht war nur wenige Zentimeter unter ihm der Boden!

Er versuchte zu tauchen, aber es ging nicht. Irgendetwas hielt ihn über Wasser. Es war das gleiche Phänomen, das ihn daran hinderte vorwärtszukommen.

Vielleicht war das hier gar kein Wasser, sondern irgendeine flüssige Klebemasse, die ihn von allen Seiten bis zu den jeweiligen Horizonten umgab.

Und woher wusste er so genau, dass es sich um einen Riffhai handelte? Weil er vor Kurzem einen Film im Fernsehen darüber gesehen hatte.

Das war Zufall, oder? Dass ihn jetzt ausgerechnet ein Schwarzspitzen-Riffhai belauerte. Ihm fiel plötzlich alles über die Viecher ein. Der Riffhai gehörte zu den sieben Haiarten, die Menschen angriffen. Dabei war er nur eineinhalb Meter lang.

Aber sollte er sich nicht etwas ganz anderes fragen. Wie war er überhaupt in diese Situation gekommen?

War er von einem Boot oder einem Schiff ins Wasser gefallen? Oder hatte man ihn entführt und ins Meer geworfen? Er erinnerte sich nicht mehr.

Ihm fiel noch eine Erklärung ein: War dies eine Nahtoderfahrung? War irgendetwas mit ihm passiert, das ihn glauben ließ, im Meer zu treiben? Nein, dazu war das alles viel zu real. Und überhaupt, wo war jenes strahlende Licht, von dem alle sprachen, die schon mal kurzzeitig über die Klippe gesprungen waren? Noch nicht einmal die Sonne war zu sehen. Nur der gleichförmig blaue Himmel. Aber irgendwo musste die Sonne doch sein!

Er spürte, wie das eiskalte Wasser seinen Körper allmählich in Taubheit gleiten ließ. Lange würde er sich sowieso nicht mehr über Wasser halten können.

Was war der gnädigere Tod? Ertrinken oder von einem Hai zerfetzt zu werden?

Er hatte keine Zeit mehr, darüber nachzudenken, denn in diesem Moment raste die Flosse auf ihn zu. Dann spürte er den Schmerz. Den wahnsinnigen Schmerz, der ihn fast zerriss.

Der Hai hatte sich in seine rechte Brust verbissen.

Er hörte das verzerrte Lachen des Hais, als er sich vergeblich aufzubäumen versuchte. Als er schreien wollte und merkte, dass er nur ein ersticktes Stöhnen von sich gab. Irgendetwas hinderte ihn daran, den Mund zu öffnen.

Aber schlimmer war der Schmerz, der kaum zu ertragen war. Dann wurde es grell um ihn herum..

Kein Hai. Aber ein Mensch mit einer Haimaske.

„Ich habe dir die Augenbinde abgenommen“, sagte der Menschenhai. „Damit du besser sehen kannst.“

Allmählich klärte sich Friedels Blick. Er schaute auf eine silberne Fläche. Sie verströmte Hitze. Dann begriff er, was es war. Der Menschenhai hielt ein Bügeleisen in der linken Hand. Und plötzlich erkannte er die Wirklichkeit.

Er war in keinem Meer getrieben. Er hatte in diesem Zimmer gehockt. Es gab keinen Riffhai, nur den Menschenhai. Nicht ein Haifischbiss hatte ihm den Schmerz zugefügt, sondern das glühend heiße Bügeleisen.

„Wer A sagt, muss auch B sagen“, fuhr die verzerrte Stimme fort. So als müsste sie einem ungehorsamen Schüler Regeln beibringen.

Er wollte sich aufbäumen, um Hilfe schreien oder um Erbarmen, aber er konnte sich weder bewegen noch die Lippen öffnen.

Voller Entsetzen sah er die Fläche des Bügeleisens auf sich zukommen, spürte, wie die Hitze ihm die Wimpern versengte und seine Augäpfel zu platzen drohten.

Doch das Bügeleisen senkte sich weiter, verharrte kurz über seiner Brust. Und presste sich schließlich auf seine rechte Brustwarze.

Der Schmerz kam so geballt, dass er wieder ohnmächtig wurde.

3. Die Bombe platzt

„Fix und foxi? Das musst du mir genauer erklären?“, verlangte Balthasar.

Strohmeier zierte sich. In Wahrheit wusste Balthasar, dass sein Gegenüber stets seinen Spaß daran hatte, mit Wissen prahlen zu können. Er bestellte für Strohmeier noch ein Bier. Er selbst begnügte sich mit einem Espresso.

„Es geht nicht um dich“, sagte Strohmeier schließlich. „Es geht um Modernisierung, Erschließung, Entwicklung. Alles mega wichtig, verstehst du? Kurpark und Landschaftsgarten müssen zukunftsfähiger werden.“

„So wie der Irrgarten, den man vor ein paar Jahren angelegt hat“, sagte Balthasar. Das Ding war Balthasar von Anfang an ein Dorn im Auge gewesen: Bäume hatten dafür weichen müssen und ein Minigolfplatz. Aber Strohmeier griff das Thema nun auf: „Ganz genau: Größter kontinentaler Irrgarten Europas – das klingt doch gleich nach was! Genauso ist es mit der Glasbrücke. Wie gesagt, das hat nichts mit dir und deinem *Kur-Schlößchen* zu tun …“

„Außer dass wir im Weg sind, was?“

Strohmeier hob abwehrend beide Hände: „Ich bin nicht an den Planungen beteiligt. Ich bin für die städtischen Toiletten zuständig.“

„Also gut: Und wer steckt dahinter?“

„Unser Stadtplaner Schwarzkopf natürlich. Bevor er sich aufs Altenteil zurückzieht, will der sich hier noch ein paar Denkmäler errichten. Und die Glasbrücke ist nur der Anfang. Langfristig soll der ganze Kurpark bis in den Landschaftsgarten hinein mit gläsernen Brücken überspannt werden.“

Überspannt, dachte Balthasar grimmig. Das war wohl das richtige Wort dafür. Schon im letzten Jahr hatte der Baudezernent eine Schneise durch den Kurpark pflügen wollen, um eine kilometerlange Sichtachse zu schaffen. Nur der massive Protest verantwortungsvoller Bürger hatte den kostenträchtigen Unsinn verhindern können. Nun sollte es also in die Luft gehen. „Das hat Schwarzkopf doch nicht alleine ausgeheckt, oder?“

„Da steckt natürlich ein Investor dahinter. Der, der auch die Kurparkklinik gekauft hat. Langfristig fließen da noch reichlich Landesmittel, wenn das Konzept überzeugend ist.“

„Verstehe, und mit der ersten Musterbrücke will man quasi Tatsachen schaffen.“

„Na ja, und ein Vorzeigeobjekt haben.“

Balthasar kam ins Grübeln. Das kam alles zu aalglatt über die Lippen seines Gegenübers. Da war noch was, das der ihm verschwieg. Aber auch, nachdem er Strohmeier ein zweites Pils ausgegeben hatte, wurde er nicht redseliger.

„Also gut, wie wär's mit einem Deal?“, schlug Strohmeier schließlich vor.

Das also war es, worauf der alte Schacherer aus war. „Lass hören“, sagte Balthasar.

Strohmeier beugte sich ein wenig vor und flüsterte: „Ich brauche ein Zimmer. Nur für eine Nacht. Und das Ganze bleibt unter uns!“

„Ich nehme an, du meinst ein Doppelzimmer?“

Strohmeier grinste breit. „Genau. Ich erwarte nämlich eine alte Freundin und habe mir schon den ganzen Morgen den Kopf darüber zerbrochen, wo ich sie unterbringe.“

„Und warum nicht bei dir zu Hause?“

Strohmeier verzog das Gesicht. „Ich hab mich verzockt und bin aus meiner Wohnung geflogen. Das hat noch ein Nachspiel, das schwöre ich dir! Im Moment wohne ich bei meiner Schwester und meinem Schwager. Denen kann ich keine zusätzliche Untermieterin mehr zumuten. Wenn's auch nur für ein paar Tage ist. Herrscht eh schon dicke Luft da.“

Balthasar nickte verständnisvoll. „Also schön, ich stell euch ein sturmfreies Zimmer zur Verfügung. Und was machst du dafür?“

„Ich versorg dich mit weiteren Infos und halt dich auf dem Laufenden, was die Entwicklung angeht. Glaub mal nicht, dass ich das gern tu. Wenn das rauskommt, kann ich ganz schön in die Bredouille kommen, mein Lieber."

Nachdem Balthasar die Zeche bezahlt und sich verabschiedet hatte, schlenderte er mit einem unguten Gefühl im Bauch über den Markt. Strohmeier hatte ihm nicht viel Stichhaltiges erzählt. Das alles hätte er sich auch so zusammenreimen können. Vielmehr fragte er sich, ob es richtig war, mit jemandem wie Strohmeier Geschäfte zu machen. Gut, den Deal hatte er nicht vorgeschlagen, aber es wäre redlicher gewesen, diesen gleich abzulehnen. Jetzt hatte er sich tatsächlich darauf eingelassen, Strohmeier ein Zimmer zur Verfügung zu stellen. Unentgeltlich natürlich. Grenzte das nicht schon an Bestechung?

Um seinen Magen und sich selbst zu beruhigen, verweilte er nun doch am Würstchenstand. Und wenn er schon mal dabei war, dann bestellte er zur Wurst auch gleich noch eine Portion Kartoffelsalat. Immerhin ging es schon auf Mittag zu. Es war halb elf.

Zurück im *Kur-Schlößchen* wunderte er sich zunächst über den Bus, der vor dem Eingang stand. Es handelte sich um einen Oldtimer-Bus, rot-cremefarben lackiert, mit Weißwandreifen und gläsernem Dach.

Balthasar everguckte sich sofort in das Gefährt. Es war ein Prunkstück. Er hatte viel übrig für diese Überlebenden einer längst vergangenen Motorepoche. Und ebenso für die Leute, die diese Dinos sorgfältig restaurierten und so der Nachwelt bewahrten.

Staunend ging er um den Bus herum. Es war ein Kässbohrer.

Der Fahrer stieg soeben aus und trug eine Reisetasche in der Hand. Balthasar stutzte. Wollte der etwa zu ihm? Er wusste nichts von einer Reisegesellschaft.

Balthasar grüßte. „Feines Gefährt", sagte er.

Der Busfahrer klopfte gegen den Lack, als gäbe er seinem Pferd einen liebevollen Klaps. „Baujahr 55, aber der Motor schnurrt wie eine Katze. Bietet Platz für 16 Mitfahrer. Und hat auch sonst einiges zu bieten. Wollen Sie sich das gute Stück mal von innen ansehen?“

Es juckte Balthasar, das Angebot anzunehmen, aber er sagte: „Ein andermal vielleicht. Und am liebsten gleich mit Probefahrt.“ Er stellte sich vor und wies auf den Hoteleingang. „Möchten Sie zu uns?“

Der Busfahrer nickte. „Ihr Mitarbeiter sagte, dass noch genügend Zimmer frei seien. Wenigstens für die Hälfte von unserer Bande. Die andere Hälfte schläft bei der Konkurrenz. Eigentlich wollten wir heute noch ins Sauerland, um unsere rothäutigen Schwestern zu besuchen.“

Bisher hatte Balthasar fast nur Augen für den Bus gehabt, jetzt fiel ihm zum ersten Mal auf, dass sein Gegenüber nicht nur Jeans und ein schwarzes Hemd trug, sondern auch eine Lederweste. Und Cowboystiefel. Mit Sporen dran.

Der Cowboy streckte Balthasar die Hand entgegen, zeigte ihm zwei Reihen blendend weißer Zähne und stellte sich ebenfalls vor: „Volker Machoffsky aus Bremen. Präsident vom Westernclub *Jesse James*.“

Balthasar ergriff die Hand, die sich sofort wie eine Stahlfaust um seine Finger schloss.

„Wie gesagt, unser Ziel war Schmallenberg, um mit dem dortigen Indianerclub ein großes Pow Wow zu feiern …“

„Pow Wow?“ Irgendwo hatte er den Begriff schon mal gehört. Vor seinem Auge tauchten Old Shatterhand und Winnetou auf. „Sie meinen, eine Art Stammestreffen?“

Machoffsky kniff ihm ein Auge zu. „Grillen, Saufen und alles, was einem Cowboy sonst noch Spaß macht.“

„Verstehe“, sagte Balthasar, und er zog das Wort wie Kaugummi in die Länge. Denn allmählich verstand er tatsächlich, was das für das *Kur-Schlößchen* bedeuten mochte. „Und jetzt verlegen Sie Ihr Pow Wow hierher.“

„Notgedrungen. Und nur für eine Nacht, bis unser Bus wieder flott ist. Hab schon die Werkstatt angerufen. Sieht nach einem Kolbenfresser aus. Zum Glück haben wir es gerade noch bis hierher geschafft."

Ob das Glück war, würde sich noch zeigen. Balthasar kratzte sich am Kopf. So sympathisch ihm dieser Volker Machoffsky mitsamt seinem Bus auch war, er ahnte Schwierigkeiten voraus.

Als würde sich seine Befürchtung schon im selben Moment bewahrheiten, zerfetzte ein Pistolenschuss die relative Stille. Balthasar wandte sich um und stürmte zum Eingang seines Hotels. Von dort drinnen war der Schuss gekommen.

Kaum hatte er das Foyer betreten, sah er den Urheber. Der Mann trug ein schwarzes Revolverheldenoutfit wie aus einem Sergio-Leone-Film. Der silberne Colt in seiner Linken rauchte noch. Neben dem Übeltäter lag eine leblose Gestalt auf dem Boden. Balthasar erkannte Heinrich von Meyrink. Der Oberst a.D. lag auf dem Rücken und regte sich nicht mehr.

Balthasar sah rot. Er stürzte sich auf den Mann in Schwarz, packte ihn von hinten am Hals und rang ihn nieder. Er warf sein gesamtes Lebendgewicht von hundert Kilo in die Waagschale. Sein Gegner war zwar schlanker und gewandter, hatte dem aber nicht viel entgegenzusetzen.

Plötzlich war auch Stummer zur Stelle. Mit einem gezielten Tritt beförderte er die Waffe aus der Hand des Revolvermanns. Der schrie vor Schmerz so laut auf, dass Balthasar seinen Griff ein wenig lockerte. Sein Gegner nutzte die Gelegenheit, um sich herumzudrehen und Balthasar mit der Faust einen Schlag gegen das Kinn zu verpassen.

Der sah für einen Augenblick Sterne.

Und dann nichts mehr.

Als er wieder erwachte, waren gerade mal dreißig Sekunden vergangen. Applaus brandete auf.

Balthasar hatte den Eindruck, als stünden sämtliche seiner Mitarbeiter mit besorgtem Gesicht um ihn herum. Noch immer drehte sich alles vor seinen Augen. Franz Stummer half ihm hoch. Aber woher kam der Applaus?

Ein halbes Dutzend Gäste applaudierte noch immer. „Sie halten es für eine Vorstellung“, raunte Stummer ihm zu, und Balthasar verstand. Automatisch verbeugte er sich. Zumal er plötzlich auch den Oberst erkannte. Der stand quicklebendig ein paar Meter neben ihm und grinste selbstgefällig.

„Ich verstehe nicht“, stammelte Balthasar. „Ich dachte, er wäre tot …“

„Von einer Schreckschusskanone? Herr von Meyrink hat ausdrücklich darum gebeten, erschossen zu werden. Er wollte demonstrieren, wie geschickt er in seinem Alter einer tödlichen Kugel entgehen kann, indem er sich blitzschnell zu Boden fallen lässt.“

„Er hat sich nur tot gestellt?“

Der schwarzgekleidete Revolvermann kam auf ihn zu. Er hielt sich die schmerzende Hand. „Das hat ein Nachspiel!“, schimpfte er. Und zu Stummer: „Wenn die Hand gebrochen ist, können Sie sich auf einiges gefasst machen. Ich bin Rechtsanwalt!“

Der Busfahrer trat hinzu, hob beide Hände und rief mit dröhnender Stimme: „Beruhigt euch, Cowboys! Das war ein Missverständnis! Wir werden uns jetzt wie wohlerzogene Gentlemen zeigen und brav einchecken.“

Balthasar reichte es. So leicht ließ er sich nicht die Butter vom Brot nehmen!

Er trat an den Tresen, schlug mit der Faust ein paar Mal auf die Empfangsklingel, um sich Gehör zu verschaffen und verkündete mit erstaunlich ruhiger Stimme: „Gents! Ich heiße Sie im Namen des *Kur-Schlößchens* herzlich willkommen. Wir sind ein Nichtraucherhotel. Das betrifft auch rauchende Colts. Insofern muss ich Sie bitten, sämtliche Waffen am Empfang abzuliefern.“

Empörung wurde laut, aber wiederum versuchte Volker Machoffsky, die Wogen zu glätten. Wie bei einem Duell ging er mit hocherhobenen Armen auf seine Leute zu und beruhigte sie. „Herr Held ist hier der Boss, Leute, also hört auf ihn! Wir können froh sein, dass wir hier heute übernachten können!"

„Hier gibt's doch genug Hotels!", widersprach einer seiner Cowboys.

„Aber keines, wo wir mit unserem Bus parken können. Der übrigens nicht einen Meter mehr fährt. Ein Mechaniker guckt sich unseren Liebling heute noch an, sodass wir vielleicht morgen schon zu unseren Sauerländer Squaws weiterfahren können."

Unter Murren fügten sich seine Vereinsmitglieder. Einer nach dem anderen schnallte den Revolvergürtel ab und legte ihn auf den Tresen. Balthasar nahm die Waffen in Empfang. Die waren richtig schwer. Wie echte. Ein wenig kam er sich vor wie in einem Western. Hoffentlich bewies die Bande auch weiterhin Disziplin. Allerdings hatte er da wenig Zweifel.

Bis auf den schwarzgekleideten Revolvermann, der sich als Rechtsanwalt geoutet hatte, sahen die Jungs recht bieder aus. Von dreißig bis siebzig waren alle Altersklassen vertreten. Die Älteren trugen deutliche Bierbäuche unter ihren karierten Cowboyhemden zur Schau. Die meisten von ihnen waren im wirklichen Leben wahrscheinlich biedere Sesselpupser, die nur nach Feierabend in ihrem Westernclub ein wenig über die Strenge schlugen.

Nachdem er sämtliche Waffen eingesammelt hatte, bezogen die ersten ihre Zimmer. Balthasar gab Heinz einen Wink. Heinz Henkel, genannt „Henkelmann", war der Laufbursche und Kofferträger. Meistens schonte ihn Balthasar, denn Heinz war nicht nur dienstältester Mitarbeiter, sondern auch nach Jahren der älteste. Sein genaues Alter verriet der knorrige, schweigsame Mann nicht, aber er hatte bereits unter Balthasars Vorgängern treu gedient. Auch jetzt ließ er es sich nicht nehmen, gleich zweien der Cowboys die schweren Koffer abzunehmen und zum Aufzug zu tragen.

Erst danach reagierte er und kam auf Balthasar zu. „Was liegt an, Chef?“

„Kümmere dich mal um den verletzten Revolvermann. Kann sein, dass Stummer doch zu fest zugetreten hat. Bring ihn zu unserem Doc.“ Der „Doc“ war Jochen Schneider, von Haus aus Orthopäde, aber der einzige Arzt, dem Balthasar vertraute. Und in diesem Fall war er sogar zuständig.

Der Schwarzgekleidete stand bei Volker Machoffsky und hielt sich noch immer die schmerzende Hand. Er schaute ziemlich beleidigt drein.

Balthasar sah, wie Heinz hinzutrat, kurz mit dem Mann sprach, schließlich den Kopf schüttelte und wieder zu ihm zurückkam. „Er sagt, wenn er glaubt, einen Arzt nötig zu haben, dann findet er schon selbst dahin.“

„Na schön, dann ist ihm nicht zu helfen“, mischte sich Stummer ein, während Heinz sich wieder verzog und weitere Taschen schleppte.

„Warum haben Sie überhaupt zugetreten? Sie wussten doch, dass die Waffe nicht mit echter Munition geladen war“, fragte ihn Balthasar.

„So oder so, ich bin einfach allergisch gegen diese Dinger. Und erwachsene Männer, die John Wayne spielen, haben in meinen Augen nicht mehr alle Tassen im Schrank.“

„Ab jetzt sind es unsere Gäste, vergessen Sie das nicht. Und spielen wir nicht irgendwie alle die eine oder andere Rolle? Trotzdem vielen Dank.“

„Nichts zu danken, Chef. Es war mir sozusagen eine Herzensangelegenheit.“

„Jetzt übertreiben Sie nicht, Stummer. Hoffen wir mal, dass die Jungs keinen Ärger machen. Das *Kur-Schlößchen* ist zwar kein Kloster, aber auch kein Saloon.“

Dann fiel ihm ein, was er schon am Morgen Stummer hatte fragen wollen: „Haben Sie auch den Unsinn in der

Zeitung gelesen?“ Er hoffte, dass seine Frage möglichst harmlos und beiläufig rüberkam.

„Das ganze Personal spricht über nichts anderes! Seitdem der Zeitungsbote heute Morgen um fünf hier war. Er hat auch gleich gefragt, ob das ein Witz sei.“

„Leider nicht. Da ist eine echte Schweinerei im Gange. Aber keine Sorge, ich werde denen zeigen, was es heißt, sich mit Balthasar Held anzulegen!“ Das klang selbst in seinen Ohren etwas übertrieben. Aber wenn nicht er, wer sollte denen sonst zeigen, wo der Hammer hing?

„So ein Prozess kann Jahre dauern, Chef. Bis dahin ist der Investor längst abgesprungen“, beruhigte ihn Stummer.

Ja, oder sie waren bis dahin pleite, dachte Balthasar. Vor seinem Auge tauchten weitere Zeitungsartikel auf, in denen er und das *Kur-Schlößchen* an die Öffentlichkeit gezerrt wurden. Und waren erst mal die Gerüchte über mögliche Groß- und Langzeitbaustellen und sonstige Unannehmlichkeiten in Umlauf gesetzt, hieß das Gästeeinbußen. Zudem hatten Gerüchte die unangenehme Eigenschaft, sich aufzuplustern wie Ballons. Schon der heutige Artikel konnte bedeuten, dass erste besorgte Gäste anriefen, ob sie denn noch einen Blick auf den Kurparksee hätten. Oder ob man jetzt von der Brücke aus in ihre Zimmer schauen könnte. Und was Prozesse betraf, so nahmen die Leute meistens schon das Urteil vorweg. Rückten erst die Bagger an, war eh alles zu spät. Selbst ein einziger Bagger galt dann schon als Großbaustelle.

Stummer musste ihm die Panik im Gesicht angesehen haben, denn er wiederholte das soeben Gesagte.

Balthasar erhob die Stimme: „Zu einem Prozess wird es erst gar nicht kommen, das schwöre ich. Und jetzt lassen Sie uns die verdammte Luftbrücke erst mal vergessen!“

„Sie haben angefangen!“, erinnerte ihn Stummer beleidigt.

„Und ich sage: Ab sofort Ende damit!“ Zumindest bis Montag, dachte er. Dann würde er im Rathaus seinem Ärger richtig Luft machen!

„Immerhin haben wir jetzt das Hotel richtig voll!“, wechselte Stummer das Thema. „Die Cowboys kamen gerade recht. Alle fünfundzwanzig Zimmer sind belegt.“

„Heißt das etwa, wir sind ausgebucht?“

„In der Tat! Das *Kur-Schlößchen* ist pickepackevoll.“

„Na gut, dann muss Strohmeier eben mit der Dachkammer vorliebnehmen.“ Die Dachkammer war weniger schrecklich, als es sich anhörte. Es war ein komplett ausgestattetes Doppelzimmer. Aufgrund der geringen Deckenhöhe allerdings nur an Hobbits und im äußersten Notfall zu vermieten.

„Ebenfalls bereits vergeben“, sagte Stummer. Dann fragte er nach: „Strohmeier? Etwas Horst Strohmeier?“

Balthasar nickte. „Wieso ist das so bemerkenswert?“

„Weil er mir noch zweitausend Euro schuldet.“

„Sie zocken doch nicht etwa auch?“

„Nur ab und zu. Und Strohmeier ist in der Szene bekannt dafür, dass er meistens verliert. Er ist ein miserabler Pokerspieler. Hätte ich ihn letztes Mal nicht ausgezogen, hätte es ein anderer gemacht. Und was will der im *Kur-Schlößchen*? Sagen Sie nicht, dass er seine Eigentumswohnung verzockt hat!“

„Jedenfalls wohnt er jetzt bei seiner Schwester und seinem Schwager und erwartet heute Abend Damenbesuch.“

Stummer sah seinen Chef ungläubig an: „Und da haben Sie ihm ein Zimmer vermietet?“

Balthasar wand sich. Je mehr er über die Sache nachdachte, desto unwohler fühlte er sich dabei. „Gewissermaßen, ja.“

„Aber selbst die Spatzen pfeifen es von den Dächern, dass Strohmeier absolut pleite ist. Wieso leistet der sich dann ein Zimmer im *Kur-Schlößchen*?“ Franz Stummer sah seinen Chef verständnislos an.

„Weil er es nicht bezahlen muss. Wir haben einen Deal miteinander gemacht.“

Es half nichts. Er musste wohl oder übel mit der Wahrheit herausrücken. Also erzählte er, was vorgefallen war.

„Dann sagen Sie ihm jetzt, dass das Zimmer leider schon vergeben ist", sagte Stummer schließlich. „Es sei denn, er möchte mit seiner Tussie in der Waschküche nächtigen."

„Notfalls muss ich ihm wohl mein Apartment abtreten", sagte Balthasar. „Deal ist Deal. Ich breche meine Verträge nicht!"

„Sodom und Gomorrha in Ihren heiligen Räumen?" Stummer war ehrlich entsetzt. „Ausgeschlossen! Auch das *Kur-Schlößchen* hat seine Ehre zu verteidigen!"

Balthasar seufzte. „Wem sagen Sie das, Stummer?"

Dessen flinke Finger wischten blind über die Tastatur. Gleichzeitig behielt er den Monitor im Auge. Schließlich stieß er ein schrilles „Yee-haw!" aus, sodass Balthasar unwillkürlich zusammenzuckte. Die Allüren der Cowboygang hatte sich sein Portier also schon zu eigen gemacht.

„Vielleicht haben wir ja Glück, Chef. Beziehungsweise hat Strohmeier Glück. Auf Zimmer 113 haben wir einen Gast, der eventuell heute auschecken will."

Wie immer plusterte sich Stummer unglaublich auf, wenn er Balthasar um eine Informationslänge voraus war.

„Spucken Sie's schon aus!", stöhnte der.

„Ich habe gestern Abend noch mit Herrn Friedel gesprochen, bevor er auf sein Zimmer ging. Er sprach davon, eventuell heute vorzeitig abreisen zu wollen, wusste es aber noch nicht genau."

„Ja, und?" Balthasar schaute ungeduldig auf eine der Wanduhren hinter dem Tresen. In New York war es jetzt drei Uhr nachts. In Australien neunzehn Uhr. Und Moskau zeigte zwölf Uhr mittags an. Hierzulande war es elf Uhr. „Der Herr wird doch hoffentlich schon gefrühstückt haben?", drängte Balthasar. „Falls nicht, bringen Sie ihm das Frühstück ans Bett und fragen ihn, wann er auszuchecken gedenkt!"

„Der Herr wünscht nicht gestört zu werden“, antwortete Stummer mit sturer Miene. „Er hat es mir gestern ausdrücklich gesagt. Außerdem hat er ein entsprechendes Schild an die Klinke gehängt.“

Manchmal musste Balthasar Minuten, Stunden, Tage oder gar Wochen über eine weise Entscheidung nachgrübeln. In diesem Fall dauerte es nicht mal eine Sekunde. „Also schön, wir respektieren selbstverständlich den Wunsch unseres Gastes. Sollte Strohmeiers Mieze hier früher eintreffen als erwartet, kümmern Sie sich so lange um sie.“

„Ich?“ Stummers Arroganz war mit einem Male wie weggewischt. „Aber was soll ich denn mit ihr machen?“

„Keine Ahnung. Servieren Sie ihr einen Schampus und sagen Ihr, der wäre von Strohmeier. Oder geben Sie Ihr eine unserer Kundenkarten für das *VitaSol.* Ihnen wird schon was einfallen!“

Elf Uhr! Es war höchste Zeit, der Küche eine Stippvisite abzustatten und nach dem Rechten zu sehen. Dort teilten sich seit zwei Jahren gleich zwei Personen die Mütze des Chefkochs. Das heißt, sie zankten sich darum, sie stritten und kämpften, bissen und kratzten. Aber in der Regel vertrugen sie sich. Und noch immer war es Balthasar rechtzeitig gelungen, die beiden Streithähne zurück auf ihre Plätze zu verweisen, bevor sie sich zerfleischten.

Auch diesmal hörte er schon von Weitem, dass lautstark gestritten wurde. Als er die Küche betrat und die beiden ihn sahen, verstummten sie sofort.

Sammy arbeitete jetzt seit fast fünf Jahren im *Kur-Schlößchen.* Damals hatte er allein und mittellos vor dem *Kur-Schlößchen* gestanden und eine monatelange Odyssee hinter sich gehabt. Seine Eltern hatten die Flucht nach Tamanrasset nicht überlebt. Er selbst verdankte sein Leben einer Mitarbeiterin von *Ärzte ohne Grenzen.* Sie war es auch, die ihm den Zettel mit Balthasars Adresse in die Hand gedrückt hatte. Sammy hatte ihr erzählt, dass er gut kochen könne und es sein Traum sei, ein berühmter Koch in Frankreich zu werden.

Irgendwann war Sammy dann in der Kurstadt gelandet, mit nichts als der Kleidung an seinem Körper und dem Zettel in der Hand. Seitdem arbeitete er in Balthasars Küche. Damals hatten ihn alle nur Sonnenschein genannt, wegen seiner ständigen guten Laune. Auch nach fünf Jahren war Sammy zwar kein Griesgram, aber aus dem stets fröhlichen Jüngling war ein ehrgeiziger, junger Mann geworden, der mit seinen Aufgaben gewachsen war. Vom Küchenjungen hatte er sich zum Küchenchef emporgearbeitet. Sein Traum war immer noch Paris. Um sich dort in einem Sternerestaurant weiter emporzuarbeiten. Dazuzulernen und besser zu werden.

Balthasar wusste nur zu gut, dass Sammy aus Dankbarkeit ihm gegenüber noch immer nicht weitergezogen war. Aber beide wussten sie, dass der Zeitpunkt nicht mehr fern lag. Wenn Sammy nicht bald den Absprung schaffte, dann war er zu alt dafür.

„'tschuldigung, Chef!“, sagte Sammy. „Aber würden Sie dieser Dame erklären, dass ihr Gulasch absolut keine Alternative zu meinem Massaman Curry ist!“ Seine Stimme zitterte vor Anspannung. Ein alarmierendes Zeichen.

Besagte Dame hieß Martha Agathe Przybilla. Vor ein paar Jahren hatte sie sich mit einem falschen Lebenslauf bei ihm beworben. Sie habe in mehreren großen Häusern gelernt und gekocht, ein paar Jahre sogar unter einem Sternekoch, habe dann aber heruntergeschaltet, als sie Mutter wurde. Seitdem sei sie nur in kleineren Restaurants beschäftigt gewesen. Jetzt, mit fünfundvierzig, wolle sie noch einmal neu durchstarten, so hatte sie ihm geschrieben.

Damals hatte Balthasar händeringend eine Köchin gesucht. Deshalb hatte er sie auch behalten, obschon sich ihre berufliche Laufbahn nicht wie von ihr angegeben, sondern auf diverse Frittentempel im Ruhrgebiet beschränkt hatte.

Vom *Bratwursthaus* in Bochum, *Wurst-Heinz* in Waltrop bis zur *Curry-Ranch* in Lindenhorst hatte sie angeblich die Fettpeitsche geschwungen. Natürlich war auch ihr Alter geschönt gewesen.

Seine Angst, sie würde aus der Küche des *Kur-Schlößchens* eine Fast-Food-Bude machen, hatte sich als unbegründet erwiesen. Marthas Eintöpfe waren der Renner, und ihre Ruhrpottklassiker einfach göttlich.

Nun stand sie in ihrem geblümten Kittel wie eine Furie da, die Fäuste in die mächtigen Hüften gestemmt und schrie: „Dein Massawassman oder sonst was Curry will kein Mensch an so 'nem Tach wie heute. Wie wär's mal endlich mit wat Anständigem? Ner Currywurst zum Beispiel!" Um Verständnis ringend wandte sie sich an Balthasar: „Is doch wahr, Chef. Sein Wassermasserman lässt die Gäste doch aus den Latschen kippen, bevor sie meinen Gulasch auch nur gerochen ham …"

Nach langem Hin und Her fand Balthasar heraus, dass die beiden darum stritten, dass zwei scharfe Gerichte auf der Karte nichts zu suchen hätten. Damit hatten sie sogar recht.

Seitdem die beiden kochten, hatte sich die Qualität herumgesprochen, und es kamen aus der Stadt und auch von außerhalb ständig neue Gäste hinzu. Manche kamen sogar jeden Tag wegen des ausgezeichneten Mittagstisches. Insgeheim hatte Balthasar sogar schon überlegt, anzubauen.

Neben der Qualität war offensichtlich der Kontrast das Erfolgsrezept: Sammy kochte auf hohem Niveau internationale Speisen, die er immer mehr verfeinerte. Natürlich war auch sein Curry keine zusammengerührte Pampe, sondern eine ausbalancierte Komposition aus verschiedensten Gewürzen und Ingredienzien, die bereits jetzt Balthasars Speichelfluss anregten.

Martha kochte zwar bodenständiger, aber nicht weniger raffiniert. Ihre Zutaten hütete sie wie einen Goldschatz.

Manche lästerten, dass sie die Speisen hauptsächlich mit reichlich Currypulver verfeinerte. Aber Balthasar wusste, dass sie über noch weit mehr Zaubermittelchen verfügte.

Er ließ sich von jeder Speise ein Tellerchen kommen und probierte. Sammys Massaman Curry löste eine Geschmacksexplosion auf seiner Zunge aus. Die Aromen waren genau richtig ausbalanciert, es war weder zu lasch noch zu scharf und somit zumindest für den europäischen Gaumen perfekt. Danach trank er erst einmal ein Glas Wasser.

„Wehe, es schmeckt jetzt nach nix mehr!“, drohte Martha. „Der schwatte Herr muss ja immer übertreiben mit seim Scharf.“

Balthasar konzentrierte sich auf das Gulasch und schloss für einen Moment genießerisch die Augen. Genauso hatte es früher bei seiner Mutter geschmeckt. Allerdings mochte es für manche Gäste etwas zu scharf sein. Das Fleisch war noch nicht ganz perfekt, würde aber in einer Stunde zwischen den Zähnen zergehen, ohne wie Altenheimkost zu schmecken.

Unentschieden, würde er sagen, aber das akzeptierten die beiden nie. Und bevor es noch zu langen Diskussionen kam, verkündete er seine Entscheidung. „Das Curry wird auf jeden Fall serviert. Aber für den Gast, der nichts Scharfes mag, muss was anderes her. Frische Bratwurst, Kartoffelstampf, irgendetwas in der Art.“

Martha zeigte ihr wütendes Gesicht, aber Bratwurst und Kartoffelstampf waren ja nun ihre leichtesten Übungen.

„Und was mach ich mit dem Gulasch!?“

„Das gibt’s morgen Mittag!“, entschied Balthasar. „Und für heute Abend setzt noch ein Chili con Carne auf die Karte. Wir haben ein paar echte Cowboys zu Gast!“

Nachdem er das Küchenproblem gelöst hatte, atmete Balthasar auf. Zum Glück kam es nur alle paar Wochen vor, dass er einschreiten musste. Seit einem Monat ließ er den beiden sogar völlige Narrenfreiheit in der Küche. Wenn die

Streitereien aber nun wieder losgingen, würde er mit ihnen wieder einen Wochenplan erstellen müssen.

Er seufzte. Am liebsten war ihm, wenn alles ohne ihn lief. Wenn er seinen Mitarbeitern vertrauen konnte. Er verschenkte sein Vertrauen großzügig, und in der Regel wurde es ihm ebenso großzügig gedankt.

Er war nun mal für die schwierigen Fälle zuständig.

Und damit fielen ihm wieder Strohmeier und dessen Damenbesuch ein.

Es musste eine Lösung her!

4. Zimmer 113

Wahrscheinlich war er nur wenige Sekunden bewusstlos gewesen, denn als Friedel erneut zu sich kam, klaffte noch immer ein brennender Schmerz in seiner Brust. Es roch nach verbranntem Fleisch. Seinem Fleisch.

Seine Augen tränten. Er nahm alles nur verschwommen wahr. Über ihm schwebte die Maske des Menschenhais.

Er wollte den Kopf wenden, stellte aber fest, dass er dazu nicht in der Lage war. Nichts konnte er bewegen. Noch nicht einmal die Arme oder Beine.

War er gelähmt? Oder hatte man ihn mit Drogen schachmatt gesetzt? Der Gedanke, sich nie mehr regen zu können, war fast schrecklicher als die Schmerzen.

Die Haifischmaske verschwand kurz aus seinem Blickfeld. Als sie wieder zu sehen war, hielt der Menschenhai einen Frisierspiegel in den Händen.

„Du fragst dich bestimmt, wie du jetzt aussiehst, oder?“, fragte er höhnisch.

Der Folterer hielt den Spiegel so, dass Friedel darin seinen Oberkörper erkennen konnte. Die rechte Seite war völlig verbrannt. Er wunderte sich, dass er die Schmerzen überhaupt aushielt. Ob das jemals wieder in Ordnung kommen würde? Wahrscheinlich nicht, er würde zeit seines Lebens die Narben davontragen.

Zeit seines Lebens ... Wer konnte wissen, wie viel Zeit ihm überhaupt blieb? Würde der Verrückte es bei der Folter belassen, oder hatte er vor, ihm das Leben zu nehmen? Wenn er wenigstens sprechen könnte! Mit seinem Peiniger Kontakt aufnehmen, ihn hinhalten, vielleicht sogar überreden, ihn freizulassen ... Oh ja, er war ein geschickter Redner. Das hatte er in seinem ganzen Berufsleben bewiesen. Er konnte Menschen manipulieren, sie wie Marionetten nach seiner Pfeife tanzen lassen. Sicherlich würde er auch den Menschenhai umstimmen können. Ihm Geld versprechen, viel Geld, auch wenn er keines mehr besaß.

„Du würdest dich gern mit mir unterhalten, was?“, fragte sein Schinder, als hätte er seine Gedanken erraten. „Aber das kann ich leider nicht riskieren, weil du mir sonst das ganze Hotel zusammenschreist.“

Hotel! Er befand sich in einem Hotel! Trotz der Schmerzen kamen ihm vage Erinnerungen in den Sinn. Er versuchte nach ihnen zu haschen, wie mit einem Netz nach Stichlingen, aber es misslang. Das Netz hatte ein Loch, und die Biester flutschten einfach hindurch.

„He, hörst du mir überhaupt zu? Oder muss ich erst ein wenig deine Lebensgeister wecken?“

Plötzlich war wieder das Bügeleisen in seiner Hand. „Nein, das wäre ein wenig einfallslos, oder? Wir haben doch noch andere Spielzeuge. Du wirst sie lieben! Aber vorher zeige ich dir noch was!“

Der Menschenhai hob den Spiegel etwas an, sodass Friedel diesmal seinen Kopf erkennen konnte. Er steckte in einer eng anliegenden Ledermaske. Nur die Augen und die versengten Augenbrauen waren zu erkennen. Wo die Nase lag, befanden sich zwei winzige Löcher. Wahrscheinlich wäre er sonst längst erstickt. Denn dort, wo sein Mund sein musste, war ein geöffneter Reißverschluss. Irgendetwas steckte darin. Halbrund und schwarz glänzend. Es war ein Ballknebel. Er hatte nicht nur schon davon gehört, er besaß sogar welche zu Hause. Es war ein Fetisch, der ihm ebenso wie die Maske die Luft abschnürte. Außerdem war ihm jetzt klar, warum er nicht sprechen und nur schwer schlucken konnte.

Schlimmer war jedoch das Gestell an seiner Stirn. Es war eine Zwinge, in der sein Schädel eingespannt war. Die Zwinge selbst war mit breitem Klebeband am Lattenrost befestigt. Deshalb tat ihm der ganze Rücken weh. Er lag nicht auf der Matratze, sondern auf dem Rost.

Sein Peiniger ließ den Spiegel erneut wandern. Nach und nach erkannte er seine beschissene Lage. Die Arme waren hinter dem Kopf mit Handschellen an den beiden Bettpfosten fixiert. Sein Körper war nackt und ebenfalls mit Klebeband eng mit dem Lattenrost verbunden.

„Gefällt dir, was du siehst?“, fragte der Menschenhai. „Ich habe mir sagen lassen, dass du auf Fesselungen stehst.“

Damit hatte ihm sein Folterer verraten, dass er ihn kannte. Er war kein Fremder! Verzweifelt zerbrach sich Friedel den Kopf, um wen es sich handeln könnte. Wenn nur sein Blick nicht so verschwommen wäre. Er konnte noch nicht einmal mit Sicherheit sagen, ob es sich um einen Mann oder eine Frau handelte. Selbst wenn, er hatte in beiden Lagern im Laufe seines Lebens so viele Feinde gesammelt, dass er auch dann hätte endlos raten müssen. Die Stimme war so verfremdet, dass sie jedem gehören konnte.

Trotzdem, woher wusste der andere die Sache mit den Fesselungen?

Seine Gedanken wurden unterbrochen, als sein Folterer ihm etwas anderes vor die Augen hielt. Er erkannte sofort, um was es sich handelte, schließlich hatte er lange genug in Branchen gearbeitet, wo diese Dinger für die Warenauszeichnung benutzt wurden. Es war eine Etikettierpistole. Keine dieser 10-Euro-Schrott-Pistolen, sondern eine richtig solide Profimaschine. Damit konnte man alles etikettieren, die Nadel drang sogar durch dicken Tweedstoff.

„Du fragst dich bestimmt, was ich damit jetzt vorhabe. Keine Angst, ich will dich nicht zum Verkauf freigeben. Du bist nämlich nichts wert. Weniger als Nullkommanull. Obwohl … Da kommt mir eine Idee … Aber weißt du, eigentlich dachte ich, dass du Piercings trägst. Schweine wie du stehen doch darauf, das weiß ich. Da dachte ich mir, das hole ich bei dir nach.“

Die Stimme! Wenn die Stimme doch nur nicht so verzerrt wäre! Er kannte die Stimme. Irgendwann, irgendwo hatte er sie schon mal gehört.

Die spitze Nadel der Maschine verharrte nur wenige Zentimeter vor seinen Augen. Er verengte sie zu Schlitzen, brachte es aber nicht fertig, die Lider ganz zu schließen. Wie hypnotisiert starrte er darauf, aber dann senkte der Folterer das Gerät wieder. Er machte sich jetzt an seinem Unterleib zu schaffen. Kurz danach durchfuhr ein brennender Schmerz sein Glied.

Klackklack!

„Pardon, jetzt habe ich doch tatsächlich etwas zu tief angesetzt. Hab halt nicht mehr so die Routine darin. Aber jetzt, pass auf!“

Klackklack!

Sein Körper wollte sich aufbäumen, aber die Fesseln hinderten ihn daran.

KLACKLACK!

Sechs weitere Male hörte er das schreckliche Geräusch. Sechs weitere Male starb er fast vor Schmerzen.

„Ich lasse dich jetzt etwas verschnaufen. Wir wollen ja nicht, dass du zu früh den Löffel abgibst. Ich bin sicher, wir werden noch viel Spaß miteinander haben, wir zwei.“

Er beugte sich über ihn, riss sein Lid hoch und tröpfelte ihm ein paar Tropfen aus einer Pipette ins linke Auge. Danach nahm er sich das rechte Auge vor.

„Keine Angst, das ist nur ein Schmerzmittel.“

Die Aussage nahm er vor Schmerzen nur verschwommen auf und beruhigte ihn keineswegs. Was hatte das Schwein noch mit ihm vor? Er musste reden, musste eine Chance kriegen!

Er würgte und bekam für ein paar Sekunden kaum noch Luft.

„Ganz ruhig. Ruhig weiteratmen, sonst erstickst du noch, mein Freund.“

Er zwang sich dazu, bewusster zu atmen. Dennoch hatte er das Gefühl, nur halb so viel Luft zu kriegen, wie er brauchte. Als ob er durch einen verknickten Strohhalm sog. Und das nur mit der Nase. Die Löcher in der Maske waren viel zu klein!

Vor seinen Augen flimmerte es.

Im nächsten Moment schwamm er wieder im Meer.

Aber diesmal wusste er, dass er es sich nur einbildete.

Dass sein Verstand ihm es nur vorgaukelte, weil unter der Oberfläche die Schmerzen lauerten.

5. Eindeutige Geräusche

Bis zum Nachmittag hatte Balthasar immer noch keine Lösung gefunden, wo er Horst Strohmeiers Damenbesuch unterbringen sollte. Im Gegenteil, er hätte noch spielend ein Dutzend weiterer Zimmer vermieten können. An diesem Wochenende war wirklich der Teufel los! Wahrscheinlich nutzten viele Menschen das gute Wetter, um spontan ein paar Tage auszuspannen.

Balthasar tat es im Herzen weh, die Interessenten in andere Hotels verweisen zu müssen. Zwischendurch lief er ein paar Mal in die Küche, probierte hier und da aus den Töpfen, bis Martha ihn schließlich rauswarf. „Das geht ja nun ma gar nich, dass Sie hier wie'n aufgescheuchter Vogel rumlaufen!“, warf ihm Martha hinterher. „Sie machen ja alle verrückt!“

Also blieb ihm nichts anderes übrig, als am Empfangstresen neben Stummer darauf zu lauern, dass der Gast aus Nummer 113 endlich auscheckte. Außerdem gab es noch ein Doppelzimmer, das ein Ehepaar aus Hamburg reserviert hatte. Vielleicht sagte das ja noch ab.

Seine Hoffnung, dass wenigstens das storniert werden würde, erfüllte sich nicht. Die beiden trudelten irgendwann ein.

Heinrich half ihnen, die schweren Koffer bis vor den Aufzug zu tragen. Gleichzeitig drängte sich auch Luisa ins Zimmer hinein. Die Frau in Grau trug ein Buch in der Hand, aus dem sie bisher im Garten gelesen hatte. Balthasar erkannte, dass es *Der Kleine Prinz* war. So konnte man sich täuschen. Als Beruf, das hatte er neugierigerweise nachgeschaut, hatte Frau Zimmer Lehrerin angegeben. Tatsächlich erinnerte sie ihn an seine strenge Deutschlehrerin auf dem Gymnasium. Er hatte sie gehasst. Einmal hatte sie ihn während ihrer stinklangweiligen Stunden dabei erwischt, wie er heimlich seinen Lieblingscomic *Lucky Luke* las. Sie hatte ihm das Album abgenommen und es vor der Klasse zerrissen. Das hatte er ihr nie verziehen.

Jedenfalls hätte er vermutet, dass die Dame in Grau eher was Handfestes las, höhere Literatur von Handke oder Benn oder wenigstens Grass. Aber so konnte man sich täuschen.

Plötzlich tat sie ihm leid. Nicht im Sinne vom Mitleid. Aber sie war sein Gast, und tief im Innern hatte er das Bedürfnis, seine Gäste glücklich zu machen. Egal, ob alt oder jung, ob schön oder hässlich, verdrossen oder fröhlich, nervig oder angenehm. Jeder sollte das *Kur-Schlößchen* ein wenig glücklicher verlassen, als er angekommen war. Immerhin war es ihm gelungen, selbst so einen alten Griesgram wie von Meyrink als Stammgast von der seelenfördernden Wirkung des *Kur-Schlößchens* und seiner Mitarbeiter zu überzeugen. Obwohl Balthasar, wenn er an das morgendliche Gespräch zurückdachte, nicht ganz sicher war, ob ihm an der Gesellschaft des Alten so viel gelegen war.

Er wollte auf keinen Fall aufdringlich wirken. Seine Devise war es, die Gäste gar nicht merken zu lassen, dass es ihn gab, und er und natürlich all die anderen auch im Hintergrund für ihr Wohlergehen wirkten. In diesem Moment, da er die Dame in Grau im Aufzug verschwinden sah, schwor er sich, dafür zu sorgen, dass auch sie das *Kur-Schlößchen* glücklicher als bei ihrer Ankunft verlassen würde. Wenigstens ein bisschen. Zumindest mit einem Lächeln im Herzen. Und vielleicht würde er dann insgeheim auch endlich Frieden mit seiner alten Deutschlehrerin schließen können.

Das Summen des Telefons riss ihn aus seinen Gedanken. Stummer hatte den Hörer abgenommen. Sein Gesicht verdüsterte sich. Gleichzeitig versprach er seinem Gesprächspartner, sich unverzüglich darum zu kümmern.

Nachdem er aufgelegt hatte, berichtete er: „Scheint so, als wäre unser Gast auf Zimmer 113 zumindest aufgewacht.

Frau Luetkers aus Zimmer 114 fühlt sich in ihrem Schönheitsschlaf gestört. Sie ist von lauten Geräuschen aufgewacht, die aus Zimmer 113 dringen."

„Das ist doch ein herrlicher Grund, den Herrn zu fragen, ob er zu bleiben gedenkt? Was meinen Sie, Stummer?"

Der griff bereits ein weiteres Mal zum Telefon und wählte die Nummer 113. Nach einer Weile gab er auf. „Scheint so, als wäre wieder Ruhe eingekehrt", sagte er nachdenklich. „Komisch, Katja hat sich schon beschwert, dass sie noch immer nicht sein Zimmer saubermachen kann."

Katja war der Kopf der Housekeeping-Brigade, die sie wie eine kleine Armee führte. Sie war erst seit einem Jahr im *Kur-Schlößchen*, war aber bereits unersetzlich. Kein Gast hatte sich seitdem auch nur über einen Staubkrümel beschwert.

„Ich schaue mal selbst nach dem Rechten", entschied Balthasar. Normalerweise wäre er nicht derart aufdringlich gewesen, aber sein persönliches Interesse, über Herrn Friedels Absichten mehr zu erfahren, war in diesem Fall größer.

Er überlegte, die Treppe zu nehmen, entschied sich aber für den Aufzug, der gerade nach unten gefahren kam. Das war zwar nicht sportlich, aber gesünder. Zumindest für die Gelenke, wie er sich einredete.

Als der Aufzug ankam, zog Balthasar die Tür auf. Die Frau mit den grünen Augen, die ihm schon am Morgen aufgefallen war, trat heraus. Wie ein Tölpel stand er ihr im Weg, aber er war einen Moment zu überrascht. Dafür hatte er umso mehr Sinn, sie zu betrachten. Aus der Nähe wirkte sie noch attraktiver auf ihn. Das dezente Make-up unterstrich ihre natürliche, herbe Schönheit. Sie musste zu ihm hochschauen, lächelte höflich und unverbindlich und sagte: „Entschuldigung, würden Sie mich vorbeilassen."

„Natürlich, ich …", eigentlich, dachte Balthasar, war das eine gute Gelegenheit, sich vorzustellen, „… bin der Direktor des *Kur-Schlößchens*."

„Ich weiß, Herr Held“, sagte sie zu seiner Überraschung. „Immerhin prangt Ihr Konterfei ja dick und breit auf Ihrer selbstgebastelten Website.“

Und damit huschte sie an ihm vorbei und ließ ihn nachdenklich zurück. Es war noch ein anderer Gast im Aufzug. Herr Nair. Er lächelte und grüßte Balthasar höflich.

Balthasar grüßte eher gedankenverloren zurück.

Dick und breit? Bezog sie das auf ihn? Nein, wohl eher auf das Foto, oder? Immerhin hatte er sich darauf selbst ein wenig zu voluminös empfunden. Nur deshalb hatte er mit Photoshop etwas nachgebessert und sich schmaler gemacht.

Dennoch grübelte er auch auf der Fahrt nach oben noch weiter darüber nach. Dabei fiel ihm ein, dass er noch nicht einmal ihren Namen wusste. Den würde er gleich nach dieser Mission in Erfahrung bringen!

Der Aufzug hielt an, und er stieß die Tür auf. Auf dem Teppich waren seine Schritte nicht zu hören. Und auch sonst war es still wie in einem Kloster. Es waren ja auch die meisten Gäste unterwegs. Die Cowboys hatte er alle in den zweiten Stock verfrachtet, aber auch die schauten sich inzwischen in der Kurstadt um.

Am Ende des Flurs schien durch das große Sprossenfenster die Sonne herein und malte Schattenbilder auf den Teppich. Dahinter erstreckte sich der Kurparksee mit der Fontäne. Kurz schoss Balthasar wieder das Brückenprojekt durch den Kopf, und ihm wurde bewusst, wie unverschämt, unpassend und überhaupt voll und ganz irrsinnig es war. Er jedenfalls konnte sich hier keine Brücke vorstellen, die ihm den Blick auf das herrliche Panorama verwehrte.

An der Tür zu Nummer 113 hielt er an und lauschte. Kein Laut war zu hören. So sollte es auch sein, denn die Türen waren massiv genug, um selbst die Schnarchgeräusche eines Obersts a. D. von Meyrink nicht nach draußen dringen zu lassen.

An der blankgeputzten Messingklinke hing ein Schild mit der Aufschrift *Bitte nicht stören.* Wenn es ein Gebot gab, dass ein jeder Mitarbeiter im *Kur-Schlößchen* vom ersten Tag an eingebläut bekam – natürlich nur im übertragenen Sinne – dann war es dies: Störe keinen Gast, der nicht gestört werden will!

Natürlich hielt sich auch Balthasar an das Gebot. Schließlich hatte er es aufgestellt.

Das zweite Gebot lautete übrigens: Mache alles in deiner Macht Stehende, um den Gast glücklich zu machen. Aber gleich das dritte Gebot gedachte er nun anzuwenden: Versuche so diskret wie möglich herauszufinden, wie du deinen Gast noch glücklicher machen kannst.

Balthasar erinnerte sich an eine Ehefrau, die in ihrem ganzen Leben nie einen Blumenstrauß von ihrem Mann erhalten hatte. Dabei liebte sie Blumen über alles. Also kaufte sie sie sich selbst. Sogar in ihrem gemeinsamen Hotelzimmer stellte sie einen von ihr zusammengestellten Blumenstrauß auf. Als sie beim Personal nach einer Vase fragte, erfuhr Balthasar davon. Es war eher Zufall, dass er Katja laut über die Männer schimpfen hörte, die ihren Frauen zwar die ganze Schmutzarbeit überließen, aber nicht einmal auf die Idee kamen, sich dafür zu bedanken. Als Balthasar nachhakte, erfuhr er die Sache mit der Blumenliebhaberin.

„Ist doch wahr", sagte Katja. „Die meisten Männer missbrauchen ihre Ehefrau, damit die das übernimmt, was früher die Mutter für sie erledigt hat: Wäsche waschen, kochen und möglichst verwöhnen. Dabei lässt schon ein bisschen mehr Romantik unsere Herzen erstrahlen. Wir Frauen sind halt bescheiden geworden …"

Das fand Balthasar in diesem Falle auch. Er kaufte einen wunderschönen Blumenstrauß, drückte ihn dem Ehemann in die Hand und sprach ein ernstes Wort mit ihm.

Es musste gewirkt haben, denn seitdem gehörte das Ehepaar zu den Stammgästen des *Kur-Schlößchens.*

Manchmal musste man eben sein Ohr überall haben, um herauszufinden, wie man seinem Gast die Wünsche von den Augen ablas.

Balthasar presste das Ohr gegen die Tür und lauschte angestrengt. Auch jetzt war nicht das Geringste zu hören.

„Was sind denn das für Sitten?“

Balthasar zuckte erschrocken zusammen. Er schaute nach rechts und sah, dass Frau Luetkers von Zimmer 114 plötzlich neben ihm stand. Sie kam offensichtlich wirklich direkt aus dem Bett. Ihr bodenlanges Rüschennachthemd ließ sie wie ein Nachtgespenst aussehen. Dazu kam, dass sie sich das Gesicht weiß eingecremt hatte.

„Haben Sie mich erschreckt“, sagte Balthasar. „Ich wollte nur hören, ob …“

„… ob die Leute in dem Zimmer es immer noch so laut treiben?“

„Wie meinen Sie das?“

„Na, ich habe doch eindeutige Geräusche gehört. Zum Glück habe ich immer meine Ohrstöpsel dabei. Mein Mann sagt, das ging schon die ganze Nacht so.“

„Was so?“

„Na, die Schreie. Und das Stöhnen. Mal hat man eine Stunde lang gar nichts gehört, dann ist es plötzlich wieder da. Und dann noch diese unheimliche Stimme …“

„Was für eine unheimliche Stimme?“ Balthasar musste zugeben, dass er verwirrt war. Friedel hatte als Einzelgast eingecheckt. Und falls er Damenbesuch hatte – oder Herrenbesuch, auch das kam gelegentlich vor – dann wäre dies Balthasar oder Stummer gemeldet worden. Natürlich wurde ein gelegentlicher Kurschatten akzeptiert, aber ein Arrangement auf Dauer war dann doch nicht im Sinne der Geschäftsbedingungen.

„Lassen Sie mich auch mal hören“, verlangte Frau Luetkers und schob sich an Balthasar vorbei. „Bisher hab ich ja nur an der Wand gehorcht. Da hat man nicht viel verstehen können.“

„Ich dachte, Sie hätten die Stimme gehört?"

„Ja, aber nicht, was sie gesagt hat."

Frau Luetkers wollte ihr Ohr ans Holz pressen, aber das ging Balthasar nun doch zu weit. Er drückte sie ein wenig beiseite und hatte das unpassende Gefühl, dass ihr der körperliche Kontakt gar nicht so unangenehm war.

„Holla, Sie sind aber stürmisch, Herr Hoteldirektor!", hauchte sie.

Balthasar konzentrierte sich wieder auf sein Vorhaben. Dezent, aber trotzdem energisch, klopfte er an. Drei Mal.

Aus dem Zimmer glaubte er ein Geräusch zu hören. Es klang wie ein ersticktes Husten. Ansonsten rührte sich nichts.

„Herr Friedel? Sind Sie wach? Hier ist Balthasar Held, der Hoteldirektor. Es tut mir leid, Sie zu stören, aber …"

Aber? Gab es irgendeinen vernünftigen Grund, Regel 1 zu brechen? Noch dazu in Anwesenheit dieser schrecklich penetranten Luetkers?

„… ich wollte mich nur erkundigen, ob wir Ihnen etwas Gutes tun können? Eine kleine Mahlzeit aufs Zimmer bringen? Einen Tee vielleicht?" Die Notlüge kam ihm zwar einigermaßen glatt über die Lippen, aber ein schlechtes Gefühl hatte er trotzdem.

Zudem sich hinter der Tür nun nichts mehr tat.

„Klopfen Sie noch mal!", forderte Frau Luetkers. „Vielleicht haben die's nicht gehört!"

Balthasar reichte es. „Bitte, Frau Luetkers, lassen Sie mich das doch allein regeln. Gehen Sie am besten wieder auf Ihr Zimmer und versuchen Sie, den Schlaf nachzuholen!"

Mit einem „Pfft" auf den Lippen und arrogantem Augenschlag drehte sie sich um und verschwand. Balthasar atmete erst auf, nachdem sie auch die Tür hinter sich geschlossen hatte.

Danach klopfte er ein zweites Mal, diesmal noch etwas energischer. „Herr Friedel? Hören Sie mich? Brauchen Sie vielleicht Hilfe?"

Wieder glaubte er ein ersticktes Husten aus dem Zimmer zu hören. Dann vernahm er Schritte. Schließlich aber antwortete jemand: „Ja, was wollen Sie denn?“ Es war keine laute Stimme. Sie war heiser, kratzig und hörte sich an, als wäre ihr Besitzer gerade erst erwacht.

„Nur fragen, ob alles in Ordnung ist, Herr Friedel.“

„Natürlich, alles okay.“

Balthasar kam sich fehl am Platz vor. Offensichtlich hatte der Gast hinter der Tür nicht das geringste Interesse an einem Gespräch.

„Können wir Ihnen etwas aufs Zimmer bringen?“, versuchte er es dennoch. Vielleicht könnte dann die Frage gelüftet werden, ob sich noch jemand im Zimmer befand.

„Nein, alles okay“, wiederholte die Stimme.

„Eine letzte Frage noch, Herr Friedel. Bleiben Sie noch bis morgen, es ist nicht ganz klar, ob …“

Diesmal kam die Frage wie aus der Pistole geschossen. „Natürlich!“

Für Balthasar war damit die Sache erledigt. Er musste sich eine andere Lösung für Strohmeier und dessen Damenbesuch überlegen.

Und zwar möglichst sofort.

6. In der Hölle

Der Hai war verschwunden. Dafür sah er das Segelboot. Und auch die Sonne zeigte sich. Sie schien ihm genau ins Gesicht, sodass er das Boot nur als flimmernde Silhouette erkennen konnte. Und auch das nur, wenn er die Augen zusammenkniff.

Nach wie vor kam er nicht von der Stelle. Er wusste noch nicht einmal, ob er irgendwelche Schwimmbewegungen vollführte. Vom Hals abwärts spürte er nur Eiseskälte.

Er konzentrierte sich wieder auf das Segelboot. Es bewegte sich nicht weiter. Es schaukelte noch nicht einmal. Wie ein starrer Scherenschnitt erhob es sich über den Meeresspiegel. Jemand war an Bord. Eine einzige, hoch aufgerichtete Gestalt, die zu ihm herübersah.

Er wollte um Hilfe schreien, winken, auf irgendeine Art auf sich aufmerksam machen. Aber es gelang ihm nicht. Er brachte keinen Ton heraus. Seine Arme waren im Wasser. Er konnte sie nicht herausziehen.

Lange trieb er hilflos auf der Stelle und sah zu dem Boot hinüber. Er schätzte, dass es nicht weiter als fünfzig Meter entfernt lag. Ob der andere genauso zur Untätigkeit verdammt war wie er? Waren sie beide in derselben Hölle gelandet?

Nein, je länger er hinsah, desto mehr hatte er den Eindruck, dass der andere ihn belauerte. Wartete er darauf, dass er unterging?

Was ihn betraf, so hatte er keinen Einfluss darauf. Und er hatte nun mal die schlechteren Karten. Er versuchte, seinen Verstand einzusetzen. Er musste zu dem Boot gelangen. Auf irgendeine Art. Es gab immer eine Lösung! Wie hatte Einstein gesagt? Was vorstellbar ist, ist auch machbar.

Also stellte er sich vor, wie es wäre, mit dem anderen zu tauschen. Er sah sich selbst auf dem Boot stehen und den anderen hilflos im Meer treiben.

Der Schmerz katapultierte ihn augenblicklich wieder in die Wirklichkeit zurück.

„Du darfst dich nicht dagegen auflehnen“, hörte er die verzerrte Stimme seines Peinigers. Du musst den Schmerz akzeptieren. Nur dann wirst du eins mit ihm und kannst ihn ertragen.“

Diesmal lag er auf dem Bauch. Hände und Füße waren wie zuvor an die Bettpfosten gefesselt. Aber wenigstens war sein Kopf nicht mehr fixiert. Trotzdem bekam er kaum noch Luft, weil die Löcher in der Maske mit seinem Rotz verschmiert waren.

Sein Peiniger hob seinen Kopf ein wenig und nahm ihm wieder die Augenbinde ab. Dann hielt er ihm einen gekrümmten Stock hin. Erst allmählich klärte sich sein Blick so weit, dass er erkannte, dass es sich um einen Kleiderbügel handelte.

„Rat mal, was ich damit anstelle?“, hörte er die Stimme des Menschenhais. „Du wirst ihn erst nicht spüren. Zumindest nicht die ersten Zentimeter. Wir gewöhnen uns ganz langsam daran. Stell dir einfach vor, es wäre ein Zäpfchen.“

Stumpfe Laute drangen aus Friedels Kehle, er glaubte zu ersticken, die Atemzüge durch die Nase waren nun schnell und hektisch. Er begann zu hyperventilieren. Sein Körper vibrierte.

Er bekam nicht mehr mit, wie der Bügel brutal in seinen After gestoßen wurde.

7. Nachtprogramm

Als Anne-Kathrin aus dem Aufzug stieg, stieß sie fast mit diesem etwas ungeschickten Herrn Held zusammen. Aus dem Hotelprospekt, der in ihrem Zimmer auslag und in dem sie geblättert hatte, wusste sie bereits, dass ihm das *Kur-Schlößchen* gehörte. Auf den letzten Seiten war die Historie des Hotels ausführlich und liebevoll dargestellt. Für ihren Geschmack zu liebevoll. Wie alles im *Kur-Schlößchen* eine winzige Spur zu altbacken war. Ob das der kleine Blumenstrauß auf dem Zimmer war, die Fotos an den Wänden, die natürlich hauptsächlich die patinageprägten Kurgäste vergangener Zeiten zeigten, die dekorativen Stofftapeten, die sicherlich teuer gewesen waren.

Als sie am Vorabend angekommen war, hätte sie fast einen Schock bekommen, als dieser livrierte Schnösel von Portier auf sie zugekommen war, um ihr den Koffer abzunehmen. Das war zwar freundlich gedacht, aber das schaffte sie immer noch allein. Jedenfalls hatte sie befürchtet, dass das *Kur-Schlößchen* tatsächlich völlig old school war. Aber dann hatte sie dem Hotel doch noch positive Seiten abgewonnen. Es war hell und freundlich. An den Wänden hingen pastellfarbene Gemälde eines offensichtlich stadtbekannten Künstlers namens Memisevic. Auch das erfuhr sie aus dem Prospekt. Völlig entschädigt hatte sie der Blick aus dem Fenster auf den herrlichen Kurparksee. Und spätestens beim Frühstück hatte sie bemerkt, dass die Atmosphäre im Hotel ganz und gar nicht steif war. Das freundliche Personal war sogar ausgesprochen locker drauf. Viel lockerer als dieser Herr Held, der ihr bisher hauptsächlich mit griesgrämiger Miene begegnet war. Aber gut, vielleicht bedrückte den armen Mann etwas. Geldsorgen zum Beispiel. Davon verstand sie eine ganze Menge, denn seitdem sie vor zwei Jahren ihren Job beim WDR hingeschmissen hatte, hielt sie sich als selbstständige Designerin mehr schlecht als recht über Wasser.

Den letzten hatte sie verloren, weil ihr Kunde schon nach dem ersten Auftrag geglaubt hatte, nicht nur ihre Entwürfe, sondern auch ihren Körper gekauft zu haben.

Vielleicht war sie einfach zu freundlich. Oder zu naiv. Und das mit dreiundvierzig Jahren.

Während sie sich zum Hinterausgang begab, der in den hauseigenen Garten führte, dachte sie über sich nach. Mal wieder. Vielleicht sollte sie ihren Traum, als selbstständige Designerin zu Ruhm und Reichtum zu gelangen, begraben. Sie war sowieso nur so da reingerutscht, weil ihr nichts anderes eingefallen war und sie tatsächlich ein Faible dafür hatte. Vielleicht sogar Talent, wie ihr einige bescheinigt hatten.

Aber Talent hatte sie auch als Journalistin gehabt. Zuletzt hatte sie vier Jahre lang ihr eigenes Magazin moderiert: *Anne-Kathrin*. Kultur, Design, ein wenig Politik, alles, was sie selbst interessierte und von dem sie hoffte, dass es auch hunderttausende Zuschauer interessieren würde.

Im letzten Jahr auf Sendung war *Anne-Kathrin* vom einem guten 21-Uhr-45-Sendeplatz ins Nachtprogramm geschoben worden. Ohne Angabe von Gründen. Natürlich gab es die, aber man hatte sie ihr nicht gesagt. Erst im Nachhinein hatten ihr die Kollegen nach und nach gesteckt, dass der Ressortchef seine neue Freundin unterbringen wollte. Die war Ende zwanzig und besaß mehr Körper als Grips. Allgemein wurde es mit „Verjüngung" verkauft, dass Anne-Kathrin ihr ihren Sendeplatz zur Verfügung stellen musste.

Leider erwiesen sich die Zuschauer von *Anne-Kathrin* als weniger treu, als sie bis dahin geglaubt hatte. Mit jeder nächtlichen Sendung halbierten sich die Einschaltquoten. Als ihr Ressortchef ihr nahelegte, einen Schlussstrich unter *Anne-Kathrin* zu ziehen, hatte sie erst zugestimmt, wenngleich mit einer Träne im Auge. Aber sie hatte genügend Ideen für andere Formate. Schon immer wollte sie eine

Sendung über Tiere in Not machen. Oder die schönsten Orte in Nordrhein-Westfalen präsentieren.

„Das kannst du alles machen“, hatte Klaus, der Ressortleiter ihr zugestimmt. „Aber hinter der Kamera, nicht mehr davor.“ Während sie ihn noch fassungslos angestarrte hatte, hatte er nachgelegt: „Deine Talente liegen eindeutig im Recherchieren.“

„Soll das heißen, dass ich als Moderatorin eine Niete bin?“ Die zahlreichen Fanbriefe bewiesen ihr das Gegenteil. Und auch bei der Wahl der beliebtesten Moderatorinnen stand sie jedes Mal ganz vorne.

„Natürlich bist du das nicht.“ Klaus hatte sich gewunden. „Aber für uns alle kommt die Zeit, wo wir für die Jüngeren den Platz freimachen müssen. Wir machen ja kein Altersheim-TV …“

Die Jüngeren … Damit hatte er ausgesprochen, um was es eigentlich ging!

„Steckt da etwa auch wieder unser Intendant hinter? Will er, dass sein Flittchen mit der blonden Mähne jetzt auch *Anne-Kathrin* übernimmt?“ Sie konnte nicht anders, aber der Frust platzte plötzlich als entflammte Wut aus ihr heraus.

„Jetzt beruhige dich. Ich habe auch früher moderiert und meine wahren Fähigkeiten dann ganz woanders entfalten können. Außerdem hat das nichts mit Hildebrand zu tun. Und mit Moni auch nicht. Übrigens bricht ihre Sendung *Moni's* einen Einschaltrekord nach dem anderen!“

„Ja, *Moni's* mit Deppen-Apostroph! Das passt perfekt!“

Anne-Kathrin wollte nicht zugeben, dass sie eine Folge der Sendung sogar schon einmal gesehen hatte. Aus Neugier. Weil sie wissen wollte, was die Neue besser machte.

Zugegeben, sie sah besser aus. Und sie war jünger. Ansonsten war sie nicht mehr als eine sprechende Schaufensterpuppe. Die besten Autoren hatten ihr das Buch für die Sendung geschrieben. Sie hatte die stärksten Beiträge und die interessantesten Gäste, von denen sie wahrscheinlich nie vorher gehört hatte. *Anne-Kathrin* hatte entnervt abgeschaltet, nachdem sie den Schriftsteller Stuckrad-Barre das dritte Mal mit „Stuckbrad-Karre“ angesprochen hatte. Der war jedes Mal zusammengezuckt, ansonsten aber ruhig geblieben.

Und ob das mit den Einschaltquoten wirklich so stimmte, bezweifelte sie auch.

Klaus legte den Arm um sie. „Ach komm, du bleibst uns schon erhalten. Wie heißt es doch: Wenn's am schönsten ist, soll man aufhören.“

Sie hatte den Arm weggeschlagen und gefragt: „Was denn nun: Aufhören oder erhalten bleiben? Beides geht nicht. Ich gehöre *vor* die Kamera! Basta!“

Und das stimmte wirklich. Vor der ersten *Anne-Kathrin*-Sendung hätte sie sich fast in die Hose gemacht. Sie hatte den Text auswendig geprobt und hatte vor der Kamera völlig hölzern gewirkt. Aber mit jeder Sendung lernte sie dazu, war lockerer geworden. Und nachdem die ersten begeisterten Zuschauerbriefe eingetrudelt waren, machte ihr die Arbeit im Rampenlicht sogar Spaß. Obwohl sie noch bis zuletzt Lampenfieber vor jeder Sendung gehabt hatte. Aber sie meisterte es souverän, und die Aufregung war verschwunden, sobald sie in das Rotlicht der Kamera schaute.

Klaus hatte sie weiter zu beschwichtigen versucht, aber irgendwann war sie einfach grußlos gegangen.

Eine ganze Woche hatte sie darauf gewartet, dass man sie anrief. Aber es rief keiner an.

Danach war sie noch einmal im WDR-Gebäude gewesen, um ihre Sachen zu holen. Niemand hatte sie daran gehindert. Niemand hatte sie angesprochen. Wohin sie auch blickte, hatten sich die Mitarbeiter abgewandt.

Später hatte sie gehört, warum, denn inzwischen hatte jemand das Gerücht in Umlauf gesetzt, sie hätte einigen Leuten eindeutige Angebote gemacht, nur um *Anne-Kathrin* weitermoderieren zu dürfen. Außerdem hätte sie einige Kollegen angeschwärzt …

Auch nach der zweiten Woche rief niemand bei ihr an. Statt *Anne-Kathrin* wurden auf ihrem Sendeplatz jetzt uralte Spielfilme gezeigt, die niemanden interessierten.

Nach einem Monat wurde ihr klar, dass sie sich etwas Neues suchen musste. Noch gab ihr Konto genug her, dass sie keine Existenzängste verspürte. Aber ab nun würden die Zahlungen ausbleiben. Sie war nicht fest angestellt, sondern in all den Jahren nur freie Mitarbeiterin gewesen. Jetzt begriff sie, dass sie all die Jahre auf einem Hochseil balanciert war, was ihre Zukunftssicherung anbetraf …

8. Das Klopfen an der Tür

Er hörte das Klingeln des Telefons wie hinter Watte. Aber zumindest war es laut genug, dass es ihn aus seinen Träumen riss. Kurz schöpfte Friedel Hoffnung, aber dann verstummte das Klingeln auch schon.

Um ihn war Dunkelheit. Und Schmerz.

Er versank wieder in seine eigene Welt, wo der Schmerz leichter zu ertragen war als in der Wirklichkeit.

In Gedanken zündete Friedel eine Kerze an. Ihr warmes Licht schenkte ihm Zuversicht. Vor allem aber übertrug er einen Bruchteil der Schmerzen auf sie. Er wusste nicht, wann und warum er darauf gekommen war, aber es funktionierte. Genau wie zuvor das Meer die Pein gelindert hatte, indem es seinen Leib unterhalb des Kopfes durch seine Kälte absterben ließ.

Nun waren es die Kerzen, die ihm halfen, zu überleben.

Eine Kerze vergab nichts, wenn sich eine andere an ihr entzündete, dachte er und steckte eine zweite an. Und eine dritte und vierte. Und mit jedem Licht fühlte er sich ein wenig besser.

Es klopfte. Er wusste nicht, warum und wo. Trotzdem erfüllte ihn erneut ein Fünkchen Zuversicht. Weit, weit entfernt, irgendwo außerhalb seiner Welt hörte er eine Stimme. Er versuchte, zu antworten, aber etwas erstickte seinen Willen. Als würde ihm jemand zusätzlich zu dem Knebel ein Kissen auf den Kopf drücken.

Plötzlich war er wieder hellwach, versuchte ruhig zu atmen, um nicht zu krepieren.

Jetzt hörte er ein Klopfen an einer Tür. Und eine weit entfernte Stimme.

„... ich wollte mich nur erkundigen, ob wir Ihnen etwas Gutes tun können? Eine kleine Mahlzeit aufs Zimmer bringen? Einen Tee vielleicht?“

Er verstand, was der andere sagte.

Am liebsten hätte er aufgeschrien. Hätte alles gemacht, um auf sich aufmerksam zu machen. Aber er war hilflos. Und wenn er nur einen Mucks von sich gab, würde ihm sein Peiniger wieder das Kissen auf den Kopf drücken.

Es klopfte ein zweites Mal, diesmal etwas lauter. „Herr Friedel? Hören Sie mich? Brauchen Sie vielleicht Hilfe?"

Er musste plötzlich würgen, fürchtete, im nächsten Moment wieder das Kissen zu spüren. Aber der andere im Zimmer hatte offenbar andere Probleme.

„Ja, was wollen Sie denn?"

Zum ersten Mal hörte er die Stimme des Folterers ohne den Verzerrer. Er war sich jetzt sicher, dass er sie kannte. Aber er kam nicht darauf, wer es war.

„Nur fragen, ob alles in Ordnung ist, Herr Friedel."

„Natürlich, alles okay."

Sein Folterer sprach mit verstellter Stimme, deshalb fiel es ihm auch nicht ein, woher er die Stimme kannte.

„Können wir Ihnen etwas aufs Zimmer bringen?"

Ja, bitte, bitte, bitte, flehte er. Holt mich hier raus! Seht, was das Schwein mit mir anstellt!

Er klammerte sich an die Hoffnung wie ein Ertrinkender an ein Stück Treibholz. Aber bereits in der nächsten Sekunde wurde es ihm wieder entrissen.

„Nein, alles okay", vernahm er die Stimme des Menschenhais.

„Eine letzte Frage noch, Herr Friedel. Bleiben Sie noch bis morgen, es ist nicht ganz klar, ob …"

„Natürlich!"

Geh nicht weg! Frag weiter! Frag, was mit ihm nicht stimmt! Geh nicht weg!

Er lauschte in die Stille hinein. Sie schien ihm endlos lange zu dauern. Dann hörte er ein befreites Aufatmen.

„Und jetzt zu dir …"

9. Sonnenfinsternis

Als sie durch den Garten des *Kur-Schlößchens* schritt, gelang es ihr, die düsteren Gedanken wegzuschieben. Der Garten war wirklich ein verwunschenes Kleinod, mit gewundenen Kieswegen, die zwischen Beeten und Büschen entlangführten und Bänken, die zum Verweilen einluden. Auf einer kleinen, versteckten Rasenfläche entdeckte sie eine Holzliege. Das Personal hatte bereits Polster daraufgelegt. Das gute Wetter und die Sonne luden geradezu ein, sich etwas Entspannung zu gönnen.

Sie machte es sich auf der Liege bequem und schaute in einen hellblauen Himmel. War das herrlich hier!

Und dennoch legte sich erneut ein Schatten über ihre Stimmung. Es hatte mit der Einladung zu tun, die sie hier hergebeten hatte. Sie wusste nicht, wer sie ihr geschrieben hatte. Aber es war Geld in dem Umschlag gewesen. Geld, das sie dringend benötigte. Und in der Einladung hatte das nicht-ausgesprochene Versprechen gelegen, dass es um einen großen Auftrag ging.

Aber da war noch etwas anderes. Etwas, das ebenfalls zwischen den Zeilen gestanden hatte, das sie nicht, noch nicht, richtig einzuordnen wusste. Es erzeugte in ihr ein ungutes Gefühl, vielleicht machte es ihr sogar Angst, da es so ungreifbar war. Gleichzeitig erweckte es in ihr etwas, das nie weg gewesen war, obwohl sie es hasste. Denn es war untrennbar verbunden mit dem Leid, das man ihr angetan hatte.

Es war die Neugier, die geweckt worden war. Der unbedingte Wille, den Dingen auf den Grund zu gehen. Die Rebellion gegen jede Form von Ungerechtigkeit und Machtausübung.

Ja, wenn man so wollte, so strebte der Unbekannte danach, Macht über sie auszuüben, indem er sie neugierig machte. Und immerhin hatte er es ja geschafft, dass sie seine Einladung angenommen hatte.

Seufzend kuschelte sie sich in die weiche Auflage des Liegestuhls. Nein, unbeschwerte Tage würde sie im *Kur-Schlößchen* wohl nicht verleben. Aber das hatte sie auch von Anfang an nicht erwartet.

Aber wer mochte der Unbekannte sein? Seine Einladung hatte so geklungen, als ob er sie kannte. Vielleicht jemand von früher? Vom Fernsehen? Oder ein Zuschauer? Dann hoffentlich nicht irgendein verrückter Fan, der sich auf diese Art an sie heranschlich.

Außerdem würde er enttäuscht sein, wenn er sie heute sah. Die Haare waren nicht mehr rotblond gefärbt. Außerdem hatte sie geschätzte fünf Kilo zugenommen. Und in den Klamotten, die sie trug, wäre sie bereits bei jedem Moderatorinnen-Casting in der ersten Runde durchgefallen.

Plötzlich verdunkelte sich die Sonne.

Aber es waren keine Wolken, die sich davorschoben.

Ein großer Schatten erhob sich zwischen Anne-Katrin und dem Himmel.

„Und? Gibt's schon was Neues?", erkundigte sich Balthasar.

„Ja, soeben ist das Paar aus Nummer 112 abgereist, weil es ebenfalls obszöne Geräusche aus Zimmer 113 vernommen hat", sagte Franz Stummer mit unberührter Miene.

„Aber das ist ja wunderbar!", freute sich Balthasar. „Da hätten wir ja endlich unser Zimmer für Strohrmeiers Besuch."

„Ich finde nicht, dass das ein Anlass zum Jubeln ist", widersprach Franz. „Immerhin haben wir damit wahrscheinlich zwei Gäste mehr, die wir nicht mehr wiedersehen werden.

„Sie haben ja recht, wir hätten sie so nicht gehen lassen dürfen, aber in diesem Fall heiligt der Zweck eben die Mittel. Wir werden ihnen schreiben, uns in aller Form entschuldigen und ihnen einen Gutschein für ein Wellness-Wochenende bei uns schenken."

Franz Stummer hob die Augenbraue. „Das wiederum wäre übertrieben. Ein Gutschein für einen Besuch im Erlebnis-Gradierwerk reicht völlig, denke ich."

„Also gut, Sie erledigen das schon."

„Und was geht in Zimmer 113 vor sich?"

„Nichts."

„Sind Sie da sicher?"

„Ich habe mit dem Gast gesprochen und denke, dass jetzt Ruhe herrschen wird. Lassen Sie Zimmer 112 möglichst schnell herrichten, bevor Strohrmeiers Dame eintrifft."

„Und Sie? Was machen Sie jetzt?"

Balthasar setzte ein ernstes Gesicht auf. „Ich habe noch einige wichtige Dinge hin- und herzuwälzen."

„Im Garten? Wie immer?", grinste Stummer hinterhältig.

„Bei dem schönen Wetter wäre es ein Verbrechen, hier herumzustehen. Mensch Stummer, ziehen Sie sich wenigstens mal was Sommerliches an! Ein Sweatshirt und eine Jeans würden auch aus Ihnen einen ganz anderen Menschen machen!"

„Nur über meine Kündigung. Im Übrigen erlaube ich mir festzustellen, dass Ihr Shirt etwas knapp über dem Bauch sitzt."

Balthasar sah an sich herunter. „Stimmt! Letzten Sommer passte es noch. Das Teil muss tatsächlich eingelaufen sein."

„Wahrscheinlich", sagte Stummer mit unauslotbarer Miene. Auch er wusste, wann es besser war, den Mund zu halten.

„Wie auch immer. Die nächste Stunde werden Sie ohne mich auskommen müssen."

„Wie immer, ich weiß, aber ich werde es überleben."

Balthasar hatte sich bereits abgewendet, um Richtung Küche zu eilen. Es herrschte bereits wieder Hektik, denn die Gäste kamen zum Kaffeetrinken und Kuchenschlemmen. Auch hier lieferten sich Sammy und Martha einen regelrechten Wettstreit. Martha hatte sich für Schwarzwälder

Kirschtorte und Stachelbeer-Törtchen entschieden. Sammy kreierte Rhabarber-Streusel-Muffins und in Weckglas gebackene Matronen-Zitronen-Küchlein. Alles war sicher lecker, aber Balthasar dachte nicht daran, wieder die Jury zu spielen. Er hatte jetzt ein Anrecht auf seine kreative Ruhephase.

Also stellte er sich aus der Kühltruhe nur ein paar Eiskugeln zusammen, adelte das Ganze mit reichlich Sahne und verzog sich in den Garten.

Dort hatte er einen heimlichen Lieblingsplatz, zu dem dankenswerterweise kaum ein Gast hinfand. Und wenn doch, so verweilte keiner dort lange. Dabei war es das herrlichste Fleckchen des *Kur-Schlößchens*, wie zumindest Balthasar fand.

Als er ihn erreichte, stellte er zu seinem Bedauern fest, dass seine Liege schon besetzt war.

Im nächsten Moment wandelte sich sein Bedauern in Neugier. Vor ihm lag die Frau aus dem Aufzug, die ihm schon vorher aufgefallen war. Sie lag entspannt auf dem Rücken, hatte die Augen geschlossen und bot einen Anblick, der Balthasar gefiel. Er betrachtete ihr Gesicht. Es hatte etwas, das ihn anzog. Und das ihn an jemanden erinnerte. Er wusste nur nicht, an wen. Hatte er sie schon einmal gesehen? War sie womöglich schon einmal Gast im *Kur-Schlößchen* gewesen?

Während er noch darüber grübelte, schlug sie plötzlich die Augen auf. Und sah ihn an. Auf eine Weise, die ihn erschrak.

Erst glaubte er, dass sie schreien würde. Sie öffnete bereits den Mund. Aber dann fing sie sich und sah ihn unfreundlich an.

„Entschuldigung, ich wollte Sie nicht erschrecken!“, entfuhr es ihm.

„Das haben Sie aber“, sagte sie und setzte sich auf.

„Normalerweise klopfe ich vorher an, aber das war in diesem Fall nicht möglich“. Ein leichtes Lächeln erschien auf ihren Lippen. „Sie sind ja richtig schlagfertig. Hätte ich nicht vermutet."

Was denn? Hielt sie ihn für einen humorlosen, stocksteifen Kurhoteldirektor?

Ihr Blick fiel auf den Becher in seiner Hand. „Jetzt müssen Sie nur noch sagen, dass Sie gekommen sind, um mir das Eis zu kredenzen. Da habe ich jetzt wirklich Hunger drauf."

Balthasar entspannte sich. Wenn die Lage mit einem Eis zu bereinigen war, so trennte er sich liebend gern davon. Es gab ja noch genügend Nachschub in der Gefriertruhe.

Er trat näher und reichte ihr den Becher: „Bitte schön, die Dame …"

Sie sah ihn skeptisch an, während sie das Eis entgegennahm. „Sind Sie eigentlich immer so förmlich?"

„Zu Gästen im Allgemeinen ja", antwortete Balthasar, nicht ohne sofort ihre Kritik zu überdenken. War er in all den Jahren schon zu sehr in diese Rolle geschlüpft, dass es ihm selbst gar nicht mehr auffiel? Allerdings konnte er nicht lange darüber nachgrübeln, denn die Frau, deren Namen er noch immer nicht wusste, stellte ihm gleich die nächste Frage: „Wie ist das eigentlich: Hat man in Ihrer Position eigentlich so etwas wie ein Privatleben?"

„Wie meinen Sie das?"

„Na ja, ich habe Sie beobachtet. Sie schleichen die ganze Zeit herum und überwachen alles." Sie sah wohl sein bestürztes Gesicht und setzte gleich nach: „Keine Sorge, Sie machen das sehr diskret. Ich glaube nicht, dass es irgendeinem anderen Gast aufgefallen ist. Ich bin nun mal eine sehr aufmerksame Beobachterin. Manchmal ist das wie ein Fluch. Wahrscheinlich muss ich mir das auch noch abgewöhnen …"

Balthasar ließ sie reden und merkte, dass die Frau ihn immer mehr faszinierte. Ihr Selbstbewusstsein war nicht gespielt. Aber es war auch nicht so unerschütterlich, dass sie es innerhalb eines Satzes gleich wieder in Frage stellte. „Nein, das ist schon in Ordnung“, sagte er rasch und setzte sich ihr gegenüber auf einen Gartenstuhl. Das war besser, als von oben herab auf sie zu blicken. „Und Sie haben recht. Es ist eine Marotte von mir, nach allem zu schauen. Ich fühle mich für jeden Gast verantwortlich, obwohl ich mich auf meine Mitarbeiter verlassen kann. Wenn Sie so wollen, bin ich eigentlich überflüssig …“

„Ach Quatsch, jetzt untertreiben Sie aber!“

„Nein, nein, ich kann weder kochen noch …“ Nein, jetzt untertrieb er wirklich. In Stoßzeiten packte er auch beim Service mit an. Er konnte sogar drei Teller gleichzeitig an den Tisch balancieren. Außerdem fand er auch noch die verstecktesten Staubkörnchen auf den Zimmern. Und, na ja, er musste sich um all die Dinge kümmern, die das *Kur-Schlößchen* erst zu dem machten, als das es galtwas es war: eines der gastfreundlichsten Hotels im ganzen Umkreis.

„Das können Sie mir nicht erzählen!“, sagte sein Gegenüber.

„Was?“

„Dass Sie nicht kochen können. Zumindest sieht man Ihnen das nicht an.“

Diesmal musste Balthasar lachen. Normalerweise mochte er keine Scherze über seine Figur. Aber in dem Fall … Außerdem hatte sie ja recht. „Na ja, ich kann zumindest nicht für zwanzig, dreißig oder noch mehr Leute kochen. Das ist eine Kunst für sich, wenn es auch noch gut schmecken soll. Für mich privat reichen meine Kochkünste schon.“ Wobei er sich keineswegs als Gourmet betrachtete. Eher als Gourmand, als jemand, der gerne und viel aß, sofern es gut zubereitet war.

„Das Eis schmeckt übrigens sehr gut“, sagte sie. Sie hatte schon die ganze Zeit gelöffelt. „Selbstgemacht?“

„Natürlich. Unsere Küche produziert das Meiste selbst.“

„Was ist Ihr Lieblingseis?

„Los, sagen Sie es schon! Ich bin neugierig!"

Es widerstrebte ihm, einer Frau, deren Namen er nicht kannte, seine Lieblingseissorte zu nennen. Er fand das zu vertraulich. Also stellte er die Frage und hoffte, dass sie nicht zu plump rüberkam: „Erst müssen Sie mir Ihren Namen verraten!"

Sie sah ihn erstaunt an. „Den wissen Sie nicht? Ich habe doch Ihren Anmeldezettel ausgefüllt! Außerdem war für mich reserviert."

„Ja, aber ich schaue mir das alles nicht so genau an …"

„Anne", sagte sie.

„Balthasar."

„Ich weiß."

Sie verriet ihm nicht, woher sie das wusste.

„Und jetzt Ihr Lieblingseis!"

Balthasar überlegte noch immer.

„Los, Sie dürfen nicht lange nachdenken!"

„Erdbeer. Oder Nuss. Nein, doch eher Schokolade!" Er war sich plötzlich unsicher.

„Ach, was frage ich überhaupt. Hier im Becher ist, abgesehen von der überreichlichen Schokosauce, nur Vanilleeis. Das Eis war doch für Sie, oder? Also, Vanille …" Sie zog die Stirn kraus und überlegte. „Vanille bedeutet, dass sie sehr bodenständig sind, Neues eher nach reichlicher Überlegung annehmen. An die Exoten wie Mango oder Schlumpfeis trauen Sie sich überhaupt nicht ran, stimmt's? Ihr Leben ist ziemlich durchorganisiert, ohne große Überraschungen, die Sie im Übrigen auch nicht sehr schätzen. Ja, Ihr Leben ist organisiert wie Ihr Hotel. Am zufriedensten sind Sie, wenn alles seinen geordneten Gang geht. Das gibt Ihnen die nötige Sicherheit, ist aber nicht wirklich aufregend, oder?"

Je länger Anne sprach, desto mehr staunte Balthasar. Jede Aussage stimmte. Es war, als stünde er völlig nackt vor ihr. „Woher wissen Sie das alles?", fragte er.

Sie winkte lässig ab. „Ach, das hatte ich mal in einer …“ Sie brach abrupt ab und verschluckte sich fast. Nach einem kleinen Hustenanfall, der Balthasar recht künstlich vorkam, fuhr sie fort. „Also, das habe ich mal in einer Zeitung gelesen. Keine Ahnung, ob was Wahres daran ist. Bei mir stimmt's jedenfalls. Ich bin übrigens Frozen Mango.“

„Frozen Mango? Und was bedeutet das? So frostig kommen Sie mir gar nicht vor.“

Diesmal lachte sie nicht. Es war, als ob ein Schatten über ihr Gesicht glitt. Ein Vorhang, der ihre wahren Gefühle vor Balthasar verbarg.

Er war fast froh, als aus einem anderen Teil des Gartens ein vielstimmiges Yee-haw erklang. Die Cowboys schlugen mal wieder über die Stränge. Höchste Zeit, nach dem Rechten zu sehen!

II. Unruhiger Sonntag

1. Morgenstund

Balthasar erwachte mit einem schalen Geschmack im Mund und einem schlechten Gefühl im Bauch. Ersteres war dem einen oder anderen Gin-Cocktail zu viel geschuldet, den er am Abend zuvor verkostet hatte. Man sollte eben nie trinken, wenn es einem sowieso schon schlecht ging. Und wenn, dann lieber in Gesellschaft, am besten eines guten Freundes, vor dem man die Sorgen ausschüttete, anstatt zu versuchen, sie zu ersäufen.

Der Kater würde vergehen, dafür gab es das eine oder andere Mittel. Aber das Bauchgrimmen würde ihn noch mindestens so lange begleiten, bis er Klarheit darüber hatte, was und wer genau hinter dem Glasbrückenprojekt steckte.

Während er aufstand, sich frisch machte, Kaffee aufbrühte, ein Ei kochte, Speck in der Pfanne briet und den Toaster bediente, dachte er die ganze Zeit noch über eine andere Sache nach. Sie hatte einen Namen: Anne.

So kurz auch ihr Gespräch gewesen war, so sehr hatte er es genossen. Sie hatte die richtigen Fragen gestellt. In seine Seele geblickt. Allerdings war er sich noch immer nicht sicher, ob das Interesse ihm gegolten hatte oder ob es beruflicher Natur war. Vielleicht stellte sie ja allen Leuten solche Psycho-Fragen. Leider war das Gespräch viel zu schnell beendet worden. Allein seine Neugier war geblieben.

Nachdem er die Bremer Cowboys einmal mehr in die Schranken verwiesen hatte, war er zu seinem Lieblingsplatz zurückgekehrt. Zu seinem Bedauern war der Liegestuhl leer gewesen. Und auch den restlichen Tag war ihm Anne nicht mehr über den Weg gelaufen. Dafür wusste er jetzt ihren vollen Namen: Anne-Kathrin Rosenberg. Ein schöner Name, wie er fand. Und wieder grübelte er darüber nach, woher er sie kannte. Der Blick auf die Anmeldung half ihm jedenfalls nicht weiter. Dafür stellte er bei einem Blick auf die im Computer gespeicherten Reservierungen fest, dass die Rechnung nicht an sie, sondern an eine andere Person ging.

War sie im Auftrag einer Firma oder eines privaten Auftraggebers hier? Was überhaupt war ihr Job? Und wie gefiel es ihr im *Kur-Schlößchen*? Sie hatte da so seltsame Andeutungen gemacht.

Das Frühstück schmeckte ihm nicht. Es wurde ihm noch schlechter davon. Er fischte sich ein paar saure Gurken aus dem Glas und aß sie aus der Hand. Danach ging es ihm etwas besser.

Als er erneut in den Spiegel schaute, diesmal, um sich endgültig fertigzumachen, erschrak er fast über den Kerl, der ihm mit stumpfen Augen entgegensah. Man sah ihm an, dass er litt.

Er war so spät aufgestanden, dass das Frühstücksbüfett schon wieder abgeräumt wurde. Normalerweise gönnte er sich zumindest noch einen zweiten Kaffee. Dennoch, der Anblick beruhigte ihn. Auch ohne seine Anwesenheit funktionierte das *Kur-Schlößchen* wie eine gut geölte Maschine. Alles ging seinen Gang. Alles war so, wie es sein musste. Auch Franz stand wie aus dem Ei gepellt hinter seinem Tresen und sprach mit zwei Geschäftsreisenden, die das Wochenende noch mitgenommen hatten und nun abreisen wollten.

Alles machte den geschäftigen Eindruck wie immer. Und doch hatte Balthasar das Gefühl, dass heute noch etwas passieren würde. Manchmal hatte er diese Vorahnungen. Und oft hatten sie sich bewahrheitet. Er war kein Hellseher. Und trotzdem konnte er sich auf sein Bauchgefühl verlassen.

Vor ein paar Monaten erst war er mit einem ähnlichen Gefühl aufgewacht. Er hatte geträumt, als Eisbär auf einer Scholle im Eismeer dahinzutreiben. Sein Bauch hatte fürchterlich geknurrt, und vergeblich hatte er mit den Pranken versucht, Fische zu fangen. Kurz vor dem elendigen Verhungern war er schreiend aus dem Schlaf erwacht. Es war warm im Zimmer gewesen, und auch in den übrigen Räumen vertrieb die Heizungswärme allmählich die Kälte, die er aus seinem seltsamen Traum in die Wirklichkeit mitgenommen hatte.

Dennoch zitterte er immer noch, auch, nachdem er einen heißen Kaffee getrunken hatte. Er dachte schon an eine Erkältung oder Grippe und überlegte, ob er sich den Tag über besser ins Bett legen sollte, zwang sich schließlich aber, zum Frühstücken nach unten zu gehen.

Eine Stunde später fiel die Heizungsanlage aus.

Und sofort hatte Balthasar wieder an seinen Eisbär-Traum denken müssen.

Aber was hatte er jetzt geträumt? Er erinnerte sich nicht. Und das machte es nicht leichter. Schließlich, nachdem die Gäste sich verabschiedet hatten, begab er sich zu Stummer und begrüßte ihn mit einem geheuchelt freundlichen „Guten Morgen".

Stummer sah ihn entsetzt an. „Unter welche Räder sind denn Sie geraten?"

„Sehe ich wirklich so fürchterlich aus?"

Stummer schüttelte den Kopf. „Nein, sogar noch ein bisschen schlimmer als einfach nur fürchterlich. Am besten nimmt sie Klümchen gleich in die Mangel."

Klümchen hieß eigentlich Beate Krcmar. Vor drei Jahren hatte sie es sich in den Kopf gesetzt, bei GNTM mitzumachen. Dem Nachnamen der Moderatorin hatte sie ihren Spitznamen zu verdanken. Neben ihrem Jura-Studium in Köln hatte sie eine Ausbildung als Massagetherapeutin und Kosmetikerin absolviert. Als solche war sie insbesondere an den Wochenenden sehr gefragt bei den Gästen.

„Nein, dafür bin ich heute nicht aufgelegt." Eigentlich war er dafür nie aufgelegt. Während sich Stummer und die meisten anderen Mitarbeiter gerne von Klümchen für ein Trinkgeld verwöhnen ließen, widersprach es Balthasars Prinzipien, sich vor einer Mitarbeiterin zu entblößen. Und dann auch noch anfassen zu lassen. Nein, da blieb er hart. Dann mussten sich seine Gäste heute mal ausnahmsweise mit seinem etwas ramponierten Anblick zufriedengeben.

„Wie Sie wünschen", sagte Stummer verschnupft. „Darf ich wenigstens …"

Balthasar wich instinktiv zurück, als Stummers Finger vorzuckten. „Ihre Krawatte sitzt furchtbar schief. Außerdem würde ich Ihnen bei Ihrer Statur vom Windsorknoten abraten. Mit einem einfachen Knoten gebunden, fällt die Krawatte bis über den Bauch."

Balthasar trug kaum Krawatten. Aber an diesem Morgen hatte er es für gut befunden, weil er gedacht hatte, sie würde von seinem sonstigen Äußeren ablenken.

„Mit Verlaub, aber auch die Farbe passt überhaupt nicht zum Rest", fuhr Stummer fort.

Balthasar trug zum blauen Jackett ein rosafarbenes Hemd. Die Krawatte war pink mit weißen Punkten. „Es sei denn, Sie wollen heute damit im Zirkus auftreten", fuhr Stummer ungerührt fort.

Das reichte! Balthasar schlug seine Finger beiseite, nestelte nun selbst an der Krawatte herum, riss sie sich vom Hals und warf sie auf den Tresen.

„Was ist mit Strohmeiers Besuch? Hat alles geklappt?", fragte er so ruhig wie möglich.

„Natürlich", antwortete Stummer. Er war beleidigt.

„Und wie sieht sie aus?"

„Bedaure, aber ich habe nicht genau hingeschaut."

Das war eine Lüge, aber Balthasar musste sie wohl oder übel schlucken. „Na schön, Sie Geheimniskrämer. Dann verraten Sie mir aber wenigstens, ob Strohmeier auch im *Kur-Schlößchen* weilt?"

„Sie meinen, ob er die Nacht mit ihr verbracht hat? Warum wollen Sie das wissen?"

„Aus gutem Grund. Also?"

„Ja, er ist kurz nach ihr gekommen. Seitdem habe ich die beiden nicht mehr gesehen. Sie haben sogar das Frühstück sausen lassen."

„Das muss wahre Liebe sein." Er seufzte kurz. „Und sonst? Gab es wieder irgendwelche Beschwerden?"

„Nein, zumindest nicht, was den Gast aus Nr. 113 betrifft. Dafür haben einige der Cowboys ganz schön über die Stränge geschlagen, nachdem sie heute Nacht aus diversen Bars wieder hier hergefunden haben."

Stimmt, Balthasar glaubte, sie gehört zu haben. Das schrille Yee-haw klang noch immer in seinen Ohren nach. „Die Bande wird wohl heute hoffentlich wieder weiterfahren. Vorher inspiziere ich aber persönlich noch sämtliche Zimmer." Plötzlich fiel ihm noch etwas ein. „Haben Sie heute Morgen schon Frau Rosenberg gesehen?"

„Sie hat bereits ihr Frühstück eingenommen und ist dann zu einem Spaziergang aufgebrochen."

„Ein Spaziergang? Woher wollen Sie das wissen?"

„Was sollte sie sonst an einem Sonntagmorgen unternehmen? Gut, vielleicht besucht sie auch einen Gottesdienst." Stummer sah seinem Chef neugierig in die Augen. „Was interessiert Sie denn so plötzlich an der Dame?"

„Das ist, hm, rein geschäftlicher Natur, mein Lieber." Er hoffte, dass ihm Stummer seine Verlegenheit nicht ansah und wechselte das Thema. „Sagen Sie, der Gast von Nr. 113, dieser Herr Friedel, ist der heute schon aufgetaucht?"

„Nein. Offenbar gibt es heute Morgen mehrere Herrschaften, die einen langen Schlaf vorziehen."

„Na ja, trotzdem merkwürdig. Man kann doch nicht, wie dieser Friedel, nur auf dem Zimmer hocken. Und das bei herrlichstem Sonnenschein."

Apropos Sonnenschein. Vielleicht sollte auch er sich zu einem Spaziergang aufraffen. Vielleicht traf er ja auf Anne. Der Gedanke an sie ließ sein Magendrücken fast verschwinden.

Das Telefon klingelte. Stummer nahm ab, sagte ein paar Mal „Jawohl“ und „Das lässt sich sicher noch einrichten“, und grinste breit, nachdem er den Hörer wieder abgelegt hatte. „Herr Strohmeier wünscht sich das Frühstück aufs Zimmer. Ich hoffe, es ist in Ihrem Sinne gewesen, dass ich ihn nicht darauf hingewiesen habe, dass es dafür zu spät sei.“

„Irgendwelche Reste werden sich schon finden lassen“, sagte Balthasar. Strohmeier interessierte ihn im Moment herzlich wenig. Seine Gedanken galten einem anderen Gast.

2. Es gibt keinen Gott

Der andere sprach nach wie vor mit verstellter Stimme. Und ob er sie kannte! Er war jetzt fast sicher. Er grenzte sie ein. Versuchte, sie mit dem Bild einer Person in Verbindung zu bringen …

„Ich wünschte, wir zwei hätten noch mehr Zeit miteinander. Es hat doch so schön mit uns begonnen, oder?"

Er wusste, dass der anderer eine weitere Gemeinheit ausheckte. Nein, das war zu harmlos gedacht. Sein Folterer ging nach einem bestimmten Plan vor. Jeder Schritt war wohlüberlegt. Jede Tortur war schlimmer als die vorhergehende.

Erneut wurde ihm die Binde abgenommen. Sein Peiniger tröpfelte ihm mit der Pipette das Schmerzmittel in die Augen.

Er sah noch verschwommener als zuvor.

Als er wieder einigermaßen sehen konnte, sah er etwas Metallisches aufblitzen.

Das Ding, dass ihm jetzt in seinem Blickfeld präsentiert wurde, sah aus wie ein Tauchsieder. Dünne Drähte hingen daran.

Er spürte, wie sich der Menschenhai an ihm zu schaffen machte.

Was kam jetzt? Lieber Gott, was kam jetzt? Als er an ihn dachte, fiel ihm auf, dass er nie an Gott geglaubt hatte.

Jetzt wünschte er, dass es ihn gab. Dass er ihm beistand.

Spätestens, als der erste Stromstoß seinen Leib durchzuckte, erkannte er die Wahrheit: Es gab keinen Gott, der ihn erlösen würde.

3. Rätselhaftes Rendezvous

Die Temperatur erreichte bald die Zwanzig-Grad-Marke, obwohl es erst Vormittag war. Schon nach wenigen Schritten merkte Balthasar, dass er sich viel zu warm angezogen hatte, und entledigte sich des Jacketts. Er trug es locker über dem Arm. Um den Kurparksee herrschte bereits reichlich Betrieb. Auf den Bänken saßen die Kurgäste und schauten den Enten beim Balzen und Brüten zu. Offenbar hatten es einige eiliger gehabt als ihre Artgenossen, die noch nicht einmal ein Nest gebaut hatten. Hier und da störte ein dahineilender Jogger das friedliche Bild.

Balthasar schritt weiter Richtung Landschaftsgarten. Eigentlich war er viel zu wenig hier draußen an der frischen Luft. Er liebte diesen Park, der im vorletzten Jahrhundert nach dem Vorbild des Englischen Gartens angelegt worden war und auch dessen Ausmaße erreichte. Die verschlungenen Wege führten um ausgedehnte Rasenflächen herum, umsäumt von altem Baumbestand, und lotsten ihn schließlich zum Tiergehege. Viel weiter wollte er an diesem Tag nicht gehen, also wandte er sich um – und erstarrte.

Da war Anne Rosenberg. Aber sie war nicht allein an diesem Morgen. Neben ihr stand ein hochgewachsener Mann, der heftig gestikulierend auf sie einredete. Der Mann wandte ihm den Rücken zu, sodass Balthasar sein Gesicht nicht richtig erkennen konnte.

Die beiden standen vor dem Gustav-Horstmann-Sprudel. Das nüchterne Areal um die mit einer gläsernen Kuppel überdachte Quelle war nicht gerade ein passender Ort für ein Rendezvous.

Aber handelte es sich überhaupt um ein amouröses Treffen? Balthasar war sich da nicht ganz sicher. Doch noch während er hinschaute, beugte sich Anne Rosenberg zu dem Mann und streichelte ihm die Wange. Dann drehte sie sich um und ging den Weg zurück Richtung Kurpark. Der Mann sah ihr lange hinterher.

Balthasar wurde plötzlich abgelenkt. Eine weitere Bekannte war aufgekreuzt: die Dame in Grau. Sie hatte ihn noch nicht bemerkt, aber genau wie er die beiden beobachtet.

Auf ihren sonst so tristen Gesichtszügen lag ein bösartiges Grinsen.

4. Der Schock

Balthasar verspürte keine Lust, sofort wieder ins *Kur-Schlößchen* zurückzukehren. Er wandte sich nach rechts, überquerte eine Brücke und ließ sich abseits treiben, um möglichst wenigen Menschen zu begegnen. Schließlich verschnaufte er auf einer Bank und dachte nach.

Wer war der Mann, mit dem sich Anne Rosenberg getroffen hatte? Er gestand sich ein, dass da ein wenig Eifersucht im Spiel war. Und dabei hatte er nicht das geringste Anrecht darauf. Es war ein falsches Gefühl, und er wusste das.

Und Luisa Zimmer, die Dame in Grau? Warum hatte sie so böse gegrinst? Er hatte sie völlig falsch eingeschätzt, dabei konnte er sich gewöhnlich auf seine Menschenkenntnis verlassen. Aber was verband sie mit den beiden? Etwas Gutes bestimmt nicht.

So sehr er auch darüber nachdachte, er hatte einfach keine Erklärung für alles.

Vielleicht zerbrach er sich ja auch ganz umsonst den Kopf, und alles hatte gar keinen ernsten Hintergrund.

Seufzend erhob er sich schließlich von der Bank, die ein erleichtertes Knarren von sich gab und schlenderte wieder zurück zum Hotel. Ein bekanntes Gesicht sah er nicht mehr, aber dafür war es rund um den Kurparksee inzwischen noch belebter geworden. Ein paar Ruderbote trieben auf der fast spiegelglatten Oberfläche und gaben ein idyllisches Bild ab.

Wieder seufzte Balthasar. Auch er würde sich gerne öfters einfach mal treiben lassen. Ein paar Tage oder Wochen lang dem Alltag entfliehen. Am liebsten mit einer Frau wie Anne.

Aber jetzt rief erst einmal wieder die Pflicht. Er schaute zu seinem Hotel hoch und empfand wie immer die schwere Bürde, das *Kur-Schlößchen* so zu erhalten, wie es war. Und dennoch immer weiter mit der Zeit zu gehen, ohne seinen Charakter zu zerstören. Und gleichzeitig war er stolz und dankbar dafür, dass es ihm in die Hände gelegt worden war.

Sein Blick huschte über die Fassade. Im ersten Stock sah er jemanden am Fenster stehen. Er stutzte. Das sah fast so aus, als würde der- oder diejenige ihn beobachten. Im nächsten Moment huschte die Gestalt beiseite, als hätte sie gemerkt, dass sie beobachtet worden war.

Was Balthasar stutzig machte, war die Tatsache, dass es sich bei dem Fenster um das von Zimmer 113 handelte.

Bisher hatte er diesen Friedel noch nicht zu Gesicht bekommen. Und auch jetzt hatte er außer einem Schatten nicht viel erkennen können. Dafür sagte ihm sein Bauchgefühl plötzlich ganz deutlich, dass irgendetwas nicht stimmte. Die Gestalt, wenn es denn Friedel gewesen war, war weggetaucht, als hätte sie etwas zu verbergen oder wollte nicht gesehen werden. Vielleicht war Friedel ja ein Verbrecher auf der Flucht oder ein Terrorist, der ausgerechnet in seinem Hotel den nächsten Anschlag plante? Seit den Mordfällen, in die Balthasar vor ein paar Jahren hineingetappt war wie ein ahnungsloser Bär in eine Falle, hielt er nichts mehr für unmöglich. Nicht alle Menschen waren so gut, wie er es gerne hätte. Und auch nicht alle seine Gäste.

Noch einmal schaute er zu dem Fenster hoch. Es war geschlossen, und jetzt waren auch die Vorhänge zugezogen.

Balthasar beschloss, seinem Bauchgefühl zu folgen und dem geheimnisvollen Herrn Friedel auf den Zahn zu fühlen.

Aber so schnell, wie er dachte, kam er dann doch nicht dazu. Zunächst hielt ihn Stummer in Beschlag. „Sie haben was verpasst, Chef! Die Cowboys sind mal wieder über die Stränge geschlagen. Ich habe einem von ihnen Hausverbot erteilen müssen …“

„Schön, dann haben wir ja ein Zimmer frei, falls sich wieder unerwarteter Besuch anmeldet.“

Normalerweise hätte Balthasar sich ausführlich berichten lassen, was los gewesen war. Dafür hatte er aber nun keinen Sinn.

Dennoch hielt ihn Stummer weiterhin in Beschlag. Er wollte dies und jenes wissen, obwohl er ansonsten meistens selbstständig Entscheidungen traf. „Übrigens haben Ihr Freund Strohmeier und seine Bettgefährtin vor einer halben Stunde ausgecheckt. Wir haben also zwei Zimmer frei."

„Und was ist mit diesem Friedel?", wollte Balthasar wissen.

„Hat sich bisher noch nicht blicken lassen. Das Zimmer ist nur bis heute gebucht. Und auch schon wieder für einen neuen Gast reserviert." Stummer schaute auf seine Uhr. „Allmählich wird es knapp. Wir müssen das Zimmer ja noch saubermachen."

„Ich spreche mit ihm. Irgendwas stimmt mit dem Burschen nicht!"

Balthasar wollte es endlich wissen, aber da lief ihm ausgerechnet der Oberst über den Weg. Er fürchtete schon, dass er ihn wieder mit der Brückengeschichte behelligen wollte. Zum Glück hatte Balthasar die fast schon verdrängt. Und auch von Meyrink schien im Moment andere Sorgen zu haben. Immer wieder schaute er vorsichtig über seine Schulter.

„Ich muss mit Ihnen sprechen!", sagte der alte Mann. Er machte einen ausgesprochen aufgeregten Eindruck.

„Im Moment habe ich es wirklich sehr eilig", antwortete Balthasar und wollte sich an ihm vorbeiwinden. Aber von Meyrink reagierte blitzschnell und krallte seine knorrigen Finger in Balthasars Jackett. Dann beugte sich der alte Mann vor und flüsterte Balthasar spuckend ins Ohr: „Ich werde verfolgt!"

„Nicht wahr!", entfuhr es Balthasar. Er hoffte, dass sein Ausruf entsprechend ernsthaft klang und nicht wie in einem Louis-de-Funès-Film.

„Aber doch! Wenn ich es Ihnen doch sage!" Der Oberst klang verärgert.

„Und wer ist es?"

Von Meyrink sah sich wieder um. „Ich kenne den Burschen nicht. Im Moment ist er nicht zu sehen. Aber ich wette, dass er gleich um die Ecke kommt. Er ist mir schon die ganze Zeit auf den Fersen."

„Aber warum? Sie haben doch nichts verbrochen, oder?"

„Natürlich nicht! Ich bin ein unbescholtener Mensch!" Wieder beugte er sich unangenehm nah zu Balthasar heran. „Ich vermute, er spioniert mich aus, weil er mich ausrauben will."

Soweit Balthasar wusste, hatte der Oberst nichts im Safe deponiert. „Haben Sie denn Ihre Wertsachen im Zimmer oder tragen Sie welche bei sich?"

Der Oberst a.D. nestelte umständlich an seinem Hosenbund herum und zog eine goldene Taschenuhr hervor. Auch jetzt schaute er sich wieder nach allen Seiten misstrauisch um. „Dieses alte Stück ist mein treuester Kamerad", flüsterte er. „Lange & Söhne, das sagt Ihnen hoffentlich etwas, junger Mann."

Balthasar musste passen. Die Uhr sah zwar wertig aus, aber er hatte keinen Schimmer, ob sie auch wertvoll war. Vielleicht machte sich der alte Mann da auch etwas vor. „Diese Uhr ist meine wertvollste Versicherung. Wenn alle Banken pleitegegangen sind und unser Staat bankrott, was angesichts dieser unfähigen Regierung nicht mehr lange dauern wird, dann habe ich noch immer dieses Schätzchen!"

... und dann kriegst du noch immer deine fette Pension, ergänzte Balthasar in Gedanken. Nun ja, alte Leute waren manchmal etwas schrullig. Die drohende Pleite, die der Oberst voraussah, würde dieser wohl selbst kaum mehr erleben.

„Natürlich habe ich noch weitere, unersetzliche Liebhaberstücke, von denen ich mich auch auf Reisen nicht trenne." Er hob drohend den Krückstock. „Soll nur einer kommen und versuchen mich auszurauben …"

In dem Moment betrat ein weiterer Gast die Lobby. Balthasar wusste, dass er seit ein paar Tagen im *Kur-Schlöß-*

chen weilte und hielt ihn für einen smarten Geschäftsmann. Er sah seriös aus, trug Sakko und Krawatte und eine sommerliche Leinenhose. Der gepflegte Vollbart verlieh ihm ein draufgängerisches Aussehen. Auch die stahlblauen Augen blitzten unternehmungslustig. Balthasar schätzte ihn auf Mitte vierzig oder fünfzig, obwohl er insgesamt jugendlicher wirkte.

Der Oberst verstummte sofort.

Der Mann grüßte freundlich und ging an ihnen vorbei. Er verschwand nach draußen.

„War er das?“, fragte Balthasar.

Der Oberst nickte verkrampft. Er war kreidebleich geworden. Oha, offensichtlich nahm der alte Mann die Sache sehr ernst. Allerdings konnte sich Balthasar nun erst recht nicht vorstellen, dass an dem Vorwurf etwas dran war. Der Mann war ihm nämlich sympathisch. Wie ein Strauchdieb sah der nicht aus. Außerdem sträubte sich alles in ihm dagegen, in einem Gast einen potentiellen Verbrecher zu sehen. Im *Kur-Schlößchen* verkehrten nur ehrliche Leute. Basta!

Komischerweise kam ihm plötzlich wieder der Schatten im Fenster von Zimmer Nr. 113 in den Sinn, und er hatte es nun wirklich sehr eilig.

„Lieber Herr von Meyrink, bitte besprechen Sie das doch alles mit Herrn Stummer. Er wird Ihnen garantiert weiterhelfen.“

Und schon stürmte er davon. Vor dem Aufzug wartete auch sein indischer Gast, Herr Nair. Wieder nickte und grüßte er freundlich, während Balthasar an ihm mit einem „Guten Tag“ vorbeihastete. Mit schlechtem Gewissen. Wenn schon ein Gast von so weit her anreiste, so hatte er eigentlich mehr Aufmerksamkeit verdient. Balthasar schwor sich, dies bei nächster Gelegenheit in die Tat umzusetzen. Jetzt aber hatte er es eilig.

Diesmal verzichtete er auf den Aufzug. Er dachte dabei an Anne Rosenberg und an den Mann, mit dem zusammen er sie gesehen hatte. So wie es aussah, stand sie ja mehr auf schlankere Typen.

Als er das erste Stockwerk erreichte, sah er, wie die Frau, an die er soeben noch gedacht hatte, rückwärts aus Zimmer 113 trat. Anne Rosenberg hielt den Arm vor den Mund gepresst. Irgendetwas stimmte mit ihr nicht.

Mit vier, fünf schnellen Schritten war Balthasar bei ihr. Gerade noch rechtzeitig, um sie aufzufangen. Er wunderte sich, wie leicht sie war. Ein paar Sekunden lang hing sie reglos in seinen Armen, dann schlug sie die Augen auf. Als sie ihn sah, schrie sie los und versuchte sich zu befreien.

„Beruhigen Sie sich doch! Ich bin es, Held! Balthasar Held!"

Er wagte es nicht, sie loszulassen, weil er Angst hatte, dass sie dann zu Boden fiel. Oder in Panik flüchtete und die Treppe hinabstürzte. Er wunderte sich selbst, wie er plötzlich Angst um sie hatte.

Allmählich wurde sie ruhiger, schluchzte nur noch vor sich hin. Balthasar ließ sie behutsam auf den Teppich gleiten. Dann griff er in die Innentasche seines Jacketts und holte sein Handy hervor. Stummer nahm sofort ab. Er wusste, dass es brannte, wenn er die Nummer seines Chefs auf dem Display erkannte.

„Rufen Sie einen Notarztwagen. Und schicken Sie Klümchen hoch zu Zimmer 113! Sofort!"

Klümchen war ausgebildete Nothelferin im *Kur-Schlößchen*. Nur wenn sie nicht da war, sprang eine andere Kraft ein. Rund um die Uhr war jemand zur Stelle, wenn Erste Hilfe vonnöten war.

Balthasar wartete Stummers Antwort nicht ab, sondern kümmerte sich sofort wieder um Anne. Sie atmete nun ruhiger, aber ihre Augen waren in eine imaginäre Ferne gerichtet. Außerdem zitterte sie am ganzen Körper. Selten hatte sich Balthasar derart hilflos gefühlt.

Schnelle Schritte auf der Treppe signalisierten ihm, dass Hilfe im Anmarsch war. Im nächsten Moment bog schon

Klümchen um die Ecke. Sie hatte einen Notfallkoffer dabei. Offensichtlich hatte Stummers Anruf die sportliche Sechsundzwanzigjährige direkt bei einer Massageanwendung aufgeschreckt, denn ihre Hände glänzten vor Öl.

„Lassen Sie mich mal ran, Chef", sagte sie und schob Balthasar dezent, aber bestimmt zur Seite, während sie selbst auf die Knie ging, den Koffer öffnete und sich als Erstes ein paar Handschuhe „überstreifte. „Wissen Sie, was mit ihr passiert ist?", fragte sie.

Balthasar schüttelte ratlos den Kopf. „Sie taumelte aus dem Zimmer, und ich konnte sie gerade noch rechtzeitig auffangen.

Klümchen fühlte Puls und Herz. „Jedenfalls scheint sie keine Herzattacke oder einen Schlaganfall erlitten zu haben. Ich tippe auf Schock. Sehen Sie, wie blau die Haut ist?"

Sie strich der Frau über die Stirn. „Kalter Schweiß. Scheint, als wäre ihr Kreislauf zusammengebrochen. Wie heißt Sie?" Sie sah Balthasar fragend an.

„Anne. Anne Rosenberg."

„Wie die Sängerin. Chef, ziehen Sie mal Ihr Sakko aus. Und dann besorgen Sie mir eine Decke, okay?" „Ja, ja …" Balthasar war so aufgeregt, dass er nur stammeln konnte. In diesem Moment bewunderte er Klümchen, wie routiniert und cool sie blieb.

Während er sich hastig das Sakko vom Leib zog, fragte er: „Wird sie durchkommen."

„Aber natürlich, keine Sorge. Ich nehme an, wie gesagt, dass sie nur einen Schock erlitten hat."

„Nur?"

Klümchen legte die Frau auf den Rücken und stopfte ihr das zusammengeknüllte Jackett unter den Kopf.

„Keine Sorge, Frau Rosenberg, es ist alles in Ordnung. Gleich wird es Ihnen besser gehen. Wir kümmern uns um Sie …" Beruhigend sprach sie auf die Liegende ein und streichelte sie. Zu Balthasar gewandt, der noch immer stocksteif neben ihnen stand: „Nun gehen Sie schon und holen Sie eine Decke, los!“

„Ja, natürlich, sofort!“

Balthasar schaute sich verzweifelt um. Eine Decke? Woher bekam er jetzt eine Decke. Auf die nächstliegende Möglichkeit kam er erst nach ein paar Sekunden. Natürlich! Aus einem der Zimmer! Die Tür von Zimmer 113 stand halb offen.

Erst jetzt fiel ihm der unangenehme Geruch auf, der aus dem Raum strömte. Es stank, als hätte jemand aus Kot, angebranntem Sonntagsbraten und Desinfektionsmitteln einen penetrant riechenden Cocktail gemixt. Aber auch das hinderte ihn nicht, ohne anzuklopfen in das Zimmer zu stürzen.

Zuerst sah er gar nichts. Die Vorhänge waren zugezogen. Er stolperte über einen Gegenstand, der auf dem Boden lag und fiel der Länge nach hin. Unsanft stieß er mit dem Kopf gegen eine Stuhlkante. Er raffte sich auf, ignorierte den mittlerweile bestialischen Gestank und kämpfte sich weiter zu den blickdichten Vorhängen vor, um sie aufzureißen.

Helles Sonnenlicht flutete herein.

Als sich Balthasar umdrehte, fiel sein Blick auf das Bett.

Und auf den Toten, der darauf festgekettet war.

Jetzt wusste er, warum Ralf Friedel nicht zum Frühstück erschienen war.

5. Die Entdeckung

Anne-Kathrin hatte sich mit ihm getroffen. Es war Danis Wunsch gewesen, und damit war das Rätsel, wer sie eingeladen und ihr Zimmer bezahlt hatte, gelöst. Sie ärgerte sich, dass sie darauf reingefallen war. Aber andererseits konnte sie ihn verstehen. Zumindest, wenn sie sich in Dani hineinversetzte. Sie hatte ihm immer geholfen, wenn er in Schwierigkeiten steckte. Außerdem hegte sie noch Gefühle für ihn. Was immer auch geschehen war, sie konnte ihn nicht einfach aus ihrem Leben streichen.

Dani hatte ihr eine Menge Schwachsinn erzählt. Eigentlich konnte sie das alles gar nicht glauben, und sie hatte auch keine Lust, darüber nachzudenken. Oder doch? Aber was würde es bedeuten? Vor allem, was würde es *ihr* bedeuten?

Sie seufzte. Zumindest war die Aussicht auf einen lukrativen Job damit ins Wasser gefallen. Immerhin war ihr Zimmer noch bis morgen bezahlt. Sie fragte sich, woher Dani das Geld zusammengekratzt hatte. Der war doch notorisch pleite.

Oder hatte er ihr nicht die ganze Wahrheit erzählt? Steckte hinter der Einladung noch eine zweite Person? Eine, die sich vielleicht nur Danis bediente.

Alles Grübeln half nichts. Sie würde nicht machen, was er verlangte. Sie würde bis morgen bleiben. Es wäre zu schade, jetzt schon auszuchecken. Im *Kur-Schlößchen* fühlte sie sich wohl. Endlich mal musste sie sich um nichts kümmern, bekam ein fürstliches Frühstück und auf Wunsch auch noch ein Mittag- und Abendessen serviert. Das Personal gab ihr auf angenehme, unaufdringliche Art das Gefühl, dass sie etwas Besonderes war. Wann hatte sie das zuletzt empfunden?

Gut, vielleicht war es auch ihre Schuld gewesen. Vielleicht hatte sie sich zu sehr von der Welt abgekapselt. Und wenn ein Mann auch nur versucht hatte, mit ihr anzubandeln, hatte sie gleich an Arschlöcher wie ihren früheren

Intendanten oder an Kriecher wie Klaus denken müssen. Also hatte sie sie alle über einen Kamm geschoren und ihnen die kalte Schulter gezeigt.

Dabei war sie gar nicht so kalt. Sie sehnte sich mal wieder nach einer starken Schulter, an die sie sich anlehnen konnte. Ihre letzte, ernsthafte Beziehung war vor drei Jahren in die Brüche gegangen. Und sie spürte mit jedem Tag, dass sie nicht nur nicht jünger wurde, sondern auch frustrierter.

Während sie zügig den Weg zum Hotel zurückeilte, kam ihr plötzlich Balthasar Held in den Sinn. Irgendwie ein interessanter Mensch. Wie George Clooney sah er nicht gerade aus. Aber sie war auch keine Sandra Bullock. Insofern passte das. Immerhin waren sie dafür beide jünger als die US-Stars. Nahm sie zumindest an. Wie alt war Sandra Bullock wohl? Fünfzig? Ein paar Jahre jünger? Oder älter? Genau ansehen konnte man das diesen Schauspielerinnen nie. Sie wusste ja selbst, mit was für Tricks die Maskenbildner arbeiteten. Selbst die beim WDR.

Ihre Gedanken drifteten zurück zu Balthasar Held. Gut, das Aussehen war es schon mal nicht, was sie an ihm reizte. ‚Trotzdem musste er seine Qualitäten haben. Ein Hotel wie das *Kur-Schlößchen* führte man nicht als Hobby. Er tauchte plötzlich auf, steckte im positiven Sinne seine Nase überall hinein, kümmerte sich im Hintergrund offenbar um vieles und drückte allem seinen Stempel auf.

Eigentlich beneidenswert. Kurz stellte sie sich vor, an seiner Stelle das *Kur-Schlößchen* aufzuhübschen. Auf den Zimmern würde sie die bunten Vorhänge entfernen und dafür graue wählen. Die würden perfekt zur Einrichtung passen. Hier und da würde sie mehr frische Blumen arrangieren anstatt der langweiligen Topfblumen … sie hatte plötzlich tausend Ideen, stoppte sich aber abrupt selbst. Nein, das wäre nicht mehr das *Kur-Schlößchen*, es wäre *ihr* Hotel. Vielleicht sogar ihr Traumhotel, aber sicherlich nicht jedermanns Geschmack. Da zielte Balthasar Held mit seinem *Kur-Schlößchen* schon auf ein breiteres Publikum. Vom Geschäftsreisenden bis zum verliebten Pärchen in den Vorflitterwochen. Jedenfalls hatten sich am Morgen die beiden jungen Leute am Nebentisch dermaßen angehimmelt, dass es mit der Hochzeit nicht mehr lange dauern konnte. Oder zumindest der Verlobung. Verlobte man sich heute überhaupt noch? Oder war das zu altmodisch?

Der Kurparksee und das *Kur-Schlößchen* kamen in Sicht. Jetzt verstand sie plötzlich, was ihr an diesem Balthasar Held so gefiel: Er strahlte eine ungeheure Ruhe und Sicherheit aus. Davon hätte sie gern ein wenig abgehabt.

Je näher sie dem Hotel kam, desto lauter hörte sie den Gesang. Irgendwie passte er weder in die Landschaft noch zum *Kur-Schlößchen.* Aus mehr oder weniger rauen Männerstimmen erklang der Schlager *Der wilde, wilde Westen ...*

Das war wahrscheinlich der Cowboyclub, den sie zwar schon gesehen, dem sie aber bisher aus dem Weg gegangen war. So wie sich das anhörte, hatten manche von ihnen schon am Vormittag reichlich getankt.

Da der Gesang aus dem Garten schallte, wählte sie wohlweislich den Vordereingang. Das war ein Fehler, denn zwischenzeitlich hatte die Horde wohl jemand zum Schweigen gebracht und verjagt. Jetzt kamen ihr die wildgewordenen Männer im Foyer entgegen. Neun oder zehn, ein paar von ihnen ließen eine Flasche Jack Daniels kreisen. Ein sehr energischer Franz Stummer versuchte, sie aus der Lobby zu scheuchen.

Als die Männer sie erblickten, wurden einige Anzüglichkeiten gerufen. Sie perlten an ihr ab. Sie kannte diese Sorte Männer und konnte damit umgehen. Kaum waren sie mal ohne Leine fern von der Mami, glaubten Sie, die Sau rauslassen zu können. Ein interessantes Thema. Früher hätte sie den wilden Haufen zu sich in die Sendung geladen und mit ihnen über das Thema „Männer fern von zu Hause“ diskutiert. Die Cowboys hätten sich auch für das Thema „Haben

Männer Hobbys oder einen an der Schüssel?" angeboten. Sie merkte, dass ihr der Gedanke an ihre Arbeit als Moderatorin auf irgendeine Weise Spaß machte. Bis auf das hässliche Ende war es eine gute und spannende Zeit gewesen.

Unwillkürlich lag ein Lächeln auf ihren Lippen. Es machte sie attraktiver. Als es ihr bewusst wurde, musste sie erst recht schmunzeln. Früher hatte sie dieses Lächeln sogar vor dem Spiegel geübt, damit es auf Sendung perfekt rüberkam.

Einer der Cowboys stand plötzlich neben ihr und klatschte ihr auf den Hintern. Offensichtlich hatte er ihr Lächeln falsch verstanden.

„Was soll das werden?", fragte Anne kalt. „Eine Anmache?"

Vor ihr stand ein glatzköpfiger Macho, der sie angrinste. Seine Brille saß schief, und auch sonst stand er nicht mehr gerade. Seinen Cowboyhut hielt er in der linken, eine Flasche Whiskey in der rechten Hand.

Er hielt ihr die Flasche hin, und der ganze Chor grölte: „Trink, Schwesterlein trink …"

„Vielen Dank, aber ich bevorzuge es, aus dem Glas zu trinken", sagte Anne. „Und jetzt lassen Sie mich bitte durch."

Der Cowboy stellte sich breitbeinig vor sie hin und verschränkte die Arme. „Und wenn nicht?"

Anne wollte an ihm vorbei, aber er ließ sie auflaufen, setzte ihr seinen Hut auf den Kopf und fragte grölend: „Sag, willst du meine Squaw werden?"

Das schien jetzt auch seinen Kumpanen zu weit zu gehen. Einer zupfte ihn vorsichtig am Arm und sagte: „Das reicht jetzt, Gunter, komm, entschuldige dich bei der Lady!"

Aber Gunter dachte nicht daran. In aggressiverem Ton wiederholte er seine Frage: „Willst du meine Squaw werden oder …"

Weiter kam er nicht, denn Franz Stummer hatte sich unbemerkt herangepirscht und bat auf ruhige aber bestimmte Art: „Lassen Sie sofort die Dame in Ruhe!"

Der Cowboy schielte nach links. „Was willst du Kasper denn?“

Im nächsten Moment hob er buchstäblich vom Boden ab und wirbelte durch die Luft. Hart prallte er mit dem Rücken auf. Blitzschnell war Anne über ihm und presste mit dem Handballen gegen seine Nase seinen Kopf auf den Boden.

Der Cowboy japste nach Luft.

„Lust auf eine zweite Runde, oder reicht das?“, erkundigte sich Anne.

Jemand trat heran. Es war der Schlichter von gerade eben. „Wir kümmern uns schon um ihn. Bitte verzeihen Sie. Ich fürchte, Gunter hat einen Whiskey zu viel getrunken.“

Anne nickte und entließ ihr Opfer, das sofort von einigen Kameraden in Verwahrsam genommen wurde. Dennoch schien er noch nicht wirklich aufgegeben zu haben. Er warf Anne einen hasserfüllten Blick zu.

Auch Stummer mischte sich nun ein. „Wir haben alle gesehen, was passiert ist. Wollen Sie Anzeige erstatten?“, fragte er Anne.

Anne schüttelte den Kopf. „Vorerst nicht. Sofern Sie dafür sorgen, dass er mir nicht mehr über den Weg läuft.“

Stummer nickte. „Darauf können Sie sich verlassen.“ Er wandte sich an den Rowdy, dessen Nase inzwischen rot angeschwollen war, und sagte: „Sie haben ab sofort Hausverbot. Ich gebe Ihnen eine halbe Stunde, um Ihre Sachen zu packen und zu verschwinden.“

Anne hörte dessen Antwort nicht mehr. Sie wollte mit alldem nichts mehr zu tun haben und flüchtete die Treppe hoch. Vorher war sie völlig ruhig gewesen, aber nun hörte sie ihr Herz laut gegen ihre Brust pochen. Dabei hatte ihr der Zwischenfall komischerweise gar nicht viel ausgemacht. Sie wusste, dass sie sich im Notfall verteidigen konnte. Das hatte ihr schon immer eine gewisse Sicherheit gegeben. Und es war auch nicht das erste Mal, dass sie irgendeinen Sprücheklopfer und Belästiger auf die Bretter schicken musste.

Na ja, so oft war es auch noch nicht passiert. Erst das dritte Mal in ihrem Leben. Und es hatte sich sogar *gut* angefühlt. Ein bisschen fühlte sie sich befreit. Trotz des Herzklopfens.

Sie war bereits auf dem Weg zu ihrem Zimmer, als sie in ihrem Rücken etwas hörte. Jemand war aus einem der anderen Zimmer gekommen. Eine Gestalt, die nun mit dem Rücken zu ihr schnell davoneilte.

Wieder musste sie daran denken, was Dani von ihr verlangt hatte. Ihre Neugier flammte plötzlich auf. Vielleicht war auch noch zu viel Adrenalin in ihren Adern. Ohne zu zögern eilte sie zu dem Zimmer, aus dem die Person soeben herausgekommen war.

Die Tür war nur angelehnt.

Sie klopfte. Niemand antwortete.

Natürlich nicht. Dani hatte ihr versichert, dass niemand sie stören würde.

Dennoch klopfte sie ein zweites Mal, um ganz sicherzu gehen, schaute kurz nach links und rechts den Korridor rauf und runter und betrat das Zimmer.

Es war stockdunkel darin. Der Gestank war jedoch so unbeschreiblich, dass sie fast zurückgetaumelt wäre.

Irgendetwas stimmte hier nicht!

Ihre Hand tastete zum Lichtschalter, fand ihn jedoch nicht sofort. Viel schneller hatte sie ihr Handy parat und tippte auf die Taschenlampen-App.

Der Strahl huschte über den Teppichboden. Allein, was er dort ans Licht brachte, verursachte ihr einen Brechreiz.

Dann erblickte sie das Ding auf dem Bett.

6. Unterhaltung mit einem Mörder

„Geht es wieder?" Als Balthasar die Augen aufschlug, thronte Klümchens Gesicht über ihm. „Kann ich nachvollziehen, dass Ihnen schwarz vor Augen wurde. Der Anblick da im Zimmer ..."

Balthasar schüttelte den Kopf. „Ich bin über irgendwas gestolpert und gegen eine Kante gestoßen." Er fasste sich an die Stirn. Es tat höllisch weh."

„Stimmt, die Beule ist nicht zu übersehen."

Er setzte sich auf. Um ihn herum herrschte ein regelrechtes Chaos. Sanitäter huschten umher, seine Mitarbeiter versuchten zu organisieren, was zu organisieren war. Gäste spähten neugierig aus ihren Zimmertüren. Er sah Stummer wie einen Fels in der Brandung über allem stehen und gleichzeitig Anweisungen geben, ins Handy sprechen und das Areal vor Zimmer 113 vor den Neugierigen abschirmen.

„Frau Rosenberg …", stammelte Balthasar.

„Hat einen Schock erlitten. Die Sanitäter kümmern sich um sie. Sie ist in den besten Händen", beruhigte ihn Klümchen.

Balthasar erhob sich ächzend. Er taumelte leicht. Klümchen fasste ihn unter den Arm und stützte ihn. „Nicht so schnell mit den schweren Pferden, Chef. Sind Sie wirklich wieder in Ordnung?"

Balthasar nickte. Es ging jetzt nicht um ihn. Es ging darum, die Situation zu bewältigen, mitzuhelfen, damit das Chaos nicht noch größer wurde. Er kämpfte sich zu Stummer durch. „Veranlassen Sie, dass alle Gäste entweder auf ihren Zimmern bleiben oder nach unten gehen."

„Wir arbeiten daran", sagte Stummer.

„Haben Sie die Polizei informiert?"

„Ja, aber so wie es aussieht, wird die auch nicht mehr viel helfen können. Sieht nach Selbstmord aus. Einer der Sanitäter hat so etwas schon mal gesehen."

„Selbstmord?“ Balthasar stutzte. Sein erster Gedanke war ein anderer gewesen. „Warten wir ab, was die Polizei dazu meint …“

Zusammen mit Stummer versuchte er, die Situation in den Griff zu bekommen. Was nur allmählich gelang.

Erst als die Polizei eintraf, war auch der letzte Gast vom Korridor verschwunden.

Nun ging alles seinen Gang. Balthasar kannte das. Es war nicht der erste Tote, den er entdeckt hatte. Einer der Schutzpolizisten torkelte aus dem Zimmer und erbrach sich auf den Teppich. Sein älterer Kollege telefonierte mit der Zentrale. Er war kreidebleich und schüttelte immer wieder nur den Kopf. Schließlich schaute er umher und fragte. „Hat einer von Ihnen die Leiche gefunden?“

Balthasar hob die Hand. „Ja, ich.“ Er erklärte, wer er war.

„Bitte halten Sie sich bereit für eine Aussage. Wir ziehen die Kollegen aus Bielefeld hinzu, die haben in solchen Fällen mehr Erfahrung. Können Sie mit Ihren Leuten dafür sorgen, dass erst einmal niemand das Hotel verlässt?“

Balthasar versprach es. Er konnte natürlich niemanden einsperren, aber er traute seinen Mitarbeitern zu, den Gästen auf schonende Weise beizubringen, innerhalb der Anlage zu bleiben.

Mehr und mehr lichtete sich das Chaos. Die Polizisten sperrten den Bereich um Zimmer 113 mit Flatterband ab, sodass niemand hineinkonnte. Der ältere Beamte blieb vor der Tür stehen. Sein jüngerer Kollege, der sich inzwischen wieder erholt hatte, ließ sich von Stummer eine Liste der Gäste ausdrucken.

Da das Wetter fantastisch war, hielt es die meisten Gäste nicht auf ihren Zimmern. Sie hatten sich im Garten versammelt. Da niemand von ihnen wusste, was passiert war, machten die aberwitzigsten Gerüchte die Runde. In vielen spielten die Cowboys aus Bremen eine Rolle. Jemand glaubte gehört zu haben, wie Balthasar am Abend zuvor seinem Gegner Vergeltung angedroht hatte.

Auch die letzte Schlägerei war noch in aller Munde. Man dichtete Anne alle möglichen Fertigkeiten an. Hatte sie ihren Gegner nachträglich gekillt?

Balthasar ließ unterdessen kostenlose Getränke zwecks äußerlicher und innerlicher Abkühlung servieren. Außerdem, da es inzwischen auf Mittag zuging, kleine Häppchen reichen.

Als er glaubte, alles vorerst im Griff zu haben, begab er sich zur Rezeption und sprach sich mit Stummer ab. In dem Moment betraten auch schon rund ein halbes Dutzend Personen die Lobby, darunter zwei Gesichter, von denen Balthasar gehofft hatte, dass er sie nie wiedersehen würde. Zumindest das eine nicht. Das von Astrid Laubfeld.

Die Kommissarin der Bielefelder Mordkommission hatte Balthasar bereits vor ein paar Jahren kennengelernt. Und zwar von ihrer schlechtesten Seite. Die Frau hatte nicht nur Haare auf den Zähnen, sie sah auch so aus. Der grauschwarze Mopp oberhalb ihres Nussknackergesichtes war keine Frisur, sondern ein Ärgernis. Sie trug eine unansehnliche Regenjacke, eine viel zu weite, braune Stoffhose und plump aussehende Schuhe mit Kreppsohlen. Niemand konnte etwas für sein Äußeres, wie Balthasar fand, aber in diesem Fall passten Erscheinung und Charakter perfekt zusammen: Beides war einfach abtörnend.

Sie grinste Balthasar unfreundlich an, als sie ihn nun seinerseits erblickte. „Ich wusste schon immer, dass wir uns mal wiedersehen würden, Herr Antiheld. Welchen Mord haben Sie denn nun wieder auf dem Gewissen?“

Balthasar lief rot an. Zum Glück fiel ihm ein, dass er die Laubfeld schon damals in Gedanken „Laubfrosch“ genannt hatte, das besänftigte ihn ein wenig. Bevor er etwas erwidern konnte, was ihn vielleicht in ernsthafte Schwierigkeiten gebracht hätte, reichte ihm jemand die Hand.

Balthasar schlug ein. Vor ihm stand Tobias Kleemann, ebenfalls von der Mordkommission Bielefeld. Bei ihrem ersten Kennenlernen hatte Balthasar ihn wegen seines jugendlichen Aussehens für Laubfelds Assi gehalten. In Wahrheit war er aber ihr Vorgesetzter. Auch wenn das nicht immer so rüberkam. Das Spiel „guter Cop, böser Cop" beherrschten die beiden perfekt. Eben weil es 1:1 zu ihrem jeweiligen Charakter passte.

Auf jeden Fall war ihm Tobias Kleemann bei Weitem sympathischer. Auch heute war er so gekleidet wie bei ihrer ersten Begegnung: schwarze Lederjacke und Jeans. Die Haare trug er noch länger als damals, den Dreitagebart hatte er noch immer.

„Schön, Sie wiederzusehen", sagte er. „Hoffen wir, dass es nicht das ist, wonach es aussieht."

„Wonach sieht es denn aus?", fragte Balthasar.

Kleemann zuckte mit den Achseln. „Keine voreiligen Schlüsse. Wir schauen uns das mal mit unseren Experten von der Spurensicherung an. Wo ist es passiert?"

„Ich bringe Sie hoch", sagte Balthasar und ging voran. Die Kripobeamten folgten ihm. Vor Zimmer 113 hielt Kleemann Balthasar zurück. „Danke, ab hier kommen wir schon allein zurecht. Sie haben ansonsten alles im Griff?"

Balthasar nickte. Er war abgemeldet. Aus dem Spiel. Wenigstens für den Augenblick.

Er ging wieder hinunter, um sich um die Gäste zu kümmern. Amelie-Clara fing ihn unterwegs ab. „Klümchen sagt, es wünscht Sie jemand zu sprechen", unterrichtete sie ihn.

„Wo?"

Amelie-Clara führte ihn in den Leseraum. Normalerweise stand er den Gästen zur Verfügung. Jetzt hatten die Sanitäter ihn in Beschlag genommen, obwohl für sie im Moment nicht mehr viel zu tun war. Neben Klümchen entdeckte Balthasar Anne-Kathrin Rosenberg. Sie hatte er in der ganzen Hektik völlig vergessen. Außerdem hatte Klümchen ihm ja versichert, dass es ihr gutgehe.

Als Anne-Kathrin ihn sah, winkte sie ihm müde, aber mit einem tapferen Lächeln im Gesicht zu. Trotzdem sah sie noch ziemlich mitgenommen aus. Sie saß in einem der großen, behaglichen Lesesessel und wirkte darin klein und schutzlos.

Balthasar eilte zu ihr hin. „Wie geht es Ihnen?“, fragte er besorgt.

„Und Ihnen?“, fragte sie. „Man hat mir erzählt, dass Sie einen Schwächeanfall hatten.“

„Unsinn, ich bin nur über irgendetwas gestolpert und mit der Stirn irgendwo drangeschlagen. Danach habe ich nur noch schwarzgesehen.“

Anne-Kathrin verzog das Gesicht, während sie sich die Beule besah. „Das sieht wirklich schlimm aus. Sind Sie sicher, dass Sie keine Gehirnerschütterung davongetragen haben?“

Daran hatte Balthasar noch keinen Gedanken verschwendet. Seine Sorge galt vielmehr seinem Gegenüber. „Das war ein ziemlicher Schock für Sie, oder?“

„Zum Glück erinnere ich mich an nichts mehr“, sagte Anne-Kathrin. „Ich weiß nur noch, dass plötzlich Ihre Mitarbeiterin auf mich einsprach. Auf jeden Fall möchte ich mich bei Ihnen bedanken, dass Sie sich um mich gekümmert haben …“

„Sie wissen nicht, wie Sie in das Zimmer gekommen sind?“

„Welches Zimmer?“

„Zimmer 113, in dem … in dem es passiert ist.“

„Ich habe mittlerweile gehört, dass dort ein Toter entdeckt wurde, ja, aber ich …“ Sie stockte, fasste sich an die Schläfen und versuchte sich zu erinnern. „Keine Ahnung, wirklich.“

Balthasar glaubte ihr. Aber würde auch die Polizei ihr das abnehmen? Vor allem der Laubfrosch? Er hatte da so seine Zweifel. Und er kannte deren Verhörmethoden. „Sie kamen aus jenem Zimmer. Ich konnte Sie gerade noch auffangen, als Sie auch schon kollabierten. Stand die Tür vielleicht offen, und haben Sie deshalb dort nach dem Rechten schauen wollen?“

„Nein, ich … weiß es einfach nicht.“

„Die Polizei wird das aber wissen wollen. Und sie werden Sie ganz schön in die Mangel nehmen, fürchte ich. Es sei denn …“

„Es sei denn was?“ Sie sah ihn so hilflos an, dass er sie am liebsten in den Arm genommen und getröstet hätte.

„Ach nichts. Es ist ja kein Mord geschehen.“ Obwohl sein Instinkt ihm da was ganz anderes sagte. „Aber auch bei einem Selbstmord wird die Polizei ein paar Fragen stellen.“

„Selbstmord? Ich verstehe das alles nicht.“

Sie schien sich wirklich nicht mehr zu erinnern, und Balthasar dachte nicht daran, ihr zu schildern, was er gesehen hatte. Ihm selbst bereitete es ja noch immer Übelkeit.

„Ich glaube, ich ertrage das alles nicht. Sie sagen, ich wäre aus dem Zimmer gekommen. Vielleicht stand die Tür ja auf …“

„Ja, und dann sind Sie hineingegangen. Wäre ich etwas früher gekommen, hätte ich als Erster das Zimmer betreten …“

Sie sahen sich an und dachten in diesem Augenblick wahrscheinlich das Gleiche.

„Würde es Ihnen sehr viel ausmachen, mich da ganz rauszuhalten?“, fragte Anne-Kathrin. „Wenigstens fürs Erste. Ich möchte einfach nur meine Ruhe haben. Können Sie das verstehen?“

„Natürlich! Außerdem sind Sie mein Gast. Sie hatten schon genug Unannehmlichkeiten. Und, wie gesagt, es war ja Selbstmord …“, bekräftigte er. Er horchte in sich hinein. Würde er ein schlechtes Gewissen haben, Anne-Kathrin rauszuhalten? Nein, entschied sein Gewissen.

„Ich danke Ihnen sehr. Entschuldigen Sie mich, aber jetzt muss ich mich erst mal hinlegen“, sagte Anne. Sie sah wirklich sehr mitgenommen aus.

„Soll ich Sie auf Ihr Zimmer begleiten?“

„Danke, aber ich glaube, das schaffe ich schon.“

Sie stand auf und ging langsam hinaus. Balthasar sah ihr nach, wie sie mit unsicheren Schritten dem Ausgang zustrebte. Doch sie hielt sich tapfer. Balthasar musste sich zwingen, ihr nicht hinterherzulaufen. Aber er konnte ihr seine Hilfe auch nicht aufdrängen.

Klümchen trat an ihn heran. „Sie sehen so aus, als wären Sie verliebt, Chef.“

Balthasar schaute zu ihr hoch. Nein, verliebt war er nicht. Dazu kannte er Anne-Kathrin Rosenberg zu wenig. Aber er hätte sie gern näher kennengelernt. Das gab er zu. „Nein“, sagte er dann auch. „Ich glaube nicht. Noch nicht.“

„Na, dann müssen Sie sich aber beeilen. Sie hat mir erzählt, dass sie morgen wieder abreist.“

„Ich weiß“, sagte Balthasar. Aber „ranhalten“, nein, das wollte er sich nicht. Das war nicht seine Art. Anne-Kathrin Rosenberg war und blieb sein Gast. Jetzt, wo sie nicht mehr direkt neben ihm saß, war er froh, die nötige Distanz gewahrt zu haben. Obwohl es ihm schwergefallen war.

Die nächsten Stunden zerrten an seinen Nerven. Immer weitere Gerüchte machten die Runde. Vor allem die Gäste wurden immer nervöser. Nachdem sich die erste Aufregung gelegt hatte, begannen nun einige zu murren, wie lange man sie denn noch einsperre. Nach und nach verzogen sich aber die meisten auf ihre Zimmer.

Zwischendurch rückten weitere Leute von der Spurensicherung an, während andere Beamte die Personalien der anwesenden Gäste mit den Listen verglichen, die Stummer ihnen zur Verfügung gestellt hatte. Auch die Cowboys trudelten irgendwann ein. Sie hatten reichlich Feuerwasser getankt, wurden aber schlagartig nüchtern, als sie die allgegenwärtige Polizei sahen.

Irgendwo auf dem Gang erwischte ihn Tobias Kleemann. Der Hauptoberkommissar bat ihn, zwei Räume für erste Befragungen herzurichten. Balthasar schlug sein eigenes Büro vor, und irgendwann saß er dann selbst darin. Zur Befragung, wie Kleemann es nannte. Oder war es ein Verhör? Er war nur froh, dass der Laubfrosch ihn nicht in die Mangel nahm. Die Kommissarin befragte Stummer in der Bibliothek, die inzwischen freigeworden war, da die Sanitäter nicht mehr benötigt wurden.

Balthasar saß in seinem gepolsterten Jasper-Stuhl, die Arme auf die Lehnen gelegt, und wippte nervös vor und zurück. Sonst bedeutete dieser Stuhl eine Insel für ihn, er kam darauf zur Ruhe, nachdem er oft stundenlang im Hotel herumgelaufen war. Heute wirkte es nicht.

Kleemann hatte seitlich von ihm auf der Schreibtischplatte Platz genommen. „Ich kann verstehen, dass Ihnen das ganz schön an die Nieren geht. Wenn Sie wollen, können wir uns auch ein andermal unterhalten …"

Balthasar schüttelte den Kopf. „Es ist schon in Ordnung. Solange hier alles geregelt ist. Wissen Sie schon mehr über den Toten? Ich meine, mehr als den Namen?"

„Er hat bis vor zwei Jahren eine Zeitlang in Bad Salzuflen gelebt. Er war Geschäftsführer bei einer Modefirma. *LA Belle Jacqueline*. Schon mal gehört?"

„Mit großem LA …" Den Namen kannte Balthasar. Bis vor vier oder fünf Jahren hatte die Modefirma als solides Unternehmen gegolten mit zweihundert Mitarbeitern vor Ort und Filialen in sämtlichen Fußgängerzonen Deutschlands. Bis dahin hatte er wiederholt Geschäftsreisende beherbergt, die Verbindungen zu dem Modehaus hatten: Verkäufer, Handlungsreisende, Vertreter … Den Niedergang hatte er nur in der Zeitung beiläufig verfolgt. Sinkende Umsatzzahlen, Schließung zahlreicher Filialen, wechselnde Geschäftsführer, die jeweils als „Retter“ angekündigt wurden und schnell wieder gefeuert wurden oder freiwillig das sinkende Schiff verließen. Dann die Insolvenz. Abwicklung. Schließlich nur noch öffentliches Schweigen. Balthasar wusste noch nicht einmal zu sagen, ob die Firma noch existierte.

„Aber warum ist er zurückgekommen?“

Kleemann zuckte mit den Schultern. „Wenn er keinen Abschiedsbrief oder etwas in der Art hinterlassen hat, werden wir das wohl nie erfahren.“

Er zog ein Diktiergerät aus der Brusttasche seines Hemdes. „Ich schneide das mit. Oder haben Sie irgendwelche Einwände?“

Balthasar schüttelte den Kopf.

„Dann erzählen Sie bitte, wie Sie auf den Toten aufmerksam geworden sind.“

Balthasar berichtete. Dabei hakte er Punkt für Punkt wahrheitsgemäß ab. Bis auf die Tatsache, dass er Anne-Kathrin aus dem Zimmer hatte kommen sehen.“

Nachdem er geendet hatte, ließ Kleemann erst einmal alles sacken.

„Der Gast aus Zimmer 113 ist Ihnen also schon vorher aufgefallen – oder zumindest ist Ihnen von ‚ungewöhnlichen Geräuschen‘ berichtet worden. Warum haben Sie nicht sofort reagiert?“

Balthasar zuckte resignierend die Schultern. Jetzt machte er sich die größten Vorwürfe, dass er nichts unternommen hatte. Jedenfalls nicht genug, um sich wirklich Aufklärung zu verschaffen. Hatte er etwas übersehen? Würde Friedel vielleicht noch leben, wenn er energischer an die Sache herangegangen wäre?“

Kleemann schien ihm seine Gedanken im Gesicht abzulesen, denn er setzte rasch nach: „Ich will Ihnen kein schlechtes Gewissen machen. So wie Sie es schildern, glaube ich nicht, dass Sie eine Schuld trifft. Ich versuche es nur nachzuvollziehen.“

Balthasar nickte. Dann fiel ihm ein, dass er einen Punkt vergessen hatte.

„Ich habe gestern noch an seine Tür geklopft und gefragt, ob alles in Ordnung sei …"

Kleemann spitzte plötzlich die Ohren. Seine Haltung war angespannt. „Um wie viel Uhr war das?"

Balthasar nannte die ungefähre Uhrzeit. Genau konnte er sich aber nicht erinnern.

„Sie haben also mit ihm gesprochen? Was hat er gesagt?"

Balthasar überlegte kurz. Dann sagte er: „Er hat nur drei knappe Antworten gegeben: ‚Natürlich, alles okay', ‚Nein, alles okay' und ‚Natürlich!'"

„Und das kam Ihnen normal vor?"

„Ich kannte ihn ja gar nicht. Ich hatte den Eindruck, dass ich ihm auf den Wecker ging, und er nicht weiter gestört werden wollte. Vielleicht steht er auch unter Druck, habe ich gedacht."

„Unter Druck? Wie meinen Sie das?"

Balthasar zuckte erneut mit den Schultern. „Kann ich nicht erklären."

„Könnte es sein, dass Friedel bedroht wurde?"

„Nein, daran habe ich gar nicht gedacht. Aber die Stimme …" Balthasar überlegte, wie er es ausdrücken sollte, ohne etwas völlig Blödes zu sagen.

Und wieder schien Kleemann zu wissen, was in ihm vorging. „Sprechen Sie alles aus, was Ihnen durch den Kopf geht. Jedes Detail könnte wichtig sein. Auch wenn es noch so abwegig erscheint."

Balthasar rückte unruhig in seinem Stuhl umher. „Na ja, jetzt im Nachhinein kommt mir der Gedanke, dass ich vielleicht gar nicht mit Friedel gesprochen habe."

„Sondern mit wem?"

„Mit seinem Mörder."

7. Aber daran ist er gestorben!

„Wieso sind Sie sicher, dass Friedel ermordet wurde?"

„Na, so wie's aussah …" Bisher war er erfolgreich darum herumgekommen, zu berichten, was er eigentlich gesehen hatte. Und auch Kleemann hatte ihm genügend Zeit gegeben. Nun aber konnte er sich nicht mehr davor drücken.

Aber vorher brauchte er einen Kaffee. Und auch Kleemann sagte dankend ja dazu. Noch ein Aufschub, ein winziger. Aber nachdem Balthasar ihm und sich einen dampfenden Kaffee kredenzt hatte, stellte Kleemann die entscheidende Frage.

„Was haben Sie gesehen, als Sie das Zimmer betraten?"

„Erstmal nichts. Es war ja zappenduster. Der Gestank war kaum auszuhalten. Dann bin ich zum Fenster, um die Vorhänge und die Fenster aufzureißen."

„Was war bis dahin Ihr Eindruck? Hatten Sie das Gefühl, dass Sie allein im Zimmer waren?"

„Wie meinen Sie das?" Spielte er etwa auf Anne-Kathrin an?

„Na ja, war vielleicht noch eine fremde Person im Zimmer?"

„Die hätte ich doch gesehen."

„Aber erst, nachdem Sie die Vorhänge aufgezogen haben, oder? Da standen Sie aber für einige Zeit mit dem Rücken zur Tür. Also könnte es doch zumindest theoretisch sein, dass in der Zwischenzeit jemand hinausgehuscht ist."

Balthasar wand sich. Konnte es sein, dass noch jemand Anne-Kathrin gesehen hatte? „Nein. Nein, ich war allein im Zimmer. Definitiv. Also allein mit dem Toten."

„Okay. Dann kommen wir später noch einmal darauf zurück. Insbesondere darauf, dass Frau Rosenberg vor besagter Zimmertür einen Schock erlitten hat."

Darauf also wollte er hinaus. Aber auch dazu würde ihm Balthasar nichts erzählen. Er entspannte sich ein wenig, und auch Kleemann nahm wieder eine lässigere Haltung auf der Schreibtischplatte ein. Dabei schlürfte er genussvoll seinen Kaffee.

„Nachdem Sie die Vorhänge aufgezogen haben, haben Sie sich also umgedreht und den Toten gesehen. Schildern Sie das doch jetzt bitte mal genau. Einfach Ihre allerersten Eindrücke. So, wie Sie es empfunden haben …"

Es fiel Balthasar nicht schwer, sich die Szenerie zu vergegenwärtigen. Dafür war alles noch zu frisch. Und zu schrecklich. Wahrscheinlich würde er das grausame Bild nie wieder aus seinem Gedächtnis streichen können. Dennoch versuchte er nun, es so sachlich wie möglich zu schildern: „Die Person lag mit dem Rücken auf dem Lattenrost. Ich musste annehmen, dass es sich um Herrn Friedel handelte. Er war mit beiden Beinen und dem rechten Arm mit Handschellen ans Bett gefesselt. Das Gesicht war nicht zu erkennen. Er trug eine schwarze Ledermaske. Im Bereich des Mundes steckte eine Art Ball. Wohl ein Knebel. Ich konnte es nicht genau erkennen. Der restliche Körper war teilweise nackt. Er trug einen schwarzen BH und am linken Bein einen seidenen Frauenstrumpf. Der ganze Leib war mit Wunden übersät. Auch sein – sein Geschlechtsteil. Das heißt, es war in eine Spirale eingezwängt …"

„Es handelte sich um das Heizelement eines Wasserkochers", erklärte Kleemann.

Balthasar sammelte sich kurz. Dann fuhr er fort. „Auf dem Bett und im ganzen Zimmer verstreut lagen Seiten aus irgendwelchen Magazinen und irgendwelche – Dinge. Ich konnte auf die Schnelle nicht erkennen, was das alles war. Auf dem Nachttisch stand ein Bügeleisen. Und ein Handy lag da. Und Kleiderbügel lagen herum! Jetzt fällt mir es wieder ein." Wahrscheinlich würde er die Bilder nie vergessen können. „Mir ging noch durch den Kopf, dass die gar nicht aus unseren Schränken stammten. Wir haben auf unseren Kleiderbügeln das Logo unseres Hotels aufgedruckt. Manche Gäste nehmen den einen oder anderen Bügel gern als Souvenir mit. Ja, und unsere Bügel haben nicht diese billigen Drahtaufhänger, sondern welche aus Holz …"

Balthasar schwieg. War da noch etwas gewesen? Irgendetwas, das ihn hatte stutzig machen lassen, ja. Aber er wusste nicht mehr, was es war.

Kleemann ließ ihm lange Zeit zum Nachdenken. Schließlich fragte er: „Was war ihr allererster Gedanke, als sie die Person auf dem Bett sahen?"

„Tot!", entfuhr es Balthasar. „Er lag so reglos da, da konnte kein Leben mehr drin sein, in diesem Körper."

„Und ihr zweiter Gedanke?"

„Mord! Ein bestialischer Mord! Solche Wunden bringt man sich nicht selbst bei."

„Oh doch, Herr Held." Kleemann schlürfte einen weiteren Schluck Kaffee. Balthasar erkannte, dass auch der Kripobeamte an einem Punkt war, wo er jede Lässigkeit ablegte. Weil auch ihm die Wahrheit an die Nieren ging. Er schaltete das Aufnahmegerät aus und sagte: „Haben Sie schon mal was von autoerotischen Unfällen gehört?"

„Nein, aber ich kann mir vorstellen, was Sie meinen."

„Ich will Ihnen keinen wissenschaftlichen Vortrag halten. Aber wir hatten vor zwei Jahren in Herford einen ähnlichen Fall, daher habe ich mich mit der Materie etwas mehr beschäftigt. Damals stellte sich heraus, dass es wirklich ein Unfall gewesen war. Bei dem Toten handelte sich um einen sechsunddreißigjährigen Mann, der noch bei seinen Eltern lebte. Sie nannten es immer noch sein ‚Kinderzimmer'. Nach außen hin fiel der Mann nicht groß auf. Er wurde zwar als etwas schüchtern bezeichnet, ging aber ansonsten einem geregelten Beruf nach und lebte ein bürgerliches Leben. So schien es zumindest. Er hatte noch nie eine Freundin gehabt, und auch sonst beschränkten sich seine Freizeitkontakte allein auf das World Wide Web. Als man ihn auffand, hatte er sich mit einem Seil an einem Deckenhaken, der schon immer dort vorhanden war, stranguliert. Seine Zehen berührten gerade mal knapp den Boden. Selbststrangulation zur Verminderung der Atmung zwecks folgender Luststeigerung ist eine sehr häufig vorkommende Praktik bei Autoerotikern. Natürlich kommt es nur selten zur Todesfolge. In dem Fall hatte der Tote ein scharfes Messer mit Klebeband am Körper befestigt, um im letzten Moment das Seil zu zerschneiden. Leider muss es ihm aus der Hand gerutscht sein, denn es lag unerreichbar für ihn auf dem Boden. Also ist er an seiner eigenen Fesselung erstickt. Wir haben diesen Fall sehr gründlich untersucht. Ein Fremdverschulden konnte mit hundertprozentiger Sicherheit ausgeschlossen werden …"

Balthasar spürte, dass ihm der Schweiß ausgebrochen war. Was Kleemann erzählte, war ihm fremd und unheimlich. Es gehörte in Kleemanns Welt. Nicht in seine. Und doch hatte es plötzlich Einkehr ins *Kur-Schlößchen* gefunden. Mehr und mehr kam ihm alles wie ein bizarrer Alptraum vor.

„Und Sie glauben, Ralf Friedel ist auch an den Folgen seiner autoerotischen Praktiken gestorben?" Noch immer konnte er sich nicht vorstellen, dass sich ein Mensch das alles selbst antat.

Wieder schwieg Kleemann lange. Dann sagte er: „Es deutet alles darauf hin, ja. Natürlich ermitteln wir auch in Richtung Fremdverschulden. Da gibt es noch einiges, was mir Kopfzerbrechen bereitet. Zum Beispiel, dass Friedel mit Ihnen gesprochen hat. Noch kann ich nichts dazu sagen. Wir müssen jetzt erst die Ergebnisse der Obduktion und der Spurensicherung abwarten. Die können uns sagen, wann er gestorben ist. Und woran."

„Hat er denn die ganzen Sachen mitgebracht?", fragte Balthasar ungläubig.

„Er hatte zwei Koffer dabei. In einem war seine Kleidung, im anderen seine Spielzeuge. Alles, was er brauchte, um ein Wochenende in aller Ruhe Hand an sich zu legen. Es wäre übrigens nicht der erste Fall, bei dem ein Autoerotiker ein Hotel aufsucht."

Am liebsten hätte Balthasar seinen Gesprächspartner eingeweiht. Dass er eine Gestalt am Fenster gesehen hatte. Aber er war sich nicht sicher, dass es nicht Anne-Kathrin gewesen war..

Es klopfte, und der Laubfrosch steckte seinen Kopf durch den Türspalt. „Kann ich dich mal einen Moment sprechen?", fragte sie.

„Na sicher", sagte Kleemann und sprang behände von der Schreibtischkante. Und an Balthasar gewandt: „Bitte entschuldigen Sie mich für einen Moment." Dann verschwand er nach draußen.

Balthasar konnte noch nicht einmal aufatmen. Mit Kleemann kam er gut zurecht. Er hoffte nur, dass ihm der Laubfrosch nicht irgendwelche Flausen in den Kopf setzte. Seufzend stand er auf, begab sich zur Minibar und schenkte sich einen Gin-Tonic ein. Normalerweise trank er nicht vor dem Abendessen, aber diesmal brauchte er einen starken Schluck zur Beruhigung. Er hatte gerade angesetzt, als der Laubfrosch das Büro betrat. Diesmal ohne anzuklopfen.

„Prost, Herr Held", wünschte die Kommissarin. „Trinken Sie sich Mut an? Oder ist es für das Vergessen?"

„Wollen Sie auch einen?"

„Danke, nicht im Dienst."

Balthasar war die Lust auf einen Drink vergangen. Er stellte das Glas ab und setzte sich wieder in seinen Jasper-Stuhl. Noch nie hatte er sich so unwohl darin gefühlt. Er kam sich vor wie auf einem Schleudersitz. Die Kommissarin hatte ihm gegenüber Platz genommen. Ungefragt.

Nachdem sie sich ebenso ungefragt eine filterlose Zigarette angezündet hatte, sagte sie: „Herr Kleemann, mit dem Sie ja anscheinend so gut können, lässt sich entschuldigen. Er muss sich noch mal den Tatort gründlich angucken." Sie beugte sich ein wenig vor und lächelte diabolisch. „Das heißt, wir zwei können uns in aller Ruhe unter vier Augen unterhalten. Also, was wissen Sie?"

„Das habe ich alles Ihrem Vorgesetzten erzählt."

„Ja, aber ich möchte es auch noch einmal hören. Aus ihrem eigenen Mund."

Balthasar verdrehte insgeheim die Augen. Aber er hatte keine andere Wahl. Diese Frau griff sonst zu allen möglichen Mitteln. Also begann er noch einmal von vorn.

Richtig zufrieden schien sie aber nicht zu sein. Auch als er geendet hatte, machte Sie einen verdrossenen Eindruck.

„Das hört sich alles ja ganz schön an, Sie Held. Aber es ist doch komisch, dass Sie als Erster im Zimmer waren. Sie sagten, die Tür hätte aufgestanden. Das ist aber unmöglich, weil Friedel zu dem Zeitpunkt schon tot war. Warum sollte er die Tür angelehnt gelassen haben? Damit jeder ihm bei seinen perversen Spielchen Gesellschaft leisten kann? Warum geben Sie nicht zu, dass Sie sich mit Ihrem Universalschlüssel Einlass verschafft haben? Das ist doch nichts Schlimmes. Ich verstehe ja, dass Sie sich Sorgen machten."

Balthasar dachte einen Moment nach. War das die goldene Brücke, die sie ihm baute? Ausgerechnet sie? Mit dieser Erklärung wäre Anne-Kathrin ganz aus dem Schneider.

Er rieb sich das Kinn, überlegte noch ein bisschen länger und sagte schließlich: „Sie haben recht. Daran habe ich mich nicht mehr genau erinnert. So war es. Ich habe mit dem Schlüssel die Tür geöffnet, weil ich mir allmählich ernsthafte Sorgen gemacht habe."

Der Laubfrosch zog nun ebenfalls ein Diktiergerät aus der Tasche. Wieder lag dieses diabolische Grinsen auf ihren Lippen. „Das habe ich alles mitgeschnitten. Sie hatten doch nichts dagegen, oder?"

Balthasar schüttelte den Kopf.

„Würden Sie bitte laut und deutlich sprechen? Das Mikro kann Sie nicht sehen."

„Nein“, sagte Balthasar. „Das ist schon in Ordnung.“

„Dann habe ich Sie soeben einer Lüge überführt“, triumphierte die Kommissarin. Sie zog einen Notizblock hervor. „Eine Ihrer Mitarbeiterinnen, Beate Krcmar, weiß der Deibel, wie man den Namen ausspricht, hat zu Protokoll gegeben, dass Sie sie kurz vorher wegen eines Notfalls herbeigerufen haben. Vor dem Zimmer lag eine gewisse Frau Rosenberg. Leider konnten wir sie aufgrund ihres labilen Zustands noch nicht vernehmen.“

Also hatte Klümchen alles ausgeplaudert. Aber warum auch nicht? Er hatte sie schließlich nicht gebeten zu schweigen. Es wäre unfair gewesen, sie da mit reinzuziehen.

„Aber das eine hat doch nichts mit dem anderen zu tun!“, begehrte er auf. „Ja, Frau Rosenberg ist vor Zimmer 113 zusammengeklappt. Aber sie war nicht da drin. Warum auch?“

„Tja, das frage ich ja Sie.“ Der Laubfrosch zuckte mit den Achseln. „Na gut, vielleicht fällt Ihnen ja dazu noch was ein. Wollen Sie mal ein paar unschöne Fotos sehen?“

Balthasar wollte nicht. Aber die Kommissarin schob ihm eines hin. Es zeigte den Toten in seiner ganzen Grässlichkeit.

„Der Ballknebel in seinem Mund hat ihm das Atmen nicht gerade leicht gemacht. Die Ledermaske hat ihm zusätzlich die Luft abgeschnürt. Daran ist er natürlich nicht gestorben.“ Sie legte ein nächstes Foto daneben. Es zeigte in Großaufnahme den Rumpf. Der BH lag daneben. „Der gesamte Brustbereich ist mit einer heißen Bügeleisenfläche bearbeitet worden. Natürlich nach und nach. Aber auch das hat ihn nicht umgebracht. Übrigens hat er sich abgesichert und das Bügeleisen mit einer Zeitschaltuhr verbunden. Im Falle seiner Ohnmacht schaltete sich das Bügeleisen von selbst nach einer Minute aus. Das zeigt, dass unser Kandidat kein Anfänger war.“

Balthasar wollte etwas sagen, aber die Kommissarin hielt ihn mit einer herrischen Handbewegung zurück. „Unterbrechen Sie mich nicht!", bellte sie und legte ein weiteres Foto auf den Tisch. Es zeigte in Großaufnahme den Hodensack des Opfers. Dieser war mit zahlreichen Plastikpiercings „verziert". Balthasar war ratlos, was es damit auf sich hatte. „Diese Dinger hat er sich mit einer Etikettierpistole selbst reingeschossen. Netter Anblick, was? Aber auch das hat ihn natürlich nicht umgebracht."

Balthasar hatte genug. Die Fotos empfand er schlimmer als den Anblick der Leiche zuvor. Da hatte er ja in der Kürze der Zeit nicht viele Details wahrgenommen.

„Genug!", bat er. Immerhin rigoros genug, sodass der Laubfrosch zögerte, das nächste Foto zu zücken. „Verschonen Sie mich damit!"

Er war im Begriff aufzustehen, aber die Kommissarin herrschte ihn an: „Bleiben Sie gefälligst sitzen!"

Zwei, drei Sekunden funkelten sie sich an. Auch Balthasar war jetzt in Rage. Zumindest innerlich brodelte es in ihm. Musste er sich das wirklich gefallen lassen? Für ihn glich es einer seelischen Folter. Und der Laubfrosch schien es geradezu zu genießen.

„Nur noch zwei Fotos, dann haben wir es geschafft, Herr Held", lenkte sie schließlich ein.

Balthasar entspannte sich ein wenig. Die Kommissarin legte das nächste Foto auf den Tisch, als handelte es sich um eine Spielkarte. Balthasar bedauerte, sich darauf eingelassen zu haben. Er spürte ein starkes Würgegefühl in sich aufsteigen, und er glaubte, den Gestank, der in dem Zimmer geherrscht hat, wieder in der Nase zu haben.

Das Foto zeigte ein spiralförmiges Gerät mit einem Kabel daran. Der Laubfrosch erklärte ihm, was Friedel damit angestellt hatte. Er hörte ihre Stimme wie hinter Watte. Am liebsten hätte er sich die Ohren zugehalten. Zum Schluss wiederholte sie ihren Standardsatz. „Aber auch daran ist er nicht gestorben. Der Tauchsieder diente nur zu seiner sexuellen Stimulation. Noch ein allerletztes Foto, Herr Held …"

In Balthasar sträubte sich alles. Er ahnte, dass der Laubfrosch noch eine Schippe an Grausamkeit drauflegen würde. Er schwitzte. Er zitterte.

Und er hatte sich nicht getäuscht.

Das letzte Bild zeigte Friedel auf dem Bauch liegend. Aus seinem After ragte ein Kleiderbügel.

„Aber daran ist er gestorben“, erklärte die Kommissarin. „Er hat sich den Bügel so tief reingeschoben, dass er an den inneren Verletzungen verblutet ist.“

Diesmal konnte Balthasar nicht mehr ruhig sitzen bleiben. Er stand auf, ging mit unsicheren Schritten zur Bar. Jetzt musste es etwas Kräftigeres sein als Gin. Er griff zu einem hochprozentigen Islay-Whisky, schüttete sich das Glas halbvoll und trank es in einem leer.

Teil 2

Wer Blut sät ...

I. Ruhiger Montag

1. Salz in der Suppe

Man sah den Gästen an, dass sie einer besonderen Einladung gefolgt waren. Die Herren hatten sich in mehr oder weniger festliche Anzüge gequält, trugen bunte Krawatten und scherzten. Die Frauen waren modisch etwas wagemutiger, zeigten viel Bein und Dekolleté. Einige bewegten sich leicht im Takt der dezenten Klaviermusik, andere wippten mit den Beinen. Es war eine fröhliche, hier und da fast übermütige Gesellschaft, die sich im Garten versammelt hatte. Der Sekt floss in Strömen und ebenso die Tränen, vor allem der weiblichen Gäste, als der Brautvater eine salbungsvolle Rede auf seine Tochter hielt, die ja nun endgültig flügge geworden sei und das elterliche Nest verlasse. Zum Schluss verdrückte der Vater selbst eine Träne.

Balthasar fand, dass es nun Zeit für eine etwas schwungvollere Musik sei und gab dem Bassisten, dem Schlagzeuger und dem Saxophonisten einen Wink, sich zu ihrem Klavierspieler zu gesellen. Das *Blue-Heaven-Quartett* zeigte, was es drauf hatte und begann, mit *In the Summertime* die Gäste gleich noch mehr in Schwung zu bringen. Schnell wurde das Rondell unter den Rosenbögen zu einem Tanzplatz umfunktioniert. Die Tanzfaulen begnügten sich damit, von den Stehtischen aus milde lächelnd zuzusehen und sich mit diversen Sandwiches die Zeit bis zum Abendessen zu verkürzen.

Es klappte alles wie am Schnürchen. Die Gäste waren zufrieden, das Brautpaar glücklich, die Stimmung hätte nicht besser sein können, und auch das Wetter nicht – und trotzdem konnte sich Balthasar nicht wirklich freuen.

Normalerweise verdrückte er in solchen Situationen selbst die eine oder andere Träne. Doch heute schwebten noch die Gewitterwolken des Wochenendes über ihm.

Zimmer 113 war noch immer versiegelt. Kleemann hatte ihm erklärt, dass zwar der Fall aufgeklärt scheine und alles auf einen autoerotischen Unfall hindeute, dass aber noch nicht alle Fragen beantwortet seien und deswegen die Spurensicherung noch einmal anrücken könne.

So wie es aussah, stand Friedel tatsächlich auf extreme, autoerotische Praktiken.

„Und wo hatte er sein Messer?", hatte Balthasar gefragt und damit auf den Fall des Mannes angespielt, der sich an der Zimmerdecke aufgehängt hatte.

„Friedel hatte sich nur an einer Hand ans Bett gefesselt. Die andere Hand war frei, und der Schlüssel zu den Handschellen muss wohl jederzeit in Reichweite gelegen haben. Aus irgendeinem Grund, wahrscheinlich durch zu heftige Bewegungen, ist er dann durch den Lattenrost gefallen. Unerreichbar für Friedel. Da ist er dann an inneren Blutungen gestorben. Sein Tod muss sehr qualvoll gewesen sein. Hätte er sich befreien können oder hätte man ihn rechtzeitig gefunden, wäre er noch am Leben."

Der Laubfrosch war noch weitergegangen. Sie drohte damit, Balthasar mitverantwortlich für Friedels Tod zu machen. Schließlich habe er als Geschäftsführer seine Sorgfaltspflicht verletzt.

Von den Wochenendgästen waren viele bereits wieder abgereist, und am Morgen hatte er sich mit nur wenigen Hungrigen den Frühstücksraum teilen müssen. Oberst a.D. von Meyrink war noch da. Er hatte Balthasar nach wie vor seine volle Unterstützung „auf allen Feldern" angeboten, schien mittlerweile aber selbst Sorgen zu haben. Ob er immer noch glaubte, dass der Gast mit dem gepflegten Vollbart es auf seine Wertgegenstände abgesehen hatte? Balthasar hatte sich inzwischen erkundigt, wie der Gast hieß. Er hatte sich als Steven Willmers angemeldet. Willmers war Holländer, sprach aber akzentfreies Deutsch. Stummer hatte zu ergänzen gewusst, dass er als Handlungsreisender unterwegs sei.

Was er in der Kurstadt zu erledigen habe, wusste Stummer aber auch nicht. Willmers verhielt sich unauffällig. Er war freundlich und grüßte jeden, aber er hielt sich von den anderen Gästen fern. Meistens saß er allein am Frühstückstisch.

Die beiden Luetkers hatten noch für ein paar Tage verlängert. Während Herr Luetkers die Gelegenheit nutzte und eine Mountainbike-Tour durch den Teutoburger Wald gebucht hatte, versuchte sich Frau Luetkers als Detektivin. Offiziell hatte niemand verlauten lassen, was in Zimmer 113 geschehen war. Insofern kursierten die wildesten Gerüchte. Nach dem Frühstück hatte die Luetkers sich Balthasar zu schnappen versucht, war ihm unangenehm dicht auf die Pelle gerückt und hatte ihn mit Fangfragen aus der Reserve locken wollen. Stummer hatte ihn schließlich befreit, indem er ein „äußerst wichtiges Telefongespräch" fingiert hatte.

„Halten Sie mir diese Frau bitte weiter vom Leibe", hatte Balthasar ihn angefleht.

Die Cowboys hatten fast alle die Heimreise angetreten. Ziemlich ernüchtert. Schließlich mussten die meisten heute wieder ihrem Job nachgehen. Bis auf Volker Machoffsky. Der Reisebus war übers Wochenende nicht fertiggeworden. Wie es aussah, musste erst ein seltenes Ersatzteil für den Motor besorgt werden. Als Fahrer war Machoffsky für den Bus verantwortlich. Außerdem war er selbstständiger Versicherungsvertreter. Auf ihn wartete kein Chef. In der Zwischenzeit erledigt seine „Emma" die Geschäfte, wie er seine Mitarbeiterin nannte. Das alles hatte der redselige Ober-Cowboy Balthasar am Abend zuvor an der Bar gesteckt.

Frau Hoyerswort, die flotte Mercedesfahrerin, und Fee Brinkmann, die Frau, die fast von ihr über den Haufen gefahren worden wäre, waren ebenfalls geblieben. Fee Brinkmann hatte sie wohl inzwischen als Fahrerin identifiziert, denn sie warf der anderen die ganze Zeit giftige Blicke zu. Diese waren wahrscheinlich nur deswegen nicht tödlich, weil einige Tische Abstand zwischen den beiden war. Frau Hoyerswort tat so, als bemerkte sie die Blicke nicht. Das hatte schon Klasse, wie Balthasar fand. Weniger klasse empfand er Stummer, der die ganze Zeit um die Dame herumdienerte. Aber gut, sollte er sich lächerlich machen. Balthasars Sache war es nicht.

Die Dame in Grau, Luisa Zimmer, hatte Balthasar heute noch gar nicht gesehen, sich aber sagen lassen, dass sie bis Anfang nächster Woche gebucht hatte. Er war nicht mehr erpicht darauf, ihr Geheimnis zu ergründen. Wenn es denn überhaupt eines gab. Vielleicht war sie einfach nur eine frustrierte Frau, die sich daran ergötzte, andere Pärchen zu beobachten. Er musste an ihr seltsames Grinsen denken, als sie Anne-Kathrin und den Mann, der bei ihr stand, beobachtet hatte.

Anne-Kathrin war am Morgen noch vor dem Frühstück abgereist. Balthasar hatte sie nicht mehr gesprochen. Sollte er sich noch einen Kopf darüber machen, warum sie ihn gebeten hatte, der Polizei nicht zu verraten, dass er sie hatte aus dem Zimmer kommen sehen?

Nun, als Mörderin kam sie ganz bestimmt nicht infrage. Kleemann hatte angedeutet, dass Friedel schon einige Stunden tot gewesen sei. Vielleicht hatte Anne-Kathrin ja schon mal schlechte Erfahrungen mit der Polizei gemacht. Genau wie er mit diesem Laubfrosch. Insofern konnte er sie verstehen.

Jemand aus der Hochzeitsgesellschaft sprach einen Trinkspruch zu Ehren des jungen Paares aus und Jubel brandete auf. Anschließend spielte das Quartett *Blueberry Hill* und lockte damit auch die Älteren auf die Tanzfläche.

Ohne dass er es gemerkt hatte, war Frau Luetkers an seine Seite getreten. Sie trug ein tief dekolletiertes Shirt und roch aufdringlich nach einem schweren Parfüm. Ohne zu fragen, hakte sie sich bei Balthasar unter. „Sind die beiden nicht einfach süß?“, fragte sie.

Als süß empfand Balthasar das Brautpaar nun ganz und gar nicht. Beide sahen gut aus und machten einen überaus selbstbewussten Eindruck. Dem Porsche nach zu urteilen, der vor der Tür stand und dem Bräutigam gehörte, schien auch genügend Geld für einen gelungenen Start in das junge Glück vorhanden zu sein. Die Braut hatte ihm, Balthasar, zudem verraten, dass die Hochzeitsreise, zu der sie noch am gleichen Tag aufbrechen würden, nach Hawaii ging. Auch nicht ganz billig. Aber süß? Damit konnte Balthasar nun gar nichts anfangen.

Frau Luetkers plapperte weiter auf ihn ein, während Balthasar verzweifelt versuchte, sich freizumachen. Weit und breit war kein Franz Stummer in Sicht. Als sie ihn jedoch versuchte, auf die Tanzfläche zu ziehen, bekam er Panik. Verzweifelt hielt er Ausschau nach einem Rettungsanker.

In dem Moment trat Herr Nair nach draußen. Er lächelte freundlich und unverbindlich wie immer. Und wie immer trug er ein weißes Hemd, eine rote Krawatte und seinen eleganten Anzug.

Auch Frau Luetkers hatte ihn sofort im Visier. „Ein sehr interessanter Mensch. Ich habe ihn schon öfter beim Frühstück angesprochen, aber er scheint etwas schüchtern zu sein. Dabei hat er das bei seiner Erscheinung gar nicht nötig. Wissen Sie, was er beruflich macht?“, fragte sie Balthasar.

„Nein.“ Und selbst wenn, hätte er es Frau Luetkers als Allerletzte auf die Nase gebunden. Zumindest war sie abgelenkt genug, dass er sich aus ihren Polypenarmen lösen konnte.

„Dann ein andermal!“, rief ihm Frau Luetkers hinterher und sah sich bereits nach einem neuen Opfer um.

Balthasar kam nur ein paar Schritte weit, da klingelte sein Handy.

Es war Horst Strohmeier. Balthasar glaubte, dass der sich nur bedanken wolle, aber er klang aufgeregt. „Ich muss dich unbedingt sprechen. Ich habe Neuigkeiten." Er sprach sehr leise, flüsterte fast, als fürchtete er, belauscht zu werden. Aber nicht in der *Kleinen Kneipe*. Zu gefährlich. Dort kennt man mich zu gut, und es ist auch nicht gut, wenn man uns dort zusammenhocken sieht."

„Dann komm doch einfach her", sagte Balthasar. Er hatte keine Lust auf das Gespräch. Auch glaubte er nicht, dass die angekündigten Neuigkeiten wirklich so brisant waren.

„Spinnst du? Das wäre doch erst recht auffällig!" Nach langem Hin und Her schlug Strohmeier *Paulinchen* vor.

„Bist du jetzt völlig paranoid geworden?", schimpfte Balthasar. *Paulinchen* war die im Dampflockgewand gekleidete Touristikbahn, die auf Rädern vom Kurplatz-Centrum aus eine Rundtour durch den Landschaftsgarten und die Altstadt unternahm.

„Dann eben nicht", sagte Strohmeier verschnupft, und so sagte Balthasar schließlich zu.

Aber zuerst geschah noch etwas anderes, das seine Aufmerksamkeit erforderte. Die Musik war verstummt und das Paar dabei, unter viel Applaus die vierstöckige Hochzeitstorte anzuschneiden. Sammy und Martha hatten sich ausnahmsweise mal nicht gestritten, als sie dieses Kunstwerk aus Zitronencreme, Sahne und üppigem Zuckerguss gemeinsam in dreitägiger Arbeit kreiert hatten. Allein am Biskuitboden hatte Martha einen ganzen Tag lang herumgefeilt. Erst nach vielen vergeblichen Versuchen hatte er die richtige Größe und Dicke gehabt und war nicht zerbrochen. Fertig geworden war das Prachtexemplar erst ein paar Stunden zuvor, da die Ereignisse des gestrigen Tages den Künstlern dazwischengefunkt hatten.

Die Braut verteilte die ersten Stücke, die unter vielen „Ahs" und „Ohs" begutachtet wurden. Der Heulfaktor unter den Anwesenden war in diesem Moment mindestens so hoch wie im Moment des Ringtauschs. Jeder wusste, dass das Paar irgendwann danach in die vor dem Portal wartende

Hochzeitskutsche steigen und in die Flitterwochen entschwinden würde.

Da geschah es. Der Erste, der den Kuchen probierte, spuckte ihn wieder aus. Und auch der Zweite und Dritte würgte.

„Pfui Deibel“, rief einer der drei.

Balthasar eilte hinzu. Ratlos sah er das Brautpaar an. Auch die Braut zuckte mit den Schultern.

„Darf ich mal?“, fragte Balthasar und nahm ihr, ohne auf eine Antwort zu warten, den Teller mit dem Kuchenstück aus der Hand. Mit der Gabel probierte er ein Stück – und spuckte es augenblicklich wieder aus.

Es war versalzen! Der klassische Faux-pas! Der aber nicht passieren durfte! Nicht in seiner Küche! Nicht für diesen einmaligen Moment!

„Entschuldigen Sie mich!“ Balthasar rannte in die Küche. Martha und Sammy empfingen ihn dort strahlend in Erwartung eines besonderen Lobes.

Doch das kam nicht. Sie sahen es bereits an Balthasars Miene.

„Ist Ihnen ’ne Laus über die Leber gelaufen?“, fragte Martha.

„Nein, aber ein Kilo Salz über die Zunge!“

Er klärte die beiden auf.

„Das ist unmöglich!“, verteidigte sich Sammy. „Ich habe höchstpersönlich den Tortenguss vorher probiert und aufgetragen!“

„Und ich habe gestern die Creme gerührt und ebenfalls abgeschmeckt!“, sagte Martha. Da war nix was versalzen. Von wegen! Ich mag es reichlich süß!“

Balthasars Blicke irrten wild umher. „Wo ist der Zucker?“, wollte er wissen.

„Na da, im Zuckerfass!“, sagte Sammy schon etwas kleinlauter. „Allerdings habe ich heute schon nachgefüllt …“

Balthasar probierte und stellte eindeutig Zucker fest. Dann nahm er sich das Salzfass vor. Die feinen Streusel darin schmeckten ebenfalls nach – Zucker.

„Jemand hat irgendwann während des Herstellungsprozesses der Torte Salz und Zucker vertauscht!“, deduzierte er. „Eindeutig!“

Er schaute auf die Uhr. Es war zum Verrücktwerden! In fünf Minuten hatte er seinen Termin mit Strohmeier. Einen Moment lang dachte er daran, ihn abzusagen. Aber das wäre unklug gewesen. Hinterher wäre Strohmeier beleidigt und würde überhaupt nicht mehr mit der Sprache herausrücken. Andererseits brannte hier gerade die Luft.

„Entschuldigt euch bei dem Hochzeitspaar und schickt sofort alles an Teilchen und Kuchen raus, was ihr habt. Alle sollen mit anpacken! Und vorher wird probiert! Außerdem spendiert ihr Sekt en masse auf Kosten des Hauses ...“ Nein, er hatte noch eine bessere Idee. „Oder vielmehr auf eure Kosten.“

Er sah die entsetzten Gesichter seiner Köchin und seines Kochs.

„Es sei denn, ihr könnt mir stichhaltig begründen, wie das Salz durch Fremdverschulden in die Torte gekommen sein kann! Und jetzt an die Arbeit!“

Er selbst stürmte nach draußen und hastete Richtung Haltestelle, die sich nur hundert Meter entfernt vom *Kur-Schlößchen* befand. Fast wäre er zu spät gewesen, denn er sah *Paulinchen* bereits schnaufend die geringe Steigung entlanggefahren kommen. Hinter der Fahrerlokomotive waren vier offene Personenwagen angehängt. Das Ganze erinnerte an Kindereisenbahnen in den Freizeitparks. Nur dass in diesem Fall Erwachsene – in erster Linie Senioren – darinsaßen. Aber auch die hatten ihren Spaß. Einige der Fahrgäste winkten Balthasar munter zu, als sie ihn an der Haltestelle warten sahen.

Balthasar löste ein Ticket, bekam vom Fahrer ein Plastikarmband und einen frommen Segen dazu auf den Weg – „Gegen Rheuma und Männerschwäche“ – und stieg ein.

Strohmeier hatte er bereits im letzten Waggon erspäht. Er saß dort allein in der letzten Reihe und wirkte zappelig. Als

Balthasar sich neben ihn auf die Sitzbank quetschte, zuckte er fast zusammen.

„Was soll die Maskerade?“, fragte Balthasar.

Strohmeier trug eine große, verspiegelte Sonnenbrille und einen schwarzen Strohhut, den er sich tief in die Stirn gezogen hatte. „Das hat alles seinen Grund, mein Lieber, und gleich lasse ich die Bombe platzen.“

„Bitte anschnallen und Ohren anlegen!“, quäkte es aus den Lautsprechern, dann fuhr *Paulinchen* ruckelnd an.

„Dann rück schon raus damit!“, stöhnte Balthasar. Er hasste diese Wichtigtuerei. „Ich für meinen Teil habe meinen Deal erfüllt. Ich hoffe, du hast die Nacht genossen.“

„Hätte ich gewusst, wie es ausgeht, hätte ich mich nie darauf eingelassen“, beschwerte sich Strohmeier. „Meine Bekanntschaft hat sich leider als Niete herausgestellt.“

„Wie? Was?“ Jetzt war Balthasar baff. „Ich dachte, ihr hättet die ganze Nacht, na ja … irgendwie verbracht. Stummer hat mir erzählt, dass ihr sogar das Frühstück auf dem Zimmer schnabulieren wolltet …“

Strohmeier wand sich. „Ist doch jetzt egal.“

„Nein, ich will es wissen! Du weißt doch, dass jeder Gast bei mir das *Kur-Schlößchen* glücklicher verlassen soll, als er eingekehrt ist. Also?“

„Insofern ist dein Motto bei Uschi bestens angekommen“, sagte Strohmeier.

„Uschi? Das ist also ihr Name?“

„Ihr Künstlername. Sie – also er – ist Transvestit. Das hat sie – also er, mir aber erst gestanden, nachdem er, sie oder es morgens die Vorhänge aufgezogen hat. Das war nach dem Frühstück.“

Jetzt hatte es Balthasar die Sprache verschlagen. Erst nach einer langen Denkpause, währenddessen *Paulinchen* die steile Abfahrt zum Kurparksee hinunterdüste, fragte er nach: „Und du hast es die ganze Nacht nicht gemerkt.“

„Wenn ich's gemerkt hätte, wäre ich sofort schreiend rausgelaufen. Sie, also er, hat mich ganz schön reingelegt! Nie mehr suche ich mir 'ne Frau im Internet, sag ich dir."

„Vielleicht solltest du mal öfter zu uns zum Kaffee kommen", sagte Balthasar. „Mancher weibliche Gast sucht geradezu fieberhaft nach dem einen oder anderen Abenteuer." Er hatte in diesem Moment Frau Luetkers im Sinn.

„Vielleicht komme ich sogar auf deinen Vorschlag zurück", drohte Strohmeier. „Aber jetzt zu deinem Problem. Und wenn ich Problem sage, dann meine ich eigentlich Schlamassel, Bredouille, um nicht zu sagen Katastrophe!"

„Jetzt rück endlich raus mit der Sprache!", verlangte Balthasar und wurde fast von seinem Sitz geschleudert, als *Paulinchen* rasant über einen Huppel fuhr.

„Seit wann besitzt du das *Kur-Schlößchen* eigentlich?"

„Was hat die Frage denn mit der Katastrophe zu tun?"

„Das wirst du gleich erfahren. Also?"

Balthasar rechnete nach. „Zwölf Jahre", sagte er schließlich. „Es stand sozusagen vor der Pleite und war ziemlich heruntergekommen. Ich habe es für einen Freundschaftspreis erworben, aber so viel hineingesteckt, dass ich wahrscheinlich noch bis ins hohe Alter daran zu knabbern habe."

„Und das Grundstück? Gehört es dir?"

„Natürlich. Der Grund und Boden gehörte zum Kaufobjekt dazu. Wieso fragst du?"

„Weil das nur bedingt stimmt. Unser Archivar ist ganz tief getaucht und hat einige uralte Dokumente ans Licht befördert ..."

„Da bin ich ja mal sehr gespannt!"

Strohmeier lehnte sich zurück und dozierte: „Mit der Erschließung des Leopold-Thermalsprudels wurde unsere Stadt 1906 zum Thermalbad. Der damalige Taufpate war übrigens der letzte regierende Fürst Lippes, Leopold IV. zur Lippe ..."

„Wird das jetzt eine Geschichtsstunde oder was?"

„Sperr gefälligst deine Ohren auf! Im selben Jahr noch entstand ein wahrer Bauboom. Auch dein altehrwürdiges *Kur-Schlößchen* wurde ja ein Jahr später erbaut. Damals wurden rasch etliche Sondergenehmigungen erteilt, damit es schnell voranging. Die Stadt prüfte damals nicht groß, sicherte sich aber ab. Manche Grund- und Bodenverkäufe wurden nur unter Vorbehalt geschlossen. Das waren zum Teil recht vertrackte Klauseln …“

„Komm zur Sache!“, drängte Balthasar, der plötzlich ein sehr flaues Gefühl in der Magengegend verspürte. Noch hoffte er, dass es daran lag, dass er die Schaukelei nicht gewohnt war.

„Auch das Grundstück, auf dem das *Kur-Schlößchen* entstand, wurde nur unter Vorbehalt verkauft. Schließlich lag es an exponierter Stelle.“

„Aber solche Dokumente sind doch heute sicherlich längst verjährt!“

„Na ja, sagen wir mal so: Niemand bei der Stadt hat Interesse, das alles wieder aufzudröseln und die heutigen Besitzer zur Kasse zu bitten. Man hat genug damit zu tun, die städtischen brachliegenden Grundstücke und Häuser zu verscherbeln. Denk nur mal an die Volkshochschule, die kein Mensch haben wollte und jetzt teuer saniert wird. Oder an das buchstäbliche Millionenloch Kurparkklinik. Weil man gehofft hat, dass schneller ein Investor anbeißen würde, hat man die Klinik abgerissen. Das ist doppelt so teuer geworden wie zuvor kalkuliert. Trotzdem hat es bis jetzt gedauert, dass endlich jemand das Grundstück kaufen will.“

„Ich verstehe immer noch nicht, was das mit dem *Kur-Schlößchen* zu tun hat!“

Strohmeier nahm die Sonnenbrille ab und schaute Balthasar tief in die Augen: „Der Investor, dessen Name unter top secret läuft, will das gesamte Areal um den Kurparksee kaufen und daraus so eine Art Vergnügungspark für Senioren machen – inklusive der begehbaren Glasbrücke.“

„Nur über meine Leiche!“

„So lange muss er gar nicht warten, mein Lieber. Die Stadt hat dem Erbauer des *Kur-Schlößchens* den Grund und Boden für genau 101 Jahre überlassen. Die Zeit ist längst abgelaufen!“ Er setzte sich die Sonnenbrille wieder auf. „Damit sind wir quitt.“

Inzwischen hatten sie die Altstadt erreicht. *Paulinchen* hielt an der Haltestelle, und Strohmeier stieg rasch aus.

Balthasar blieb sitzen. Er konnte nicht glauben, was er gerade gehört hatte.

Und doch wusste er, dass es wahr war.

2. Unterm Säufermond

Als Balthasar sein Hotel erreichte, spürte er schon beim Eintreten, dass irgendetwas nicht stimmte. Eigentlich hatte er gehofft, dass sich die Hochzeitsgesellschaft beruhigt und sich das Brautpaar bereits in die Flitterwochen verabschiedet hätte. Die zweispännige Kutsche, die noch bei seinem hastigen Aufbruch vor dem Eingangsportal gestanden und auf das Brautpaar gewartet hatte, war jedenfalls verschwunden.

Da Stummer nicht hinter seinem Empfangstresen stand, spazierte Balthasar schnurstracks in den Garten. Dort traf er auf den Rest einer äußerst betrübten Hochzeitsgesellschaft. Um ehrlich zu sein, erinnerten ihn die traurigen Gestalten eher an eine Trauergemeinde.

Ein älterer, grauhaariger Herr mit Smoking und Fliege torkelte ihm in den Weg: „Ich sage Ihnen“, begann er mit schwerer Zunge. „Mir schmeckt’s trotzdem hier! Das Jungvolk ist einfach keinen anständigen Tropfen mehr gewohnt. Prost!“ Er trank den Sekt in einem Zug leer. In der anderen Hand hielt er eine halbvolle Flasche und schüttete sich nach. Dann schwankte er weiter.

Etwa ein Dutzend Gäste waren noch anwesend. Und ein halbes Dutzend seiner Mitarbeiter. Darunter auch Klümchen. Als sie ihn sah, kam sie gleich auf ihn zugelaufen.

„Voll das Desaster, Chef. Irgendwas stimmte mit dem Sekt nicht. Vier Gästen ist davon explosionsartig schlecht geworden. Wir haben schon das Gröbste beseitigt.“ Damit meinte sie das Erbrochene. „Es scheint nur eine Flasche nicht mehr gut gewesen zu sein, komische Sache, oder?“

„Und wie geht es den Gästen?“

„Nachdem sie das Zeug erbrochen haben, wieder gut. Wir haben ihnen angeboten, einen Arzt zu holen, das wollte aber keiner. Zwei sind mit dem Taxi nach Hause gefahren. Zwei weitere, darunter auch die Braut, erholen sich in unseren Zimmern.“

Balthasar sah sich um. „Und welche Flasche war verdorben?“

„Franz hat sie in Gewahrsam genommen. Für alle Fälle.“

Balthasar nickte. Er fühlte sich plötzlich müde und nutzlos. Umso froher war er, dass die anderen die Situation offenbar im Griff hatten.

Warum war nur alles plötzlich wie verhext?

Einige Stunden später saß Balthasar erschöpft auf der Bank im Garten, in dem bis zuletzt vier Herren der Hochzeitsgesellschaft ausgeharrt hatten, darunter auch der ältere Herr in Fliege und Smoking. Er war der zukünftige Schwiegervater der Braut. Alle vier Männer verließen schwankend das sinkende Schiff.

Das sinkende Schiff – genau so kam Balthasar das *Kur-Schlößchen* allmählich vor. In den letzten Tagen waren mehr unangenehme Dinge passiert als in den letzten Jahren insgesamt. Allein von dem, was in den letzten Stunden passiert war, musste er sich erst einmal erholen. Nicht nur die Hochzeitstorte und der Sekt waren verdorben gewesen, danach war es munter weitergegangen mit den Pannen und Irrtümern. Zunächst war der Aufzug stecken geblieben. Ausgerechnet mit dem Oberst darin. Mit seinem Krückstock hatte er lautstark auf sich aufmerksam machen können. Die sofort herbeigerufene Fachfirma hatte ihn schließlich befreit und den Aufzug wieder zum Laufen gekriegt. Die beiden Mechaniker waren ratlos, wieso so etwas passieren konnte. Die letzte Wartung war erst vor einem Monat gewesen.

Danach war im Gang zwischen dem Foyer und dem Restaurant ein Feuer ausgebrochen. Offensichtlich hatte einer der Gäste heimlich geraucht und die glühende Zigarette dann im Schirmständer entsorgt. Die Schirme hatten Feuer gefangen. Zum Glück hatte ein Gast es rechtzeitig bemerkt, sodass Stummer sofort mit einem Feuerlöscher Schlimmeres hatte verhindern können.

Braut und Bräutigam hatten sich inzwischen verabschiedet, nicht ohne ihn wissen zu lassen, dass sie natürlich keinen Cent für die misslungene Hochzeitsfeier zahlen würden. Und sich weitere Schritte vorbehielten, von wegen Körperverletzung.

Balthasar betrachtete die weißen, japanischen Lampions, die auch jetzt noch für Licht sorgten. Die konnten zum Glück nicht abfackeln, denn sie waren mit Solar betrieben. Der Anblick beruhigte ihn ein wenig. Die Büsche und Bäume dahinter bildeten eine anheimelnde, schützende Kulisse, die ihm das Gefühl gab, in einem Kokon zu sitzen. Einem Refugium, weit, weit weg von der realen Welt und ihren Problemen. Selbst jetzt, am Abend, war es mild. Balthasar trug nur sein Poloshirt.

Er griff zu seinem Rotweinglas und trank einen Schluck. Nach all den Aufregungen hatte er sich einen edlen Tropfen verdient. Einen 2008er Corteforte Amarone Classico Terre di San Zeno aus seinem Weinkeller. Der üppige Gehalt tat auch gleich seine Wirkung. Die fünfzehn Prozent Alkohol versetzten Balthasar schon mit dem ersten Glas in eine fast meditative Stimmung. Der beklemmende Gedanke, was wohl als Nächstes schieflaufen würde, verblasste allmählich, ebenso die Magenschmerzen.

Da hörte er Schritte hinter sich auf dem Kies. Stummer? Nein, der ging anders. Dann dachte er an Frau Luetkers und bekam Panik. Es war jedoch jemand, mit dem er gar nicht gerechnet hatte. Fee Brinkmann.

Sie sah etwas vorteilhafter aus als bei ihrer Ankunft. Trug aber immer noch ihren Schlabberlook: eine unförmige, verwaschene Bluse, eine dreiviertellange Jeans und Sandalen, die eine Nummer zu groß schienen. Zu Balthasars Verwunderung hatte sie ihre Zehen mit Nagellack verziert. Allerdings froschgrünem, was nun wiederum zu ihr passte. Offensichtlich legte sie einfach nicht viel Wert auf ein einigermaßen normales Aussehen. Balthasar akzeptierte das. Er hatte sich an den Anblick gewöhnt.

Eigentlich erwartete er, dass sie ihn wieder wegen irgendeiner Sache anbluffte. Stattdessen fragte sie eher kleinlaut: „Kann ich mich zu Ihnen setzen?"

Balthasar nickte und rückte ein wenig zur Seite.

„Darf ich Ihnen ein Glas Wein anbieten?", fragte er. „Allein trinken macht einsam."

Zu seiner Überraschung zog sie nicht gleich ein Gesicht, sondern sagte nur: „Ist der auch Öko?"

„Öko? Keine Ahnung? Auf jeden Fall ein wunderbares Gesöff, um am Ende eines stressigen Tages auf Wolke sieben zu schweben."

„Na gut, dann nehme ich ausnahmsweise einen kleinen Schluck." Balthasar machte sich auf den Weg zur Küche, um ein zweites Glas zu holen.

Aus dem einen kleinen Schluck wurde ein ziemlich großer. Und gleich mehrere Schlucke folgten. Als sie das Glas wieder absetzte, war es halbleer.

„Sie haben es sehr schön hier draußen", sagte sie. „Überhaupt fühle ich mich in Ihrem *Kur-Schlößchen* sehr wohl. Ein richtiges, kleines Paradies."

„Ja, aber auch in ein Paradies kann sich der Teufel einschleichen", seufzte Balthasar.

„Ich weiß. Gestern erst der Tote. Das muss ein echter Schock für Sie gewesen sein."

„Für uns alle", sagte Balthasar. „Wie haben Sie es aufgenommen?"

Sie überlegte kurz. Offenbar wollte sie seine Frage möglichst präzise beantworten. Dann sagte sie. „Mein Gemütszustand hat sich dadurch nicht verändert, wenn Sie die Wahrheit wissen wollen." Fee Brinkmann nahm noch einen weiteren tiefen Schluck. Danach musste Balthasar ihr erst einmal nachschenken. „Was treibt Sie in unsere beschauliche Kurstadt?", fragte er.

„Psychische Probleme. Ich wurde an meinem Arbeitsplatz gemobbt und brauche eine Auszeit."

Balthasar nickte verständnisvoll. „Die Sitten sind ziemlich rau geworden, seitdem die Politik dafür gesorgt hat, dass jeder Angst haben muss, ins Nichts zu fallen, wenn er gefeuert wird."

„Ins Nichts? Sie meinen Hartz IV? Ja, da ist was dran. Genauso wie die 450-Euro-Jobs dafür verantwortlich sind, dass immer mehr Vollzeitstellen gestrichen werden. Wie soll ich da jemals was für meine Rente ansparen? Aber in meinem Fall war nicht die Politik schuld, sondern einfach ein Schwein von Chef." Sie nahm einen weiteren Schluck Wein, dann begann sie zu erzählen: „Am Anfang hatte ich nicht viel mit ihm zu tun. Als Abteilungsleiterin hatte ich fast nur über meinen Vorgesetzten mit ihm Kontakt. Eigentlich nur dann, wenn es darum ging, wieder eine meiner Mitarbeiterinnen zu entlassen. Menschliche Gründe, jemanden zu halten, kannte er nicht. Eine meiner Mitarbeiterinnen musste gehen, nachdem sie gerade von einer Krebserkrankung zurückgekehrt war. Eine andere, nachdem gerade ihr Mann gestorben war. Wir waren schließlich nur noch zu dritt in der Abteilung und für die gesamte Blusensparte verantwortlich. Dann traf es mich. Als ich meine Kündigung nicht akzeptieren wollte, schickte man mir zwei russische Schlägertypen nach Hause. Natürlich konnte ich den Zusammenhang nicht beweisen. Nach zwei Wochen Krankenhaus kehrte ich in die Firma zurück. Meinem Chef war da bereits selbst wieder gekündigt worden. Meine Kündigung wurde trotzdem nicht zurückgezogen. Ich hätte auf Wiedereinstellung klagen können, aber das hatten schon andere vor mir erfolglos versucht. Also gab ich mich mit einer Mini-Abfindung zufrieden. Im Nachhinein bin ich nicht unglücklich darüber. Ich habe einen kleinen Blumenladen in Hannover und komme ganz gut über die Runden. Was will ich mehr? Außer, dass ich noch immer Alpträume habe."

Balthasar hatte zugehört, ohne sie zu unterbrechen. Da hatte er genug eigene Probleme und erfuhr von Fee Brinkmann von einem fast noch bedrückenderem Schicksal. Im Gegensatz zu ihm hatte sie schon einmal etwas verloren.

Balthasar schüttete sich und Fee Brinkmann nach und stellte die leere Flasche zurück auf den Tisch. Schließlich sagte er: „Ich glaube, es war eine gute Idee von Ihnen, hierherzukommen und auszuspannen."

Sie warf ihm einen Seitenblick zu, den er kaum deuten konnte. Aber sie hatte schöne, große Augen, wie er feststellte.

„In welcher Funktion waren Sie eigentlich als Abteilungsleiterin tätig?", fragte er, um von ihren Augen loszukommen.

„Als Designerin für Blusen."

„Als ... Designerin ... okay." Richtig glauben konnte er es nicht. Bisher hatte er immer geglaubt, dass man als Modedesignerin selbst einen gewissen Chic zur Schau trug. Bei Fee Brinkmann war das offensichtlich nicht der Fall.

„Ja, ich weiß, ich sehe nicht so aus", sagte sie, als hätte sie seine Gedanken erraten. „Das sagen mir alle. Aber ich hatte seitdem einfach die Nase voll von dem ganzen Schickimicki und überhaupt. Was zählen denn schon Äußerlichkeiten? Soll ich so rumlaufen wie diese Hoyerswort? Der könnte ich immer noch den Hals umdrehen."

Balthasar verstand diese Wut nicht. Hatte sie den Vorfall bei ihrer Ankunft immer noch nicht vergessen?

Sie nahm die Flasche, sah, dass sie leer war und fragte leicht lallend: „Wie wär's, wenn Sie uns noch Nachschub holen?"

Auch Balthasar hatte noch Durst. Er erhob sich, wobei er etwas schwankte, und sagte dann mit erhobenem Zeigefinger: „Aber nur, wenn Sie sitzen bleiben!"

Dann eilte er davon. Der Weg in den Weinkeller war ihm zu weit. Er bediente sich gleich aus dem Weinvorrat hinter der Bar. Es war zwar ein preiswerterer als der erste, aber auch kein Supermarktwein. Einen Madonna del Diavolo Toscana Rosso. Er hatte ihn blind herausgefischt, aber als er auf das Etikett sah, entdeckte er, dass er eine „Edizione di Dolly Buster“ erwischt hatte. Die ehemalige Pornodarstellerin zierte dann auch das Etikett. Er vermutete, dass Stummer für den Kauf verantwortlich war. Hoffentlich war Frau Brinkmann nicht so prüde, wie sie ihm bei ihrer Ankunft erschienen war. Auch egal, er würde alles auf Stummer schieben. Und notfalls die Flasche auch allein leeren.

Als er zurück in den Garten kam, war Fee Brinkmann verschwunden.

So blieb ihm nichts anderes übrig, als die Flasche allein zu leeren, während der Mond soeben neugierig über die Bäume lugte.

3. Ein Firmenbesuch

Gleich nach dem Frühstück, das nur aus einem Rollmops, einer sauren Gurke und Aspirin bestand, hatte sich Balthasar auf sein Meijs-Motorman-Gefährt gesetzt und fuhr nun Richtung Holzhausen. Dort, auf einem der Industriegebiete, lag das Firmengebäude von *LA Belle Jacqueline*. Er erinnerte sich nicht, jemals hier gewesen zu sein. Eine Firma nach der anderen hatte sich hier angesiedelt. Darunter sicherlich auch große Betriebe, aber die meisten sagten Balthasar nicht viel. Auch drei Autohäuser hatten hier weit draußen ihren Platz gefunden. Es war eine triste Gegend. Balthasar entdeckte noch nicht einmal irgendwo einen Imbiss.

Als er auf dem großen Parkplatz vor dem flachen, weiträumigen Firmengebäude abstieg, schlotterten ihm die Beine. Eigentlich hatte er gehofft, dass der Fahrtwind ihn munter machen würde, aber dem war nicht so.

In der Nacht hatte er kaum ein Auge zubekommen. Das hatte nicht am Wein gelegen, dem er die Kopfschmerzen verdankte, sondern daran, dass dreimal Fehlalarm wegen Feuers ausgelöst worden war. Dreimal waren Balthasar und die Gäste panikartig aus ihren Zimmern gerannt, zweimal war sogar die Feuerwehr angerückt und wieder abgezogen. Beim dritten Fehlalarm, der gegen fünf Uhr morgens erfolgt war, hatte Balthasar den Alarm eigenhändig abgestellt und die Feuerwehrleute gebeten, doch zu bleiben, wo sie waren. Das alles ging einfach nicht mehr mit rechten Dingen zu. Ja, es war wie verhext.

Auf dem asphaltierten Firmenhof wuchs das Unkraut. Trotzdem parkten dort ein Dutzend Autos. Er sah sich um. Links befanden sich die ehemalige Produktionshalle und das Lager. Die Türen waren verriegelt, einige der Fenster eingeschlagen. Niemand legte dort drinnen mehr Hand an. Trotzdem musste hier irgendjemand arbeiten, sonst stünde der Parkplatz leer. Vielleicht im Verwaltungsgebäude, einem edel wirkenden Flachbau.

Balthasar fand den Hintereingang. Die Doppeltür hatte sich früher wahrscheinlich von selbst geöffnet und geschlossen. Jetzt hatte jemand einen Stuhl dazwischengestellt, damit sie nicht zugleiten konnte.

Balthasar zwängte sich hindurch und gelangte in einen Flur. Totenstille umfing ihn. Die typische Atmosphäre eines leerstehenden Gebäudes. Vor ihm an der Wand hatte wohl einst die große Magnettafel gehangen, die nun, in zwei Hälften zerbrochen, auf dem Boden lag. Balthasar bückte sich und hob einen der Mitteilungszettel auf, die immer noch daran hingen. Das Papier war vergilbt, und das Memorandum über drei Jahre alt. Balthasar überflog es nur. Es informierte die Mitarbeiter darüber, dass ab sofort die Kantine geschlossen sei. Die Unterschrift darunter war unleserlich. Irgendein Prokurist hatte es unterschrieben. Balthasar wollte das Memorandum schon zurücklegen, als er den Namen las. Er elektrisierte ihn förmlich. Unterschrieben hatte die Mitteilung in seiner Eigenschaft als Prokurist jemand, den er erst vor Kurzem in seinem Hotel beherbergt hatte. Die Namensgleichheit konnte einfach kein Zufall sein!

Balthasar entschied sich für ein klares Nein. Friedel war in seinem Hotel gestorben. Er wollte den Ermittlungen der Polizei nicht vorgreifen. Und doch sagte ihm sein Bauchgefühl, dass da irgendetwas nicht stimmte. Er musste daran denken, was er auf dem Teppichboden gesehen hatte. Er hatte es nur aus den Augenwinkeln wahrgenommen, bevor er gestürzt und sozusagen mit der Nase daraufgestoßen war. Aber je länger er darüber nachdachte, desto weniger passte das Detail ins Bild. Er beschloss, der Sache später noch einmal auf den Grund zu gehen.

Das Memorandum faltete er zusammen und steckte es ein.

Rechts ging es eine gewundene Treppe hinauf. Balthasar jedoch wandte sich nach links und gelangte in eine großzügig angelegte Empfangshalle. Früher mussten sich die Besucher hier wie Staatsgäste beim Eintritt ins Schloss

Bellevue gefühlt haben. Wenigstens im Kleinen. Heller Marmor, barocke Lüster, eine breite gewundene, mit rotem Teppich ausgelegte Treppe, die zu einer Galerie führte … Beim näheren Hinsehen erkannte Balthasar aber auch hier die Zeichen der Zeit. Der Marmorboden war an vielen Stellen gesprungen. Der rote Teppichboden aufgerissen und voller Brandflecken. Durch die Löcher im Glasdach hatten Tauben ihre Hinterlassenschaften runterregnen lassen …

„Was machen Sie hier?", donnerte eine Stimme in seinem Rücken.

Balthasar fuhr erschrocken herum und sah einen hageren Rentner in pseudomilitärischer Kleidung. Zu seiner Linken hockte ein Schäferhund. Dieser sah so alt und müde aus, dass sich Balthasar unwillkürlich fragte, ob das arme Tier überhaupt noch Zähne hatte.

„Haben Sie mich erschreckt!", beschwerte sich Balthasar. Er sah sich um. Der Mann musste fast lautlos durch eine der Türen gekommen sein.

„Ich habe Sie schon beobachtet, seitdem Sie mit Ihrem komischen Gefährt auf dem Hof geparkt haben. Ist das eines dieser E-Bikes?"

Balthasar erklärte ihm geduldig, dass es sich bei seinem Motorman keineswegs um ein umgebautes Hollandrad handelte, sondern um ein akkubetriebenes Moped, das locker seine 45 km/h aufbrachte.

Und im Nu war zwischen den beiden eine Expertendebatte um motorisierte Zweiräder entbrannt. Nach fünf Minuten fiel dem Mann, bei dem es sich um einen Frührentner namens Hermann Schmolke handelte, ein, weshalb sie hier zusammenstanden. „Wenn Sie zu irgendwem wollen, müssen Sie vorher anrufen. Normalerweise sind die Eingänge nämlich zu." Er wies auf eine gebrochene Marmorplatte: „Die haben hier gewütet wie die Vandalen. Überall hier in den Räumen. Besonders nachts. Und selbst tagsüber waren die hier."

„Wer denn?“ Balthasar verstand nur Bahnhof.

„Na, die ganzen Penner, die hier untergekrochen sind. Seitdem der Laden den Bach runtergegangen ist, hat sich hier immer mehr Ungeziefer eingenistet. Bis sie uns wieder gerufen haben. Einer muss den Job ja machen. Nicht wahr, Otto?“ Er klopfte erst sich stolz auf die Brust, dann klopfte er das Fell seines Schäferhundes. Der gab als Antwort ein trockenes Husten von sich.

„Und wer arbeitet jetzt hier?“, fragte Balthasar.

Schmolke kratzte sich am Hinterkopf, als müsste er schwer überlegen. „Na ja, erst war ja alles zu hier. Dann haben sie den Laden wieder aufgeschlossen und ein paar Büros vermietet. So richtig will hier aber keiner investieren, solange alles noch in der Schwebe ist. Die haben die Jacqueline nämlich bis heute nicht verkauft gekriegt. Manchmal lässt sich der Insolvenzverwalter sehen. Der brütet dann im ehemaligen Chefbüro über seinen Zahlen und rauft sich die Haare. Gibt halt noch viele ehemalige Mitarbeiter, die auf ihr Geld warten …“

„Kann ich mit dem Insolvenzverwalter mal sprechen?“

„Nee, der ist in Urlaub. Vier Wochen USA. Was woll’n Sie denn mit dem besprechen?“

Balthasar überlegte. Dann beschloss er, Hermann ins Vertrauen zu ziehen. Er erzählte ihm, was passiert war.

„Und wer war das arme Schwein?“, wollte Hermann schließlich wissen.

Als Balthasar ihm Friedels Namen nannte, spuckte der Frührentner aus. „Ich nehme alles zurück. Von wegen armes Schwein! Die Drecksau! Wegen dem musste ich meinen Job quittieren! Erst durfte ich seinen Dienstwagen polieren, mit dem er mich über den Haufen gefahren hat, danach hat er mir kalt lächelnd die Kündigung überreicht. Ich hätte nicht geglaubt, dass ich den Tag noch erlebe, an dem ich Gott danken kann, dass er die Erde von einem Schweinehund erlöst hat!“

Hermann war so erregt, dass sogar Otto spitzkriegte, dass irgendetwas passiert sein musste und kräftig bellte.

„Momentchen, das geht mir jetzt alles zu schnell. Er hat Sie über den Haufen gefahren?“ Hermann brachte Otto mit einem Leckerchen zum Schweigen und erklärte eine Spur ruhiger: „Es passierte wirklich alles an einem Tag. Morgens musste ich seinen BMW polieren, obwohl ich ihm sagte, dass das als Security nicht meine Aufgabe sei. Nach dem Mittag ist er dann wie ein Doofer aus der Tiefgarage gerast. Ich kam ihm zufällig in die Quere, weil ich dort am Fegen war. Gehörte auch nicht zu meinen Aufgaben, ich weiß. Jedenfalls hat er mich ordentlich erwischt. Hab heute noch ein steifes Bein als Erinnerung an die Begegnung. Lag vier Wochen im Krankenhaus, danach noch in der Reha. Als ich wieder rauskam, saß ein anderer auf meinem Platz. Friedel entschuldigte sich bei mir, aber ihn traf ja keine Schuld, wie er mir zuvor schon durch seinen Rechtsanwalt hatte mitteilen lassen. Na ja, und mit dem steifen Bein kam ich ja wohl für den Sicherheitsdienst nicht mehr infrage. Klar, ich hätte klagen können, aber das war gegen Friedel nicht sehr aussichtsreich, das hatte ich schon mitbekommen. Also nahm ich die Abfindung an, die er mir anbot.“

Balthasar rührte das Schicksal des Mannes. Vor allen Dingen, dass er nach wie vor hier die Stellung hielt.

Als er ihm das sagte, winkte der Frührentner ab. „Ach was, ich hab die Firma ja geliebt. Nur Friedel hat aus der Jacqueline eine Hölle gemacht. Und außerdem brauch ich das Geld.“ Er tätschelte seinen Schäferhund. „Und Otto auch. Der will ja auch nicht immer nur das billige Aldi-Futter fressen.“

„Das verstehe ich.“ Fast war er versucht, sein Portemonnaie zu zücken und sich am Futtergeld zu beteiligen. Aber damit hätte er Hermann beleidigt, also ließ er es.

Der Frührentner schaute auf seine gigantische Taucheruhr. „War früher bei der Marine“, erklärte er, als er Balthasars Blick bemerkte. „Ist noch immer meine große Liebe.

Würd mich gern noch weiter mit Ihnen unterhalten, aber ich muss weiter meine Runde drehen …"

Balthasar nickte verständnisvoll. „Ich will Sie auch nicht länger aufhalten. Mich würde nur noch interessieren, was Friedel für ein Mensch war."

„Ein Mensch? Ich sagte doch, das war ein Teufel. So einer von der Sorte, der Sie angrinst und Ihnen dabei ein Messer den Rücken jagt. Der ist über Leichen gegangen. Hätte sogar seine eigene Mutter verkauft."

Balthasar grübelte darüber nach. Gab es das? Auch über Friedel musste es doch irgendetwas Gutes zu sagen geben. Als er Hermann danach fragte, schüttelte der den Kopf. „Nee, da gab es nichts Gutes zu sagen. Und Friedel selbst tat alles, um sich unbeliebt zu machen. Machte dem überhaupt nichts aus, wenn die anderen ihn hassten. Das prallte alles an ihm ab. Mehr noch, manchmal hatte ich das Gefühl, dass ihn das aufgeilte. Normal war der sowieso nicht."

„Wie meinen Sie das? Nicht normal?"

Hermann schaute wieder auf seine Taucheruhr. „Na ja, Friedel war früher auch bei der Marine. Wurde aber ausgemustert, weil er Sex mit Untergebenen hatte. Er gehörte zu den Matrosen, die der Ansicht sind, dass Frauen auf einem Schiff Unglück bringen. Na ja, mit Frauen hatte er ja auch nichts am Hut." Hermann blinzelte Balthasar zu. „In jedem Hafen eine Braut, das war meine Devise!"

Nun hatten es die beiden aber wirklich eilig. Balthasar reichte Hermann seine Visitenkarte. „Nur für den Fall, dass Ihnen noch etwas einfällt …"

Hermann kratzte sich wieder den Kopf. „Ich habe schon viel zu viel erzählt. Aber irgendwie frage ich mich gerade, warum Sie das alles so interessiert. War doch ein Unfall."

„Ralf Friedel war mein Gast. Er hat unter meinem Dach gewohnt. Und solange sein Tod noch nicht vollständig aufgeklärt ist, frage ich ein bisschen herum. Irgendjemand muss ihn doch gemocht haben."

„Ja, jetzt wo Sie's sagen … Die gab's tatsächlich. Sogar zwei. Tragische Geschichte. Friedel hat sich an einen jungen Mitarbeiter rangepirscht. Durfte keiner laut sagen, sorgte aber in dem Laden für Gesprächsstoff. Nach Feierabend sah man die beiden dann auch schon mal Hand in Hand in der Stadt rumlaufen. So richtig verliebt waren die. Na ja, nach einem halben Jahr hat Friedel Schluss gemacht, hat sich irgend so'n Fotoheini geschnappt, so'n Schönling."

„Und wieso ist das eine tragische Geschichte? Beziehungskrisen gibt's in jeder Partnerschaft."

„Ja, ich bin mit meiner Frau ja auch schon seit fünfunddreißig Jahren zusammen. Krise hat es da auch mal die eine oder andere gegeben. Trotzdem hat sich keiner gleich 'nen anderen geschnappt. Der Friedel war da brutaler. Und er hat seine Lover irgendwie kaputtgemacht. Der Mitarbeiter damals hat sich später umgebracht."

„Wissen Sie noch, wie der hieß?"

Schmolke schaute demonstrativ auf die Uhr. Für Balthasar war klar, dass er nicht weiter darüber reden wollte.

„Jetzt muss ich aber wirklich weiter. Sie kennen ja den Ausgang."

4. Eine schlechte und eine ganz schlechte Nachricht

Als Balthasar das *Kur-Schlößchen* erreichte, empfing ihn Stummer mit gleich zwei Hiobsbotschaften. „Wollen Sie erst die schlechte oder die ganz schlechte Nachricht hören?“, fragte er.

„Am liebsten gar keine.“

„Das Ehepaar aus Zimmer 212 ist abgereist. Sie haben mehrere Küchenschaben unter ihrem Bett entdeckt.“

„Küchenschaben? Unmöglich!“, entfuhr es Balthasar. Er konnte sich nicht erinnern, jemals ein Problem mit Ungeziefer gehabt zu haben. Selbst in der Küche nicht.

„Ich war so frei, einen Schädlingsbekämpfer zu kontaktieren.“ Stummer schaute zur Treppe, wo in diesem Moment zwei junge Herren in Schutzanzügen herunterkamen.

Einer von ihnen trug eine Art Staubsauger, der andere zwei Plastikeimer. Aus einem schaute eine ganze Batterie an Putzmittelchen hervor. .„Scheint, als hätten sie die Arbeit schon erledigt.“

Die beiden Herren stellten sich als Mitarbeiter der Firma *Borntokill* vor. Balthasar war heilfroh, dass sie mit einem neutralen Wagen vorgefahren waren. Zumindest war ihm kein entsprechender Firmenwagen aufgefallen.

Einer der Männer wandte sich an Stummer. „Da haben Sie ja ganz schön die Gäule scheu gemacht, Chef. Er öffnete die behandschuhte Handfläche und präsentierte zwei tote Küchenschaben. „Mehr war'n da im ganzen Zimmer nicht. Muss wohl irgendjemand reingeschmuggelt haben aus Versehen. Passiert immer mal.“

Er tippte sich an die Schirmmütze und verabschiedete sich.

Balthasar atmete auf. Aber dazu war kein Grund, denn Stummer schoss die nächste Nachricht ab: „Zwei Mann von der Steuerfahndung haben Ihr Büro gestürmt. Ich habe sofort Dr. Neuner angerufen, der hat sich unverzüglich mit dem Finanzamt in Detmold in Verbindung gesetzt." Dr. Neuner war Balthasars zweitbester Freund. Und sein Steuerberater. „Jedenfalls sind die beiden kurz danach gegangen. Muss wohl ein Fehlalarm gewesen sein."

„Oder jemand hat uns angeschwärzt", sagte Balthasar. „Irgendwie kommt mir unsere Pechsträhne mehr als komisch vor. Die Fehlalarme in der Nacht …"

„Ach ja, jemand von der Feuerwehr hat vorhin angerufen und eine dicke Rechnung in Aussicht gestellt. Es sei denn, Sie spenden für den nächsten Feuerwehrball. Dafür gibt's dann auch eine Anzeige in der Festschrift …"

Balthasar winkte ab. „Dann die Schaben, die Steuerfahnder, gestern noch das Feuer im Schirmständer, der versalzene Hochzeitskuchen, der verdorbene Sekt …" Hatte er etwas vergessen?

„Da wäre noch etwas …"

„Bitte nicht!"

„Brandteufel hat angerufen."

Balthasar entspannte sich. Brandteufel war sein Kundenberater bei der Sparkasse. Und er hieß wirklich so. Auf jeden Fall konnte es nichts Schlimmes sein. Das Firmenkonto war gedeckt, alle Raten pünktlich bezahlt. Vielleicht wollte ihm Brandteufel nur mal wieder eine seiner „lukrativen Anlagemöglichkeiten" ans Herz legen. Die lehnte Balthasar regelmäßig ab, weil seine einzige Anlage das *Kur-Schlößchen* war. Und das verschlang in der Regel sämtliches Kapital.

Er eilte in sein Büro, überlegte, ob er sich erst einmal zur Beruhigung einen Drink nehmen sollte, entschied sich aber dagegen. Das konnte rasch zur Gewohnheit werden.

Er ließ sich mit Brandteufel verbinden. Dieser war äußerst zurückhaltend. Doch schließlich kam er auf den Punkt. „Ich habe gehört, dass Sie interessiert sind, das *Kur-Schlößchen* zu verkaufen?"

Balthasar fiel fast aus allen Wolken. „Wer verbreitet denn solche intriganten Gerüchte?"

„Na ja, man flüstert es halt."

Balthasar zählte eins und eins zusammen. „Aha, man flüstert also! Stammt diese Flüsterpropaganda vielleicht von demselben Investor, der die Kurparkklinik gekauft hat?"

„Kaufen will", verbesserte Brandteufel. „Ich darf das ja eigentlich gar nicht wissen, und es geht mich auch nichts an, aber ich weiß, dass er die Kurparkklinik nur im Zusammenhang mit der Zusage kauft, das ganze Gelände um den Kurparksee – nun ja – modernisieren zu können."

„Ich habe davon gehört", sagte Balthasar kalt. „Aber wenn er glaubt, ich würde ihm das *Kur-Schlößchen* verkaufen, täuscht er sich gewaltig!" Balthasars Tonfall ließ erkennen, wie sehr er in Rage war. Vielleicht zögerte Brandteufel deshalb, sofort weiterzusprechen. Vielleicht legte er auch eine bedeutungsschwangere Pause ein, um seinen nachfolgenden Sätzen mehr Gewicht zu verschaffen. Er sagte: „Der Gedanke, zu diesem Zeitpunkt zu verkaufen, ist nicht der schlechteste, Herr Held. Ich habe mir Ihre Konten mal genau angeschaut. Einige Ihrer Fonds haben in den letzten Jahren ganz schön an Wert verloren …"

„Fonds, zu denen Sie mir geraten haben!", erinnerte ihn Balthasar.

„Gewiss, gewiss. Ich sehe da auch keinen akuten Handlungsbedarf. „Der Wert kann und wird auch irgendwann wieder steigen. Sorgen machen mir vielmehr Ihre Kredite …"

Jetzt platzte Balthasar der Kragen. „Aber das haben wir doch alles zusammen ausgerechnet! Die Erweiterung des Südflügels! Die Renovierung im Obergeschoss! Die Modernisierung des Mobiliars …"

„Ja, aber …"

„Und meine Raten zahle ich auch pünktlich! Das *Kur-Schlößchen* zieht mehr Gäste an denn je!"

„Ja , aber …"

„Ja aber, ja aber, laberrhabarber." Er kannte Brandteufel bereits Jahre. Freunde würden sie nie werden, aber sie kannten sich nun schon so lange, dass sie sich aufeinander verlassen konnten. „Wer steckt dahinter?“, fragte Balthasar.

Wieder trat eine Pause ein. Dann flüsterte Brandteufel, als würde jemand hinter ihm stehen: „Druck von ganz oben, Herr Held. Die Stadt will das Millionenloch Kurparkklinik endlich gestopft wissen. Da ist einigen Herren Ihr *Kur-Schlößchen* herzlich egal! Oder vielmehr: Ein regelrechter Dorn im Auge!“

„Ich fürchte, damit werden die Herren dann bis an ihr Ende weiterleben müssen!“

„Überlegen Sie es sich in Ruhe. Und sagen Sie hinterher nicht, ich hätte sie nicht gewarnt“, verabschiedete sich Brandteufel.

Balthasar hatte sämtliche Mitarbeiter zusammengetrommelt. Die ganze Familie, wie er seine Leute nannte. Für zwölf Leute war es zwar ziemlich eng in seinem Büro, aber zumindest fand sich für jeden ein Sitzplatz. Allein Balthasar stand. Beziehungsweise er schritt hin und her, bis auch der Letzte hereintrudelte. Das war Sammy.

„Sorry, aber das Mittagessen …“

„Muss warten!“, bestimmte Balthasar. „Es geht um Krieg oder Frieden. Sieg oder Niederlage.“ Und sogar um mehr. Noch um viel mehr. Es ging um ihrer aller Existenz. Aber das verschwieg er. Er wollte die Pferde nicht scheuer machen, als sie ohnehin schon waren.

Nachdem Sammy die Tür hinter sich geschlossen und Platz genommen hatte, begann Balthasar mit seiner Ansprache. Er berichtete, was er über den Toten wusste, behielt aber alle Spekulationen für sich. „Bis jetzt geht die Polizei davon aus, dass sich Herr Friedel selbst getötet hat. Aus Versehen natürlich. Falls einer von euch etwas anderes gehört hat, so möge er das ab sofort vergessen. Und ich bitte euch, alles vertraulich zu behandeln. Mich wundert es sowieso, dass nicht schon wieder ein Reporter dieser Blöd-Zeitung hier war und …“

Klümchen meldete sich. Ihr Zeigefinger zitterte ein wenig schüchtern in der Luft. Das passte so gar nicht zu ihrem ansonsten selbstbewussten Auftreten. Die meisten anderen schauten betreten zu Boden.

„Ja, was ist denn?", fragte Balthasar ungeduldig. Es war schon so schwierig genug, sich zu konzentrieren und keinen Punkt zu vergessen.

Klümchen zog ein Exemplar besagter Boulevardzeitung hinter dem Rücken hervor. Dort hatte sie sie versteckt gehabt. Sie stand von ihrem Stuhl auf, trat vor Balthasar und streckte ihm die Titelseite hin.

Als Erstes blickte Balthasar auf das Bild. Es zeigte den toten Friedel, wie er an Handschellen gefesselt auf dem Bett lag. Das Gesicht und die schockierenden Verletzungen waren unkenntlich gemacht.

Dann las Balthasar die Headline, die ihm in fetten Buchstaben entgegenprangte:

Perverser Tod im Horror-Schlösschen

War sein Tod wirklich nur ein Versehen? Als Ralf F. im Horror-Schlösschen eincheckte, ahnte er noch nicht, dass er als Toter herausgetragen werden würde. Denn eigentlich hatte sich der Ex-Manager auf ein paar lustvolle Stunden gefreut. Ralf F. (57) gehört zu einer Minderheit, die durch sogenannte Autoerotik (siehe Kasten) in höchste Ekstase geraten. Ledermasken, Fesseln, Dildos aller Größen und sogar ein Hanfseil lagen in seinem Lederkoffer bereit, als er letzten Freitag anreiste.

Ralf F. starb an inneren Blutungen. Allein und einsam auf dem Bett, an das er sich gefesselt hatte ...

Balthasar hätte sich am liebsten übergeben, als er das las. Wie konnte man sich nur über den Tod eines Menschen derart scheinheilig äußern? Er las den Text in dem Kasten. Darin dozierte ein Professor Dr. Volker Neu in sachlicher Form über autoerotische Praktiken.

Nur mit äußerstem Widerwillen las Balthasar schließlich noch den Schlussteil des Artikels. In größerer Schrift und unterstrichen fragte der Schmutzfink, der den Text verbrochen hatte:

Es stellen sich drei Fragen:

1. *Wieso schaute in all den Tagen niemand nach Ralf F.?*
2. *War es wirklich ein Unfall? Das Horror-Schlösschen war vor ein paar Jahren schon einmal Schauplatz grausiger Morde!*
3. *Welche Geheimnisse werden noch ans Tageslicht kommen?*

Jetzt brauchte Balthasar doch erst mal einen Stuhl. Und einen Whisky. In weiser Voraussicht hatte Stummer ihm bereits einen doppelten eingeschenkt. Er reichte ihm das Glas, und Balthasar schnappte danach wie ein Fisch auf dem Land nach Luft.

Erst nachdem er getrunken hatte und er wieder normal atmen konnte, war er fähig zu fragen: „Wer war das?"

„Niemand von uns, Chef", sagte Stummer. „Wir sind uns alle einig, dass die Informationen von einem Außenstehenden kommen müssen. Vielleicht einem Gast." Balthasar schaute in die betretenen Mienen seiner Leute. Alle hielten sie seinem Blick stand: Klümchen, Sammy, Martha, Amelie-Clara, Katja und die anderen Zimmermädchen und Küchenhilfen … Nein, auch er war überzeugt, dass niemand von ihnen zu so etwas fähig wäre. Die Erkenntnis half ihm, sich wieder daran zu erinnern, warum er sie alle zusammengerufen hatte.

Ächzend erhob er sich aus dem Sessel und ging zu der großen Schiefertafel, die an der Wand seines Büros hing.

Normalerweise stand auf ihr seine *To-do*-Liste. Er hatte jedoch alles mit einem Schwamm weggewischt. Zu tun gab es jetzt nur eines. Denjenigen zu finden, der hinter all den Attacken steckte, die das *Kur-Schlößchen* bis an die Grundfeste erschütterten.

„Lassen wir mal den bedauerlichen Todesfall beiseite“, begann er und griff nach dem Stück Kreide. „Dann bleiben immer noch eine ganze Reihe unerklärlicher Vorfälle, die nicht nur unsere Nerven strapaziert haben, sondern zum Teil die Gesundheit unserer Gäste gefährdet haben. Angefangen von dem versalzenen Kuchen über die Fehlalarme in der Nacht bis dahin, dass plötzlich die Steuerfahndung anrückt und wir in der Zeitung an den Pranger gestellt werden.“

Gewissenhaft schrieb er jeden Punkt an die Tafel. Dann wandte er sich wieder an seine Zuhörer. „Hat noch jemand von euch was beizusteuern?“

Sammy meldete sich: „Es hat nicht nur jemand den Inhalt der Salz- und Zuckerbehälter vertauscht, verschiedene andere Zutaten sind ebenfalls versalzen: angefangen vom Paniermehl, einigen vorbereiteten Salatdressings bis zu einem angesetzten Hefeteig. Ich bin noch dabei, alles durchzuchecken.“

Balthasar nickte. Das war nun kein Zufall mehr oder auch nur Dumme-Jungen-Streiche. Das war gezielte Sabotage!

„Was ist mit den Wein- und Sektflaschen?“

„In unseren Weinkeller kommen nur Sie, Martha und ich rein“, sagte Sammy. „Es sei denn, man bricht das Schloss auf. Das ist aber in Ordnung. Ansonsten habe ich sämtliche anderen Flaschen erst einmal beiseitegestellt. Übrigens auch die Flaschen, die auf der Hochzeitsfeier kredenzt wurden …“

„Sehr gut!“ Bisher hatte Balthasar keinen Grund gehabt, den Inhalt untersuchen zu lassen. Er hätte sich ja damit womöglich selbst angeschwärzt und schlafende Hunde geweckt.

Nun aber, da Vorsatz im Spiel zu sein schien, sah die Sache anders aus.

„Ist noch jemand etwas Ungewöhnliches aufgefallen?“, fragte er in die Runde.

Amelie-Clara meldete sich. „Hat vielleicht nichts zu sagen, aber Herr von Meyrink hat mich um einen ungewöhnlichen Gefallen gebeten. Dazu muss ich sagen, dass ich den alten Herrn recht mag, und er mich wohl auch. Letztes Jahr hat er sich noch ständig über meine Tattoos beklagt, jetzt behauptet er, ich würde ihn an seine Enkelin erinnern, die irgendwann unter die Räder gekommen ist. Jedenfalls hat er mich gefragt, ob ich auf seine Uhr aufpassen könnte.“

„Diese Taschenuhr?“ Balthasar schaute Stummer an. „Hat er die nicht unserem Safe anvertraut?“

„Nein, er hat herumgezetert, dass er keinem traut.“

„Genau das hat er mir auch gesagt“, fuhr Amelie-Clara fort. Jetzt wirkte sie, als würde sie ein schlechtes Gewissen plagen. „Und dass sie sehr kostbar sei.“

Balthasar starrte sie entgeistert an. Er ahnte, was kam, und nahm es vorweg: „Sie haben die Uhr nicht wirklich genommen, oder?“

Amelie-Clara verzog das Gesicht. „Er tat mir irgendwie leid. Außerdem hat er sie mir förmlich aufgedrängt!“

Balthasar atmete erst einmal tief durch, dann bestimmte er: „Wo ist die Uhr jetzt?“

„In meinem Spind. In einer der Schubladen.“

„Und der ist verschlossen?“

„Natürlich. Wie immer.“ Sie suchte in der Hosentasche danach und zog den Schlüssel hervor.

„Dann ist es gut. Nach dieser Besprechung holen Sie die Uhr und geben Sie sie dem Oberst wieder. Ich werde dabei sein und es bezeugen.“

Ein paar Sekunden herrschte Stille. Dann fragte Amelie-Clara: „Chef, Sie glauben doch nicht, dass der alte Herr hinter den ganzen Anschlägen steckt und mir jetzt auch noch einen Diebstahl in die Schuhe schieben will?“

Balthasar zuckte mit den Schultern. „Im Moment glaube ich gar nichts mehr. Schließe aber auch nichts und niemanden aus. Ich bitte euch, ab sofort noch mehr als sonst Augen und Ohren offen zu halten. Das *Kur-Schlößchen* wird von irgendjemandem sabotiert. Wir müssen ihn ausfindig machen, bevor weitere Anschläge passieren. Gleichzeitig bitte ich euch, mit möglichst viel Fingerspitzengefühl vorzugehen. Unsere Gäste dürfen sich weder belästigt noch verdächtigt vorkommen. Und der wahre Gauner darf erst recht nichts merken. Haben das alle verstanden?“

Die Belegschaft nickte. Balthasar spürte, wie ihn das alles anstrengte. Trotzdem legte er noch eine weitere Frage nach: „Hat noch jemand etwas zu berichten?“

Drei, vier weitere Mitarbeiter meldeten sich. Ein Küchenjunge wollte gesehen haben, wie sich einer der Gäste heimlich ein paar Brote geschmiert und mitgenommen hatte. Ein Zimmermädchen verdächtigte das Pärchen von Nummer 222, heimlich einen Hund im Zimmer zu haben. Sie hätte eindeutig Hundehaare auf dem Bettlaken gefunden. Aber das alles waren Lappalien. Und darauf hatte er eben nicht hinausgewollt. „Nun, wie auch immer: Wer was hört oder sieht, informiert mich auf der Stelle. Tag und Nacht. Meine Handynummer habt ihr ja alle. Sollte ich dennoch nicht direkt zu erreichen sein, ruft ihr Franz Stummer an.“

Er bedankte sich bei seinen Leuten und schickte sie wieder an die Arbeit. Besonders die Küchencrew hatte es nun sehr eilig. Es war längst nach zwölf, und die ersten Gäste warteten bestimmt schon mit knurrendem Magen.

Nachdem alle gegangen waren, zögerte Balthasar keinen Moment mehr. Schon seit seiner Rückkehr aus der Modefirma bewegte ihn ein Gedanke. Ihm war eingefallen, was in Zimmer 113 wie ein Fremdkörper gewirkt hatte.

Er ging hinaus und schloss das Büro ab. Normalerweise war es immer offen. Er hatte volles Vertrauen zu seinen Mitarbeitern. Aber ab sofort galt es, keine Angriffsflächen mehr zu bieten. Schließlich konnte sich auch der Saboteur dort hineinschleichen, obwohl er dazu den Umweg über die Rezeption gehen musste. Und die war in der Regel besetzt.

Festen Schrittes begab er sich zur Treppe, die in den ersten Stock führte. Oben angekommen, wandte er sich nach links, bis er schließlich vor Zimmer 113 stand. Das Flatterband war noch immer davorgespannt. Außerdem zierte ein polizeiliches Siegel die Tür.

Balthasar zog seinen Universalschlüssel hervor, schaute misstrauisch nach rechts und links. Die Luft war rein. Er schloss auf, kroch schnaubend unter dem hüfthoch angebrachten Flatterband hinweg und gelangte auf allen Vieren in den Raum. Er hievte sich hoch und zog die Tür rasch hinter sich zu.

Fast wäre er entsetzt wieder rausgelaufen. Die Sachen im Zimmer waren noch nicht vollständig „entsorgt worden". Es lag und stand alles noch so, wie es Balthasar vor zwei Tagen entdeckt hatte. Sicher, man hatte die Leiche mitgenommen, und auch die meisten der mit Blut und sonstigen Flüssigkeiten beschmierten Dinge. Auch die von Friedel benutzten stimulierenden Utensilien hatten die Spurensicherer mitgenommen. Aber hier und da lagen noch Teile herum: die Frisierspiegel auf den Nachttischchen, in denen sich Friedel bei seinem Spiel betrachtet hatte; der blutgetränkte Lattenrost; das ebenfalls mit Blut befleckte Laminat; und vor allem die aufgeschlagenen Pornohefte, die überall auf dem Boden herumlagen und zumeist Männer zeigten. Nichts Strafbares, und deswegen hatte man sie wahrscheinlich auch erst einmal liegen gelassen.

Alles war jetzt umso schlimmer, da Balthasar das Todeszimmer erstmals in aller Deutlichkeit zu Gesicht bekam. Die Vorhänge waren geöffnet worden, sodass das Tageslicht hereindrang.

Würde er das Zimmer je wieder vermieten? Konnte er das überhaupt einem Gast, auch wenn dieser noch so ahnungslos war, zumuten?

Zwischen den auf dem Boden verteilten Pornoheften entdeckte Balthasar das Objekt, das ihn beschäftigt hatte.

Er bückte sich und hob es auf. Es war ein Mode-Journal. Von *LA Belle Jacqueline*. Balthasar blätterte es auf. Gleich auf der ersten Seite schaute ihm Friedel entgegen. Als damaliger Geschäftsführer begrüßte er in einem Vorwort die „geschmackssicheren Frauen, die sich von der französisch inspirierten Mode von *LA Belle Jacqueline* verzaubern“ ließen. Balthasar blätterte weiter. Die Mode turnte ihn nicht an. Sicherlich, er war ein Mann. Aber *LA Belle Jacqueline* hatte eindeutig die Zielgruppe der Ü70-Frauen im Visier. Gehabt, musste man ja nun sagen. Frauen, denen der Chic und der Esprit französischer Mode vorgegaukelt wurde und die es nicht besser wussten. Die Models dagegen waren jung und attraktiv. Vielleicht hatten die Frauen daher bei *LA Belle Jacqueline gekauft*: Weil sie glaubten, sie könnten ihre verlorene Jugend dadurch zurückkaufen.

Gedankenverloren blätterte Balthasar das Journal durch. Weshalb hatte Friedel es mitgenommen? Welche Bedeutung hatte es für ihn gehabt? Welche Funktion hatte das Journal neben all dem Pornospielzeug? Hatte sich Friedel an seiner einstigen Macht als Geschäftsführer ergötzt?

Balthasar hatte mehr Fragen als Antworten. Was wusste er überhaupt über den Toten? Nur den Namen, und dass er einige Zeit lang ein von allen Mitarbeitern gehasster Geschäftsführer war. Nein, nicht von allen. Der Wachmann hatte von zwei Männern gesprochen, die eine Liebschaft mit ihm eingegangen waren. Er musste sich noch einmal mit Hermann Schmolke unterhalten. Vielleicht verriet er ihm ja doch einen der Namen.

Balthasar wusste noch nicht einmal, was Friedel seitdem gemacht hatte. War er arbeitslos gewesen? Oder hatte er sich anderswo verdingt? Seine gemeldete Adresse war in München. Unter der angegebenen Festnetznummer hatte sich niemand gemeldet. Balthasar hatte es dort schon mehrmals versucht. Also schien Friedel allein gelebt zu haben. Aber das war nur eine Vermutung.

Sicherlich würde all dies die Polizei in Erfahrung bringen. Kleemann und Co standen schließlich andere Mittel zur Verfügung als ihm.

Ein Geräusch ließ ihn herumwirbeln.

Jemand hatte von draußen einen Schlüssel ins Schloss gesteckt. Sofort erwachte Balthasars Fluchtinstinkt. Seine Blicke irrten im Zimmer umher. Aber es gab kein Versteck. Zumindest keines, in das er sich so schnell hätte verkriechen können.

Er hatte nicht hinter sich abgeschlossen. Das bemerkte nun wohl auch derjenige, der vor der Tür stand. Vielleicht fiel ihm in diesem Moment auch das verletzte Polizeisiegel auf.

Die Klinke wurde heruntergedrückt, und im nächsten Augenblick stürmte Hauptoberkommissar Tobias Kleemann in das Zimmer. Hinter ihm erkannte Balthasar weitere Personen.

Verdutzt hielt Kleemann inne, als er Balthasar erkannte. „Was treiben Sie sich denn hier herum?“, entfuhr es ihm.

Es passierte selten, dass Balthasar wortlos war. Dies war so ein Moment.

Mit drei, vier Schritten war Kleemann bei ihm. „Worin blättern Sie da?“, fragte er barsch.

„Nicht, was Sie denken“, verteidigte sich Balthasar und drehte das Journal so, dass Kleemann das Titelbild sehen konnte.

„Was machen Sie denn hier drinnen?“, fuhr Kleemann anklagend fort. „Haben Sie das Siegel nicht gesehen? Wissen Sie, dass so etwas strafbar ist?“ Er schüttelte mehrfach den Kopf und sagte: „Mann, Mann, Mann …“

Allmählich fing sich Balthasar wieder. Er fand, dass es Zeit war, zu einer Verteidigung anzusetzen. Oder zu einer Rechtfertigung.

„Dieses Journal ist mir schon vorgestern aufgefallen. Ich hatte es nur wieder vergessen. Wahrscheinlich aufgrund meines Sturzes. Jedenfalls passt es überhaupt nicht ins Bild."

Kleemann verzog spöttisch lächelnd die Lippen. „So, und das wollen Sie beurteilen? Ich weiß ja, dass Sie die Neigung zum Detektivspielen haben, und einmal waren Sie damit auch ganz erfolgreich, aber deshalb sollten Sie nicht überall eine Verschwörung oder einen Mord vermuten. Deswegen bin ich nämlich gekommen. Ich wollte Ihnen persönlich die freudige Mitteilung machen, dass Herr Friedel an den Verletzungen gestorben ist, die er sich selbst beigebracht hat. Jedenfalls konnten wir keinerlei Fremdverschulden feststellen."

„Sie haben keine fremden Spuren finden können?"

„Jede Menge. Oder glauben Sie, Ihr Housekeeping arbeitet so steril? Und auch die vorherigen Gäste haben im Laufe der Zeit jede Menge Fingerabdrücke, Schuppen und Hautpartikel hinterlassen. Da kann die beste Putzfrau nichts gegen ausrichten. Und nicht zuletzt haben Sie sich ja wie ein Elefant im Porzellanladen aufgeführt. Von Ihnen haben wir, abgesehen von dem Toten, die meisten Spuren." Er wies auf die zwei Herren hinter sich. „Jedenfalls, um es noch einmal zu wiederholen, haben wir keinerlei Fremdeinwirkung feststellen können. Wir räumen jetzt hier ab."

Er gab den beiden Männern einen Wink. Während diese damit begannen, die restlichen Utensilien zu verpacken, sagte Kleemann:

„Schauen Sie sich um. Jedes Detail passt ins Bild. So selten auch autoerotische Unfälle vorkommen, sie verlaufen in der Regel nach dem gleichen Muster: Die sexuelle Befriedigung wird durch Asphyxie, also Verminderung der Atmung erreicht. Oder durch spezielle Fesselungspraktiken. Oder durch Schmerzen. Meistens wird das eine mit dem anderen kombiniert, so wie es bei Herrn Friedel der Fall war."

Er wies auf die beiden Toilettenspiegel auf den Nachttischchen. „Auch das ist üblich: Der Autoerotiker sieht sich dabei zu, wie er Hand an sich legt. Manche fotografieren oder filmen sich auch selbst dabei und …"

Balthasar durchfuhr es plötzlich siedend heiß. „Moment, Moment!", rief er. Er drehte sich um, ließ sich auf die Knie nieder und durchpflügte den Teppich aus Pornoheften. Darunter war nichts. Auch nicht unter dem Bett. Sogar hinter den Vorhängen schaute er nach.

„Was suchen Sie da eigentlich?" Neugierig beugte sich Kleemann herunter.

Schnaufend kam Balthasar wieder auf die Beine. „Ich habe Ihnen doch erzählt, dass ich über irgendwas gestolpert bin, bevor es schwarz um mich wurde. Das könnte eine Kamera gewesen sein. Auf jeden Fall war es etwas Hartes. Und nicht sehr klein, also keine Kompaktkamera. Eher eine Halbautomatik oder Spiegelreflex, vielleicht sogar eine Filmkamera."

Kleemann sah ihn skeptisch an. „Und das fällt Ihnen erst jetzt ein?"

„Weil Sie es gerade erwähnt haben, ja. Ich bin mir plötzlich ziemlich sicher …"

Kleemann wandte sich an die beiden Kollegen, die unvermindert abräumten. „Wir haben weder eine Kamera noch einen Fotoapparat hier gefunden. Das wäre ja interessant gewesen. Ist euch davon was bekannt?"

Die beiden schüttelten unisono die Köpfe, und Kleemann wandte sich wieder Balthasar zu. „Wahrscheinlich sind Sie nur über einen Schuh oder einen Dildo gestolpert. Von beiden lagen nämlich jede Menge auf dem Boden herum."

Er legte Balthasar den Arm auf die Schulter. „Lassen Sie es gut sein, Held. Ich weiß ja vom letzten Mal, dass Sie diese Sachen immer sehr persönlich nehmen. Außerdem: Sehen

Sie es doch mal positiv. Ein Selbstmörder schadet Ihrem Renommee weit weniger als ein Ermordeter, oder?“

„Die ‚Sachen‘ sind Leichen. Leichen, die zu Lebzeiten meine Gäste waren“, berichtigte Balthasar. Trotzdem, Kleemann hatte ja recht. Vielleicht sah er wirklich überall Gespenster. Aber dann fielen ihm wieder die Sabotageakte ein. Die waren real. Die hatte sich niemand eingebildet. Er überlegte, ob er Kleemann davon erzählen sollte, aber der würde sicherlich abwinken. Außerdem hatte der eine Fall nichts mit dem anderen zu tun. Jedenfalls konnte Balthasar keinen Zusammenhang sehen.

Der Druck auf Balthasars Schulter wurde fester, als Kleemann sagte: „Und nun lassen Sie uns hier einfach unsere Arbeit machen. Ich komme hinterher noch kurz bei Ihnen unten vorbei.“ Mit sanfter Gewalt schob er Balthasar Richtung Tür.

Da bimmelte dessen Handy. Es war Amelie-Clara.

Als er ihr Schluchzen hörte, wusste er sofort, dass wieder etwas passiert sein musste.

5. Unverhoffter Besuch

Aus dem Gestammel wurde er nicht schlau. Also rief er nur in das Handy hinein: „Ich komme sofort!"

Er raste den Korridor entlang, polterte die Treppe hinunter und stieß im Foyer auf einen aufgeregten Franz Stummer.

„Im Personalraum!", erklärte dieser und lief voran.

Dort angekommen, trafen sie auf Klümchen, die Amelie-Clara in den Armen hielt, als wollte sie sie beschützen.

„Was ist passiert?", fragte Balthasar, wobei bereits eine dunkle Ahnung in ihm hochstieg.

„Die Uhr ist verschwunden", erklärte Amelie-Clara mit gefasster Stimme. Sie hatte sich wieder beruhigt.

Balthasar schaute in Richtung Spind. Die Tür stand offen.

„Jemand hat das Schloss geknackt", ergänzte Klümchen.

„Nach unserer Versammlung musste ich erst mal schnell zur Toilette", erklärte Amelie-Clara. „Danach wollte ich sofort die Uhr aus dem Spind holen, Ehrenwort, Chef! Und dann bin ich Herrn von Meyrink über den Weg gelaufen, und der hat mich vollgequatscht …"

„Wahrscheinlich kam es darauf auch nicht mehr an", sagte Balthasar. Er spürte plötzlich, dass noch jemand im Raum war und sah über die Schulter. Kleemann war ihm gefolgt.

„Was war das denn für eine Uhr?", fragte der Hauptoberkommissar neugierig.

Balthasar erklärte es ihm.

„Wenn es sich wirklich um ein wertvolles Stück handelt, fassen Sie nichts weiter an und rufen am besten die Polizei."

„Aber Sie sind doch schon hier!"

Kleemann zuckte entschuldigend mit den Schultern. „Für Diebstahl bin ich nun mal nicht zuständig."

Balthasar wusste, dass das keine Ausrede war, sondern echtes Bedauern. Kleemann zwinkerte ihm zu. „Sorry, aber die Zuständigkeiten sind nun mal klar geregelt, und manche Kollegen reagieren da recht empfindlich, wenn man ihnen in die Quere kommt."

„Ist schon in Ordnung", sagte Balthasar. „Aber Sie könnten mir noch einen anderen Gefallen tun …"

Die B239 von Bad Salzuflen nach Detmold war eine von Balthasars bevorzugten Strecken. Er war wieder auf seiner Motorman unterwegs. Eine Tankfüllung aus der Steckdose reichte für sechzig Kilometer. Er würde es also bequem hin- und zurückschaffen.

Ab der Kreuzung nach Pottenhausen öffnete sich die dichte Bebauung wie ein Vorhang und gab einen ersten weiten Blick in die Landschaft frei. Kurz danach tauchte die Bundesstraße in eine beidseitige Bewaldung ein, die erst am Ortseingang von Lage erneut dichter Bebauung Platz machte.

So unansehnlich, wie manche behaupteten, fand Balthasar die Zuckerstadt gar nicht. Die Fahrt durch den Ort zeigte zwischen den hingeduckten Arbeiterhäusern auch die ein oder andere prächtige Villa.

Als er vor den geschlossenen Schranken am Bahnübergang gegenüber dem Autohaus warten musste, fiel sein Blick auf das zweistöckige Haus rechter Hand. Jedermann wusste, dass dort drinnen der geizigste Mensch in ganz Lippe wohnte: Anton Kleinekämper. Der Lipper im Allgemeinen war nicht geizig, nur sparsam. Kleinekämper jedoch hatte der Storch auf dem Weg nach Schottland versehentlich über Lippe abgeworfen – über ihn kursierten die verschiedensten Anekdoten.

So erzählte man sich, dass er sein Häuschen direkt neben dem Gleisübergang nur deshalb besaß, weil er zu geizig war, sich eine Uhr zu kaufen. „Ich habe noch nie eine Uhr gebraucht", soll Kleinekämper stolz einem Schützenbruder erzählt haben. „Ich weiß auch so immer, wie spät es ist:

Ich richte mich danach, wann die Züge vorbeifahren und das ganze Haus bebt. Die Fahrpläne werden zwar immer mal wieder aktualisiert, aber dafür spare ich die Tapeten.“ Angeblich waren die Wände tatsächlich mit Fahrplänen zugekleistert.

„Ich brauch auch keine Heizung“, hatte Kleinekämper mal einem Stadtwerkebediensteten versichert. Die hatten sich gewundert, dass Kleinekämper kaum Gas und Strom verbrauchte. „Viel zu teuer! Wozu gibt es Wollsocken?“

„Und die ganzen Kerzen? Sind die nicht auch teuer?“, hatte der Mann von den Stadtwerken verwundert gefragt.

„Dafür verschwende ich kein elektrisches Licht. Übrigens: Spekulieren Sie nicht darauf, dass ich Ihnen etwas anbiete. Ich habe weder einen Kühlschrank noch sonstige Schränke.“

„Und worin verwahren Sie Ihre Lebensmittel?“

„Wenn der Magen knurrt, laufe ich über die Straße zu NETTO. Bedarfsdeckung nennt man das. Was soll ich mir hier Berge von leichtverderblicher Ware anhäufen?“

„Und Ihre Familie?“

„Meine Frau ist vor ein paar Jahren stiften gegangen. Ich geb’s ja zu: Mein Leben ist etwas farblos. Und ’ne Putzfrau könnte ich auch gebrauchen. Die letzte ist nicht mehr gekommen, wegen der Wollmäuse …“

„Wollmäuse?“

„Sie hat sie aufgesaugt. Daraufhin habe ich sie entlassen. Mit Wollmäusen kann man perfekt die alten Matratzen stopfen.“

Natürlich waren das nur Anekdoten. Wahrscheinlich war der alte Kleinekämper zwar etwas verschroben, aber sonst ganz normal im Kopf. Allerdings waren auch jetzt die Rollläden geschlossen.

Der Zug ratterte heran, die Schranken öffneten sich, und Balthasar wurde aus seinen Gedanken gerissen. Er fuhr weiter.

Da um den Bahnhof herum gebaut wurde, wurde der Verkehr umgeleitet. Hier war es das eine oder andere kleine Fachwerkhaus, das das Straßenbild auflockerte. Von früheren Besuchen wusste Balthasar, dass Lage noch sehr viele schöne Ecken besaß. Ansonsten war es so etwas wie das Mekka der rundum in Lippe ansässigen Rübenbauern. Zum Herbst hin glich die Fahrt durch Lage manchmal einem Geduldsspiel, wenn die bis obenhin beladenen Trecker Zuckerrüben in die Raffinerie transportierten. Dieses stählerne Monstrum bildete das Tag und Nacht pulsierende Herz der Stadt, und der weiße Rauch, der aus den Schloten in den Himmel gepustet wurde, legte sich wie süße Zuckerwatte über die Stadt.

Er ließ die Zuckerfabrik hinter sich, die B239 führte nun schnurgerade an den Industriegebieten und der Kinowelt vorbei, und allmählich wurde wieder mehr Landschaft sichtbar. Auf diesem kurzen, unverbauten Straßenabschnitt erhob sich rechter Hand der Teutoburger Wald mit dem Hermannsdenkmal. Ebenfalls rechts war die Dorfkirche von Heiden zu sehen.

Auf der freien Strecke rüttelte ihn der Fahrtwind tüchtig durch. Aber er genoss es. Endlich einmal wurde sein Kopf frei. Ihm war, als ließe er alle Sorgen hinter sich.

Die riesigen Windräder gegenüber dem Landhaus Ellernkrug winkten ihm zu. Das hatte hier früher auch schöner ausgesehen. Aber gleich dahinter folgte wieder ein unverbauter Abschnitt, und der weite Blick über die Felder auf die Höhen des Teutoburger Waldes machte die Bausünden vergessen. Und ganz oben thronte Hermann der Cherusker und sah gnädig auf sein Land herab.

Auch wenn Balthasar nach links schaute, waren weit und breit nur Felder und dahinter die sich sanft wellenden Hügel zu sehen.

Natürlich gab es noch schönere Ecken in Lippe. Dort, wo womöglich gar kein Verkehr war und man ganz ohne Autolärm und Straßenstaub auf die Landschaft schauen konnte. Für Balthasar gehörte dieser Abschnitt auf jeden Fall zu seinen Favoriten. Vielleicht hatte der Heimatdichter Friedo Petig, der „Philosoph vom Bauernhof“ an einem Flecken wie diesem gestanden, als er von Lippe als Paradies sprach.

Viel zu schnell war das Panorama vorbeigezogen, und Balthasar erreichte das Chinahaus, das sich hoch in den Himmel erstreckte. Eine Hinweistafel seitlich der B239 wies zwar auf die zahlreichen Touristikziele hin, aber bis zu denen war es noch ein gutes Stück zu fahren.

Sein Ziel hatte Balthasar nun fast erreicht.

Und spätestens, als er in die Pinneichenstraße einbog, die sich am Ortsrand von Detmold befand, holten ihn die Sorgen wieder ein. Sie kamen angeflattert wie eine Schar schwarzer Krähen, die einen flirrenden Vorhang um ihn herum bildeten.

Er stieg ab und spürte augenblicklich die Folgen der Fahrt. Seine Beine waren gefühllos. Dafür schmerzte der Rücken umso mehr. Nachdem er die Motorman abgeschlossen hatte, betrachtete er das Haus dahinter. Es war ein schmuckloses Mehrfamilienhaus. Dreistöckig. Erbaut wahrscheinlich in den sechziger Jahren. Ein neuer Anstrich wäre vonnöten gewesen.

Balthasar passierte den kleinen Vorgarten und stand vor der Haustür. Nur sechs Parteien wohnten in dem Haus. Er suchte die Klingelschilder ab, bis er das von Anne-Kathrin Rosenberg fand. Einen Augenblick zögerte er. Er hatte es sich leichter vorgestellt. Aber jetzt, wo er wirklich vor ihrem Haus stand, kam es ihm fast irrwitzig vor. Wie hatte er sich das gedacht? Vor allen Dingen, *was* hatte er sich dabei gedacht? Und was würde sie darüber denken? Wenn er einfach schellte und sie unangekündigt besuchte? So richtig durchdacht war das Ganze nicht.

Er klingelte trotzdem. Es tat sich nichts. Fast wäre ihm das nun lieber gewesen, wenn sie gar nicht zu Hause wäre.

Aber das war sie. Aus der Sprechanlage war ein Knistern zu hören. Im nächsten Moment fragte Anne-Kathrin Rosenberg: „Ja bitte? Wer ist da?“

Balthasar musste sich räuspern, bevor er seinen Namen nannte.

„Sie?“ Es klang überrascht. Dann folgte Stille. Balthasar dachte schon, dass sie ihn vergessen hätte, als sie sich erneut meldete. „Einen Moment noch, ich muss mir schnell noch etwas überziehen.“

„Keine Eile“, sagte Balthasar und schaute auf die Uhr. Es war halb sieben. Lief sie etwa schon im Nachthemd herum? Die Vorstellung gefiel ihm.

Nach einer Minute ertönte der Türsummer und riss Balthasar aus seinen frivolen Gedanken. Anne-Katrin Rosenberg wohnte ganz oben. Von dort hörte Balthasar eilige Schritte herunterkommen. Wahrscheinlich ein anderer Hausbewohner. Balthasar hatte gerade mal die erste Treppe erklommen, als der andere ihm entgegenkam. Vielmehr war es eine Sie. Im ersten Moment dachte Balthasar, er hätte sich in eine Theateraufführung verirrt. Die Frau, die die Treppe heruntergestürmt kam, war grell geschminkt, mit weiß gepudertem Gesicht und altmodischer Turmfrisur. Ihre Kleider wirkten wie aus einem anderen Jahrhundert.

Als sie an ihm vorbeistürmte und ihn mit ihrer altmodischen Gewandung beinahe erdrückte, schwebte das Gesicht für einen Moment direkt vor seinen Augen.

Er erkannte es wieder. Das war gar keine Frau!

Es war ein als Frau verkleideter Mann! Der Mann, mit dem Anne-Kathrin Rosenberg vor dem Gustav-Horstmann-Sprudel gestanden hatte. Balthasar nahm einen deutlichen Alkoholdunst wahr.

Was hatte Anne-Kathrin Rosenberg mit diesem Mann zu schaffen? Welche Verbindung bestand da? Er konnte sich plötzlich nicht mehr vorstellen, dass eine intime Beziehung zwischen beiden bestand. Diese Erkenntnis ließ ihn die Treppen eine Spur beschwingter erklimmen.

Anne-Kathrin Rosenberg wohnte direkt unterm Dach. Sie schaute ihm aus der Wohnungstür entgegen, als er schwer schnaufend oben ankam.

„Einen Aufzug wie in Ihrem Hotel kann ich Ihnen leider nicht bieten“, begrüßte sie ihn und spielte damit wohl auf ihre erste Begegnung an. Hoffte er zumindest. „Kommen Sie herein und trinken erst einmal was. Sie sehen ja geschafft aus wie nach einem Marathonlauf.“

„Es geht schon wieder“, winkte Balthasar ab und folgte ihr in die Wohnung. Anne-Kathrin trug heute eine weiße Bluse und Jeans. Ganz klassisch. Es gefiel ihm, was er sah.

Auch ihre Wohnung gefiel ihm. Sie führte ihn in ein weiträumiges Wohnzimmer und bat ihn, Platz zu nehmen. Er versank fast in dem geräumigen Sessel, den sie ihm angeboten hatte.

„Wirklich nichts zu trinken?“, fragte sie. „Ein Bier? Ein Wasser?“

„Ein Glas Wasser reicht“, sagte Balthasar. Dann fiel ihm ein, dass er ja eine Flasche Sekt als Präsent mitgebracht hatte. Aber die hatte er unten vergessen. Und noch einmal hoch und runter? Nee.

Während sich Anne-Kathrin aus dem Zimmer begab, schaute sich Balthasar neugierig um. Die Abendsonne fiel durch die schrägen Scheiben in den großen Raum und zeichnete weiche Schatten auf Wände und Parkett. Die zahlreichen Gemälde waren nach seinem Geschmack. Sie zeigten zumeist Frauen. Eine junge Reiterin. Eine alte Frau auf einer Bank in ihrem Garten sitzend. Ein kleines Mädchen mit ihrem Puppenwagen. Eine Frau, die ihn an Anne-Kathrin erinnerte, am Strand …

Balthasar suchte nach Hinweisen seines vor ihm aufgebrochenen Besuchers. Aber weder stand ein benutztes Glas auf einemdem Tisch, noch hing der Rauch einer Zigarette in der Luft.

Seine Gastgeberin kam mit zwei Gläsern und gleich einer ganzen Karaffe sprudelnden Wassers zurück, stellte es vor ihm auf dem Tisch ab und setzte sich ihm gegenüber.

Während sich Balthasar bediente, schlug sie die Beine übereinander, beugte sich etwas vor und sagte: „So, und jetzt erzählen Sie mir mal, was Sie hertreibt."

Sie sprach so frei und locker, dass sich Balthasar immer weniger vorstellen konnte, dass sie etwas zu verbergen hatte. Und doch musste er mit ihr darüber sprechen. Er erzählte ihr von Kleemanns Besuch im *Kur-Schlößchen* und dass Friedels Tod als versehentlicher Selbstmord eingestuft wurde.

Fast hatte er das Gefühl, dass sie dabei aufatmete. Hatte sie doch etwas zu verbergen?

Aber dann nahm sie ihm wieder allen Wind aus den Segeln, als sie in die Hände klatschte und sagte: „Dann ist ja alles in Ordnung für Sie! Keine weiteren Scherereien! Darauf sollten wir anstoßen, oder?" Irgendetwas an Balthasars Miene schien sie stutzig zu machen, denn sie blieb doch sitzen. „Was ist? Ist Ihnen eine Laus über die Leber gelaufen?"

„Kann man so sagen", druckste Balthasar herum. „Es gibt da noch ein paar Ungereimtheiten, und deshalb bin ich zu Ihnen gekommen."

Ihre strahlende Miene verdüsterte sich sofort wieder, und Balthasar bereute augenblicklich seine Worte. Was wollte er denn? Sie in irgendetwas reinreiten, wo sogar die Polizei den Fall ad acta gelegt hatte? Wollte er sie unglücklich sehen? Sich unbeliebt machen? Oder war er nicht auch gekommen, weil er sich darauf gefreut hatte, sie wiederzusehen? Das Schlimmste, was er sich vorstellen konnte, war, dass sie ihn für einen Wichtigtuer hielt.

„Na, dann rücken Sie mal raus damit, mit Ihren ‚Ungereimtheiten'!"

Sie sprach in einem Tonfall, der ihm bekannt vorkam. Wo hatte er ihn schon einmal gehört? Sie redete wie eine dieser Nachrichtensprecherinnen. Oder eine Moderatorin.

Und plötzlich fiel bei ihm der Groschen. „Sie sind Anne-Kathrin Duval!“

„Das hat aber lange gedauert“, sagte sie zu seiner Überraschung. „Ich dachte, Sie wären eher darauf gekommen.“

Balthasar war noch immer irritiert. „Aber ich dachte, sie hießen Rosenberg?“

„Rosenberg ist mein richtiger Name. Den Leuten beim WDR klang das zu sehr nach der Schlagersängerin und haben mir deshalb den Namen Duval verpasst. Die Sendung, die ich hauptsächlich moderiert habe, trug ja dann auch nur meinen Vornamen, Anne-Kathrin. Aber ich will Sie wirklich nicht mit meiner Vergangenheit langweilen. Meine Zeit beim Fernsehen ist passé. Ich verheimliche sie nicht, ich stehe dazu. Aber ich posaune es auch nicht laut heraus.“

„Das ist Ihr gutes Recht“, sagte Balthasar, der trotzdem gern viel mehr von ihr erfahren hätte. „Und was machen Sie heute, wenn Sie nicht mehr beim Fernsehen sind?“

„Ich arbeite als Innenarchitektin. Oder sagen wir mal: Ich versuche, damit meinen Lebensunterhalt zu verdienen. Auf jeden Fall habe ich das mal studiert ...“

Balthasar nickte zustimmend. „Man sieht, dass Sie Geschmack haben.“ Sein Blick blieb auf einem der Bilder hängen. Er stutzte. Es war ein Aquarell und zeigte eine Frau in historischem Gewand vor einer bewaldeten Landschaft. Es war die gleiche Person, die ihm vorhin auf der Treppe entgegengekommen war! Die Gesichtszüge waren natürlich verschwommen. Aber zumindest trug sie die gleiche Frisur und die gleichen Kleider.

Anne-Kathrin folgte seinem Blick. „Mögen Sie Bilder?“, fragte sie.

„Ja, natürlich." In seinem Hotel hatte er überall Bilder hängen. „Jetzt sagen Sie nicht, dass Sie es selbst gemalt haben?"

„Solange ich mir noch keine Picassos oder Monets leisten kann, muss ich selbst zum Pinsel greifen."

„Sie untertreiben! Die Bilder sind fantastisch!" Das war Balthasars ehrliche Überzeugung. „Haben Sie es schon mal mit einer Ausstellung versucht? Sie könnten richtig Geld damit machen!"

Anne-Kathrin wurde tatsächlich rot. „Nein, dazu hätte ich keinen Mut. Hinterher stehe ich allein auf der Vernissage."

„Ich wäre dabei!"

„Danke sehr, ich weiß Ihr Lob sehr zu schätzen. Aber die Bilder sind zu – privat. Zumindest die, die hier hängen."

Balthasar beschloss, endlich mit der Wahrheit herauszurücken. Deswegen war er schließlich gekommen. Außerdem spürte er, dass die unausgesprochenen Geheimnisse, die beide voreinander hatten, wie ein Gebirge schwarzer Wolken zwischen ihnen lagen. Also machte er den Anfang und schob zumindest eine der Wolken fort, indem er sagte: „Das eine Bild erinnert mich an die Frau oder vielmehr den kostümierten Mann, der gerade die Treppe herabgestürmt kam …"

„Das war mein Bruder", sagte Anne-Kathrin, und diesmal lag nichts Eingeübtes in ihrer Stimme. „Er … er hat einen Tick, wie Sie ja gesehen haben. Dani schlüpft gern in Frauenkleider. Aber nicht in die irgendwelcher Frauen: Sie müssen schon von Adel sein: Fürstin Pauline, Prinzessin Gracia … am liebsten aber verwandelt er sich in Prinzessin Diana."

„Ist das – ist das nur ein Tick? Ich meine, weiß er, was er tut?"

„Halb und halb. Früher war es sicher nur ein Tick. Oder eine Spielerei. Dani wäre wohl lieber als Frau geboren worden. Er ist mein jüngerer Bruder. Als wir klein waren, verkleidete er sich schon gern. Damals haben wir noch alle darüber gelacht, wenn er seine Späße machte. Spätestens in der Pubertät bekam er die ersten Probleme damit. Er wurde immer mehr zum Außenseiter. Der einzige Lichtblick auf dem Gymnasium war wohl für ihn, als die Theatergruppe *Charleys Tante* aufführte und er die Titelrolle verkörperte. Verstehen Sie? Er spielte nicht nur die Rolle, er lebte sie …"

Balthasar nickte. Sein Hals war trocken. Er griff nach dem Glas und trank einen tiefen Schluck.

„Bei der Bundeswehr wurde er weiter schikaniert, ich denke, da hat er noch mal richtig einen Knacks wegbekommen. Er wollte zum Film, aber er wurde an keiner Schauspielschule aufgenommen. Damals erfolgten die ersten Therapien, die aber bis heute nicht geholfen haben …" Wieder schlug sie in die Hände. Balthasar hatte *Anne-Kathrin* nur hin und wieder gesehen, aber jetzt erinnerte er sich an diese Pose. Immer wenn sie ein Thema für beendet hielt, klatschte sie.

Für Balthasar war das Thema nun auch vom Tisch. Er wollte nicht noch mehr bohren. Wahrscheinlich war ihr Bruder Dani zurzeit wieder in Therapie, wie es aussah, sogar in Bad Salzuflen. Deswegen hatte er sich mit Anne-Kathrin vor dem Sprudel getroffen.

„Ich habe so viel erzählt, jetzt rücken Sie endlich mit der Sprache heraus, weshalb sie wirklich hier sind!" Aber vorher hole ich mir ein Glas Rotwein!" Sie sprang auf. „Darf ich Ihnen auch eins mitbringen?"

Balthasar sagte diesmal nicht nein.

Als sie zurückkam, kredenzte sie einen Tropfen aus dem Supermarkt. Nicht den schlechtesten, aber es gab bessere. Bei Gelegenheit würde er sie davon überzeugen.

Sie prostete ihm über den Couchtisch hinweg zu. „Prosit! Ich hoffe, er schmeckt!"

Nach dem ersten Schluck verzog Balthasar ein wenig das Gesicht. Ein wenig aber auch nur, und er zwang sich dazu, sich nichts weiter anmerken zu lassen. Hinterher hielt sie ihn noch für einen dieser Angeber, die behaupteten, von Wein so viel zu verstehen. Das tat er nicht. Wie beim Essen hatte er einfach auch bei den Getränken ein untrügliches Gespür dafür, was gut war und schmeckte. „Mein Trüffelschwein" hatte ihn eine frühere Freundin mal genannt, aber das fand Balthasar dann doch zu despektierlich. Er wollte den kostbaren Schweinen nicht zu nahetreten.

„Also …", begann er schließlich und überlegte dabei immer noch, wie er es seiner Gesprächspartnerin am besten verkaufte. Ohne dass sie dachte, er wolle ihr Böses. Er erzählte ihr, was er damals der Polizei zu Protokoll gegeben hatte, und dass er noch einmal in Zimmer 113 gewesen war und der Kommissar Kleemann ihn dabei überrascht hatte. „Plötzlich fiel mir ein, worüber ich damals gestolpert sein könnte. Es war etwas Komplexeres, und ich dachte, es könnte sich um eine Kamera oder einen Fotoapparat gehandelt haben …"

Anne-Kathrin schlug nicht nur die Beine wieder übereinander, sie verschränkte auch die Arme. „Ach ja? Kann man das denn im Dunklen erkennen?"

„Es war ja nicht mehr dunkel. Ich hatte ja vorher den Vorhang aufgezogen. Aber vielleicht hat mein Unterbewusstsein es gespeichert. Jedenfalls war es etwas Hartes, nichts Weiches. Und es war verschwunden, als ich mir das Zimmer noch einmal angesehen habe."

„Dann wird es die Polizei beschlagnahmt haben."

„Nein, ich habe Kleemann gefragt. Auf dem Boden haben sie alles so gelassen wie es war."

„Ja gut, dann hat vielleicht Ihr Housekeeping reinegemacht …"

„Das Zimmer war bis zuletzt versiegelt!"

Anne-Kathrin nahm die Arme runter, mit der Linken schob sie eine Haarsträhne zurück hinters Ohr. Eine Geste, die Balthasar ebenfalls bekannt vorkam.

„Warum fragen Sie mich nicht direkt, was ich in dem Zimmer zu suchen hatte und warum ich Sie gebeten habe, der Polizei nichts zu sagen?"

„Genau das frage ich Sie jetzt!"

6. Rückblick

„Du?“ Das war ihre überraschte Frage, als ihr Bruder plötzlich hinter der Wand des Wartehäuschens neben dem Gustav-Horstmann-Sprudel hervorgesprungen kam und sich ihr in den Weg stellte, als hätte er Angst, sie könnte wieder weglaufen.

Sie hatte nicht gewusst, dass es Dani war, der ihr die Nachricht im Hotel hinterlassen hatte.

„Weil ich dich sprechen muss“, sagte Dani und strich ihr versöhnlich über die Wange, so wie er es immer tat, wenn sie sauer auf ihn war.

Sie betrachte ihn. Eigentlich sah er ganz passabel aus in seiner Lederjacke und seinen sauberen Jeans. Sogar ein bisschen männlich. Er trug neue Sneakers. Auch die passten ebenso zu seinem sportlichen Outfit wie der Dreitagebart. Er sah besser aus als bei Ihrem letzten Treffen. Nicht nur, weil er da ein völlig zerfetztes Abendkleid und zerrissene Seidenstrümpfe getragen hatte. Sein Gesicht war blutunterlaufen gewesen. Man hatte ihn zusammengeschlagen. „Tunte“ hatten sie ihm zugerufen.

Anne-Kathrin hatte ihn für zwei Wochen bei sich aufgenommen und ihn gepflegt, aber es war kein Zustand für immer. Sie wusste nicht, was bei Dani falsch lief. Sie war nicht sein Psychiater, nicht sein Arzt und auch keine Krankenschwester. Und auch die hatten ihm nie helfen können. Höchstens immer für eine kurze Zeit. Dann fiel er wieder in seine „Phase“ zurück, wie er es selbst nannte. Danis Geist und Körper teilten sich gleich zwei Persönlichkeiten. Die eine war Dani, der Macho, *die* andere war eine von seinen Ikonen, die er verkörperte. Er schlüpfte in deren Rollen, zog sich so an, glaubte dann Fürstin Pauline, Diana oder Marilyn Monroe zu sein, obwohl Letztere von keinem blauen Geblüt war, aber immerhin eine Göttin der Leinwand. In diesem Zustand war er oft Tage, manchmal auch Wochen verschwunden. Dazu kam, dass Dani noch ein anderes Problem hatte. Drogen und Alkohol. Mit den Jahren war es immer schlimmer geworden. Er wollte sich betäuben, ertrug seine wechselnden Persönlichkeiten selbst nicht mehr …

Als Dani sich das letzte Mal verabschiedet hatte, war Anne-Kathrin danach um eintausend Euro ärmer. Die hatte Dani aus ihrer Urlaubsspardose mitgehen lassen. Da sie selbst finanziell nicht mehr auf Rosen gebettet war, konnte sie sich den Urlaub abschminken.

Aus diesen und anderen Gründen, war sie nicht gut auf ihren Bruder zu sprechen.

„Und worüber willst du mit mir reden?“, fragte sie nun. „Lass mich raten? Du brauchst mal wieder Geld.“

„Nein, diesmal ist es was anderes …“ Dani sah sich nach allen Seiten um, so als fürchte er, sie könnten belauscht werden. „Wollen wir nicht ein paar Schritte gehen?“

„Meinetwegen.“

Sie setzten sich in Richtung Stumpfer Turm in Bewegung.

„Das wegen letztes Mal tut mir leid“, begann Dani. „Das Geld aus deinem Sparschwein, das zahle ich dir zurück.“

„Ja, klar, wenn du mal irgendwann wieder zu Geld kommst und klar im Kopf bist. Mach dir nichts draus, den diesjährigen Urlaub habe ich schon abgeschrieben.“

In seinen „lichten“ Momenten war Dani eine ganz andere Person. Dass es ihm leid tat, nahm sie ihm ab. Nur konnte er nicht garantieren, dass er sie beim nächsten Mal nicht wieder bestehlen würde. Niemand konnte es garantieren. In seiner männlichen Inkarnation steckte in Dani ein Schöngeist. Wie in ihr. Hätte er ein normales Leben führen können, wäre er vielleicht kein berühmter Fotograf geworden, so wie er das früher immer gehofft hatte, aber ein guter und kreativer, der damit seinen Lebensunterhalt hätte bestreiten können. Eine Lehre bei einem Fotografen hatte er abgebrochen. Genau wie er alles andere nicht zu Ende gebracht hatte. Deswegen war die Fotografie nie mehr als sein Hobby gewesen. Aber ein leidenschaftliches.

Eine Weile gingen sie schweigend nebeneinander her. Es ging auf einen Waldweg bergan. „Jetzt sag mir endlich, was du von mir willst. Und was sollte vorhin der Blödsinn, dass du dich versteckt hast."

„Man kann nie wissen, wer einen beobachtet", sagte er mit vollem Ernst. War das jetzt eine weitere kranke Seite von Dani? War er nicht nur schizophren, begann er jetzt auch noch, paranoid zu werden?

Eine Weile sagte er nichts mehr, dann aber begann er von Neuem: „Ich mach eine Therapie, aber nicht hier, sondern in Detmold. Es geht mir gut, Anne. Das ist eine völlig neue Medikamententherapie, die sie an mir testen. Mein Arzt ist guter Dinge …"

Ja, das waren die Ärzte immer, dachte Anne-Kathrin. Bis eine weitere seiner Phasen einsetzte. „Hoffentlich ist es was Seriöses. Ich hoffe, du hast dich nicht auf irgendwelche Pharmatests eingelassen!"

„Wenigstens verdiene ich auch noch Geld damit. Schließlich will ich dir dein Geld zurückzahlen …"

„Hör auf mit dem Scheißgeld!", schrie sie ihn an. Also hatte er sich doch verkauft. Machte irgendeine Testreihe mit, setzte womöglich sein Leben aufs Spiel, nur damit irgendein Pharmariese wie *Bayer* noch mächtiger und die Aktionäre noch reicher wurden! Sie spürte eine ohnmächtige Wut in sich aufsteigen. Daher also Danis neue Kleidung. Wahrscheinlich hatte er das erste Geld gleich dafür ausgegeben.

Und noch immer hatte er ihr nicht gesagt, warum er sie hatte treffen wollen.

„Was willst du von mir?", fragte sie mit gepresster Stimme.

„Dein Vertrauen, Anne", antwortete er. „Und deine Hilfe. Da ist nämlich was schiefgegangen …"

Ja, auch das kannte sie. Bei Dani ging immer „etwas schief". Und meistens ließ es sich dann nicht mehr geradebügeln. Ob er mal wieder wegen Erregung öffentlichen Ärgernisses angeklagt worden war, weil er als Prinzessin verkleidet mitten auf der dicht befahrenen Paulinenstraße in Detmold den Verkehr angehalten hatte, oder Geld gestohlen hatte, um sich Drogen zu kaufen.

„Ja, ich habe Scheiß gebaut", fuhr er fort. „Ich hätte mich nicht darauf einlassen sollen …"

„Jetzt red endlich!", fuhr sie ihn an. So laut, dass Dani zusammenzuckte.

Er hielt an und brach vor ihr zusammen. Er ließ sich einfach auf den Waldboden sinken und begann zu schluchzen. Augenblicklich tat er ihr wieder leid. Sie hockte sich neben ihn auf den Boden und nahm ihn in die Arme. Sie musste an früher denken, an eine Situation, als sie Kinder waren. Sie hatten im Wald gespielt, und Dani war über eine Wurzel gestolpert und hingefallen. Er hatte sich die Hose aufgerissen, das Knie war blutig, und er hatte geheult. Auch damals hatte sie ihn getröstet. Das Licht schien auch jetzt durch das Blätterdacht, der Gesang der Vögel klang geheimnisvoll, und es roch nach Erde und Wald.

„Ich habe echt Mist gebaut", begann Dani schließlich von Neuem. Du weißt bestimmt noch, dass ich damals mal bei *LA Belle Jacqueline* gearbeitet habe. Als Praktikant. Hauptsächlich war ich dafür zuständig, die Kollektionen für interne Zwecke zu fotografieren."

Anne-Kathrin erinnerte sich dunkel. Dani war so oft irgendwo für kurze Zeit beschäftigt gewesen.

„Es war eine tolle Zeit. Ich dachte schon, ich hätte die Kurve gekriegt damals. Dann kam Friedel …"

„Wer ist Friedel?"

„Ein Teufel. Aber das habe ich damals nicht gewusst. Ich habe dir nie von ihm erzählt. Damals ging es mir ja auch erst gut. Er … er hat sich mir an den Hals geschmissen. Erst hat er so getan, als würde er meine Arbeit bewundern, dann hat er die Maske fallen lassen und gesagt, was er von mir wollte."

Anne-Kathrin kannte die sexuelle Orientierung ihres Bruders. Sie wechselte genauso wie seine Kostümierungen. Gerade das zog manche an – Männer wie Frauen.

„Ich wollte damals nicht. Er hatte einen Freund, den hatte er in die Firma eingeschleust. Aber es machte ihm Spaß, dass der das auch schön alles mitbekam und immer eifersüchtiger wurde. Na ja, und irgendwann hat er mich dann doch gekriegt. Ich wollte den Job ja nicht gleich wieder verlieren … Ich verschon dich mit den Einzelheiten. Friedels Praktiken waren alles andere als normal. Er stand auf diese Sado-Maso-Spielchen. Dann bekam ich wieder meine ‚Phase'. Ich konnte nicht mehr zur Arbeit gehen. Nach einigen Anrufen und Mahnungen bekam ich den Laufpass. Friedel habe ich seit damals nicht mehr gesehen."

„Und das alles beschäftigt dich noch heute?", fragte Anne-Kathrin.

Dani schüttelte den Kopf. „Ich hatte es längst wieder vergessen. Aber dann bekam ich vor einer Woche einen Anruf …"

„Etwa von Friedel?"

„Nein, von jemandem, der damals auch bei *LA Belle Jacqueline* gearbeitet hat. Er … er hatte einen Auftrag für mich, versprach mir ein großzügiges Honorar."

„Was war das für ein Auftrag?", bohrte Anne-Kathrin, weil Dani ins Stocken geraten war.

„Ich sollte für ihn etwas fotografieren." Dani sprach jetzt langsam, so als müsste er jedes Wort erst einmal durchkauen. „Es hatte mit Friedel zu tun. Ich habe es erst nicht richtig verstanden, was er wirklich von mir verlangte. Erst als ich … als ich dann in Friedels Zimmer war, habe ich begriffen, was ich fotografieren sollte. Friedel bediente sich gewisser Praktiken, wie ich sagte. Aber inzwischen ist er wohl richtig abgedriftet."

„Du hast also Sexaufnahmen gemacht?"

Dani nickte. „Ich hatte von Anfang an ein schlechtes Gefühl. Deshalb wollte ich auch dich in meiner Nähe haben …"

Anne-Kathrin konnte es nicht fassen. Dani war für die geheimnisvolle Einladung verantwortlich?

„Ich dachte, wenn was schiefgeht, kann ich mich bei dir verkriechen, ja."

Das alles war so bizarr, dass sie noch immer den Kopf schüttelte.

„Du hast also mein Zimmer bezahlt? Von welchem Geld denn? Und warum diese Heimlichtuerei?"

„Er – er sollte es nicht wissen. Ich – ich wollte dich ja nur für den Notfall in meiner Nähe haben. Das hat mir immer Sicherheit gegeben, das weißt du doch. Er wollte auch, dass ich nicht im Hotel gesehen werde … hab mich reingeschlichen und …"

Er vergrub das Gesicht in den Armen. Ein Wanderehepaar näherte sich, warf beiden einen skeptischen Blick zu, ging aber rasch weiter, als spürten der Mann und die Frau, dass sie nicht erwünscht waren.

Anne-Kathrin ließ ihrem Bruder etwas Zeit, dann sagte sie: „Und noch immer weiß ich nicht, wobei ich dir helfen soll!"

„Die Kamera! Er hat mich rausgeschickt …"

„Wer? Friedel?"

Dani schüttelte den Kopf. „Der andere. Ich darf seinen Namen nicht sagen, sonst … Jedenfalls habe ich, bevor ich Ralfs Zimmer verließ …"

„Moment! Wer ist jetzt wieder dieser Ralf?"

„Ralf Friedel. Bevor ich sein Hotelzimmer verließ, habe ich die Kamera heimlich mitlaufen lassen. Sie muss alles gefilmt haben. Seinen Tod … Und sie ist noch dort im Zimmer."

Anne-Kathrin zuckte zusammen. „Dieser Friedel ist tot?"

Dani nickte. „Mein Auftraggeber hat es mir gesagt. Ich soll verschwinden, hat er gesagt. Ich sollte ihm die Bilder geben, die ich gemacht hab. Ich hab ihn vertrösten können und gesagt, dass er sie später kriegt."

Er schlang die Arme um seine Schwester und klammerte sich an sie. „Wenn sie meine Kamera finden, kommt alles raus! Du musst mir helfen, Anne. Du musst die Kamera aus dem Zimmer holen!“

„Ich?“ Der Schock über das, was er von ihr verlangte, war größer als alles andere. Sogar größer als ihr Instinkt, ihm beizustehen.

Aber spätestens, als sie ihn kurze Zeit später vor dem Gustav-Horstmann-Sprudel verabschiedete und ihm sanft über die Wange strich, war sie entschlossen genug, ihm zu helfen. Ein allerletztes Mal.

7. Die Suche

Anne-Kathrin lehnte sich zurück. Sie wirkte erleichtert, nun, da sie sich vieles von der Seele geredet hatte. Sie schenkte sich ein weiteres Glas Wein ein, nahm einen tiefen Schluck und sah Balthasar fast flehentlich an. „Jetzt wissen Sie, warum ich Sie bat, nichts der Polizei zu erzählen. Was hätte ich denn sagen sollen, warum ich in dem Zimmer war? Irgendwann hätte ich ihnen gebeichtet, dass Dani bei Friedel war. Sie hätten ihn verhört, vielleicht sogar eingesperrt. Ich kenne Dani, er wäre daran zerbrochen. Hätte vielleicht sogar Sachen zugegeben, die er nicht gemacht hat. Mit Druck kann er gar nicht umgehen. Er schlüpft dann in eine seiner Frauenrollen."

Auch Balthasar nahm einen tiefen Schluck. Er war ratlos, was er sagen sollte. Die Absolution konnte er ihr nicht erteilen, und je mehr sie erzählt hatte, desto mehr war ihm bewusst geworden, dass sie ihn ganz schön mit reingerissen hatte. Nun galt es erst einmal, reinen Tisch zu machen, die Sache wieder geradezubiegen.

„Sie müssen mit Kleemann sprechen!", sagte er. „Sie müssen ihm die Kamera geben und …"

„Ich habe sie nicht", unterbrach sie ihn. „Das ist es ja eben: Dani hatte mir erklärt, dass ich sie zwischen den zugezogenen Vorhängen finde. Er hatte sie so platziert, dass nur die Linse hindurchschaute! Ich habe dort auch etwas gefunden, das sich wie eine kleine Kamera anfühlte. Aber ich wollte auf Nummer sichergehen. Erst mal sehen, was ich da überhaupt in der Hand hatte. Deswegen habe ich auf dem Weg durch das Zimmer Licht gemacht. An meinem Schlüsselbund hängt eine Taschenlampe. Die habe ich eingeschaltet. Und dann habe ich den Toten gesehen – wie er angekettet auf dem Bett lag und die Kamera vor Schreck fallen gelassen und …"

Schluchzend verbarg sie den Kopf in den Armen. Balthasar sprang auf, stellte sich neben sie und legte beruhigend den Arm auf ihre Schulter. Er wollte ihr nicht zu nahetreten, hoffte aber, dass sie zumindest diese Geste nicht missverstand.

Nach einer Weile beruhigte sie sich, schniefte in ihr Taschentuch und drückte seine Hand. „Ich danke Ihnen, Balthasar! Es tut gut, endlich mit jemandem darüber reden zu können! Ich bin froh, dass Sie da sind." Sie schenkte ihm ein zaghaftes Lächeln. „Das war nicht richtig von mir! Und Sie habe ich da auch noch mit reingezogen!"

Auch er drückte noch einmal aufmunternd ihre Hand und setzte sich dann wieder in seinen Sessel. „Was geschehen ist geschehen. Außerdem standen Sie unter Schock. Hätten Sie nicht die Kamera fallen gelassen, wäre ich nicht darüber gestolpert, und wir wüssten vielleicht gar nicht, dass sie jemand an sich genommen hat. Wissen Sie was: Bis vorhin war ich fast so weit, Kleemann zu glauben, dass Friedel selbst Hand an sich gelegt hat. Jetzt weiß ich, dass es einen großen Unbekannten gibt, der auch noch Ihren Bruder da mit reingerissen hat. Vielleicht war Friedels Tod wirklich ein Unglück. Aber zumindest hat ihm jemand bei seinen Sexspielchen assistiert. Und vielleicht sogar nachgeholfen, dass er verblutet …"

„Das hätte Dani nie zugelassen!"

„Ihr Bruder nicht, aber der war ja auch nicht dabei, als Friedel starb. Ich bin mir über seine Rolle noch nicht im Klaren. Warum sollte er das alles filmen und fotografieren? Doch bestimmt nicht nur, weil er darin besonders gut war, oder? Es sei denn, es gibt einen Markt für derartige Praktiken … Warum ist Ihr Bruder vorhin eigentlich so fluchtartig die Treppen runtergestürmt?"

„Er war bei mir und wollte die Kamera haben. Es gab Streit, weil er mir nicht glaubte. Außerdem habe ich wissen wollen, in was für eine Sache er da geraten ist. Seit gestern ist er wieder … in einer seiner Phasen, Sie haben es ja selbst gesehen."

„Marie-Antoinette, nehme ich an“, sagte Balthasar und wies auf das Bild, dessen Ähnlichkeit ihm zuvor schon aufgefallen war.

Anne-Kathrin nickte. „Als Sie schellten und ihren Namen nannten, ist er völlig ausgeflippt. Er warf mir vor, ich würde mit Ihnen gemeinsame Sache machen. Er hat mich … hat mich gewürgt. Dann hat er gedroht, wir würden schon sehen, was wir davon hätten, und ist runtergelaufen. Er ist in solchen Momenten unberechenbar. Ich hatte Angst, dass er Ihnen etwas antut.“

„Nein, er ist nur an mir vorbeigestürmt.“

„Und – was soll ich jetzt Ihrer Meinung nach tun?“ Sie sah ihn mit großen, ehrlichen Augen an, und Balthasar begriff, dass diese sonst so selbstbewusste Frau tatsächlich nicht mehr weiterwusste. Und dass sie ausgerechnet von ihm nun eine Antwort verlangte.

Er musste darüber nachdenken. Nun, wo er alles wusste, war es gar nicht so leicht, eine passende zu finden. Sollte sie nicht doch am besten Kleemann einweihen? Aber was war, wenn plötzlich der Laubfrosch dazwischenfunkte?

Anne-Kathrin holte noch Wein und schenkte nach. Dann beratschlagten sie weiter, kamen aber zu keinem Ergebnis, und irgendwann war auch der Wein alle. Mittlerweile waren sie sich sehr nahe gekommen.

„Ich habe unten noch eine Flasche Sekt!“, fiel Balthasar ein. „Es gibt zwar nichts zu feiern, aber die wollte ich Ihnen eh mitbringen. Und fahren kann ich sowieso nicht mehr. Ich nehme mir hinterher ein Taxi nach Hause.“

Er ging zur Wohnungstür, merkte, dass er leicht torkelte, fühlte sich aber beschwingt, trotz des ernsten Themas, das sie besprochen hatten. Vielleicht auch gerade deshalb, weil auch er merkte, dass es gut tat, über das grauenhafte Ereignis zu sprechen. Immerhin hatten sie beide den Toten erblickt.

Mit Bravour bewältigte er die Treppenstufen hinab bis nach draußen. Seine Motorman stand noch an Ort und Stelle.

Den Sekt hatte er in einem speziell gefertigten Lederbehälter aufbewahrt. Doch der war leer. Jemand musste die Flasche geklaut haben. Und als er sah, dass dieser Jemand auch die Reifen seines Motorrads zerstochen hatte, ahnte er auch, wem er das zu verdanken hatte.

Dani. Anne-Kathrins durchgeknalltem Bruder.

Als er mit der Nachricht wieder nach oben kam, entflammte sofort wieder ihre Sorge. Davor hatte Balthasar das Gefühl gehabt, dass sie sich ein wenig beruhigt hatte.

„Ich muss ihn finden und mit ihm sprechen!“, sagte sie aufgeregt.

Balthasar sah auf die Uhr. Es war halb elf. „Jetzt noch?“, fragte er. „Reicht das nicht morgen früh?“

„Vielleicht haben Sie recht“, sagte sie und entspannte sich wieder ein wenig. „Ich versuche ihn erst mal anzurufen.“ Sie trat an ein Sideboard, auf dem ihr Telefon lag, und tippte eine Nummer ein. Nach einer Weile gab sie auf und tippte eine andere ein. Schließlich legte sie das Telefon zurück. „Er meldet sich nicht. Weder zu Hause noch auf dem Handy.“

Balthasar hatte inzwischen einen Entschluss gefasst. Er spürte ihre wachsende Sorge. „Dann suchen wir Ihren Bruder jetzt! Ich begleite Sie.“

„Das kann ich nicht verlangen …“

„Oh doch, ich lasse Sie jetzt nicht allein losziehen. Immerhin hängen wir ja beide in dieser Sache mit drin.“

Schließlich stimmte sie zu, zog sich etwas über, und beide brachen sie auf.

Danis 1-Zimmer-Wohnung befand sich nur einen Kilometer weiter stadteinwärts. Sie gingen zu Fuß dorthin. Nach zehn Minuten standen sie vor dem Mehrparteienhaus. Anne-Kathrin schellte. Beiläufig sah Balthasar, dass Dani den gleichen Nachnamen wie Anne-Kathrin trug. Er hatte bisher nicht danach gefragt, aber es war wohl ihr Mädchenname.

Fünf Minuten standen sie vor der Tür. Als sich nichts tat, klingelte Anne-Kathrin bei einem Nachbarn. „Er kennt mich. Er weiß, was mit Dani los ist. Warte bitte hier." Unwillkürlich war sie zum Du übergegangen. Balthasar hätte sich dafür lieber eine romantischere Situation ausgesucht. Aber auch Anne-Kathrin säße jetzt sicherlich lieber zu Hause.

Sie verschwand im Haus, kam aber schon nach zwei Minuten wieder und schüttelte den Kopf. „Hier ist Dani nicht aufgetaucht. Der Nachbar hat seinen Wohnungsschlüssel, für alle Fälle. Jedenfalls ist Dani nicht dort. Er muss sich irgendwo draußen herumtreiben."

„Hast du eine Ahnung, wo er sein könnte?"

„Er hat ein paar Lieblingskneipen. Manchmal zieht es ihn aber auch weit raus."

Balthasar zog sein Handy hervor. „Fahren können wir beide nicht mehr. Ich rufe uns ein Taxi." Sie mussten fünf Minuten warten, bis eines vorfuhr. Der Fahrer wartete nicht, bis sie eingestiegen waren, sondern stürmte ihnen entgegen.

„Gehören Sie etwa zu dem Gockel in Frauenkleidern, den ich hier vor ein paar Stunden abgeholt habe?"

„Ja, das ist mein Bruder! Sie haben ihn gefahren? Wohin?", fragte Anne-Kathrin hoffnungsvoll.

„Wenn Sie mir die zweifache Fahrt bezahlen, fahre ich Sie sogar hin. Er ist nämlich ohne zu bezahlen abgehauen!"

Anne-Kathrin suchte bereits nach ihrem Portemonnaie, wurde dann aber noch nervöser. „Wir müssen erst zu mir nach Hause, ich habe mein Geld vergessen."

„Ohne Vorzahlung läuft nix!", sagte der Taxifahrer und verschränkte die Arme.

Balthasar hatte schon seine Geldbörse gezückt und hielt dem Fahrer einen Fünfziger hin. „Jetzt stehen Sie hier nicht lang rum, sondern fahren endlich los!"

„Wenn das mal reicht …", murmelte der Taxifahrer, ließ sich aber von der Eile, in der die beiden waren, anstecken. „Na los, ich habe auch nicht ewig Zeit!"

Der Wagen setzte sich Richtung Detmold in Bewegung, durchquerte die fast menschenleere Stadt und fuhr Richtung Holzhausen-Externsteine.

„Nun sagen Sie schon, wo Sie ihn abgesetzt haben!“, drängte Balthasar. Bislang hatte der Fahrer geschwiegen.

„Auf dem Parkplatz vor den Externsteinen. Ich habe mich schon vorher gefragt, was der Typ da wollte. Um diese Zeit!“

„Dani war öfter da“, sagte Anne-Kathrin. „Im sechzehnten Jahrhundert errichtete Graf Hermann Soundso zu Lippe-Detmold direkt davor ein befestigtes Jagdschloss. Dani hat irgendwann mal einen Druck davon gesehen und war ganz hin und weg. Der Druck hängt sogar in seinem Zimmer. In einer seiner Phasen schlüpfte er in die Rolle der Ehefrau von diesem Grafen und behauptete, Gräfin Ernestine zu Ysenburg-Büdingen-Birstein zu sein. Den Namen habe ich mir gemerkt, weil es immer öfter bei ihm vorkam.“

Der Taxifahrer schaute kurz nach hinten: „Wenn Sie von demselben Durchgeknallten sprechen, den ich dahingefahren habe, sind Sie sicher, dass wir da nicht lieber ein paar von den kräftigen Jungs mit den weißen Kitteln vorbeischicken sollten?“

8. Gräfin Ernestine

Den Waldweg vom Kutscherplatz bis zu den Externsteinen legte Gräfin Ernestine zu Fuß zurück. Natürlich hätte sie sich von ihrer Dienerschaft auch direkt bis vors Jagdschloss fahren lassen können, aber sie liebte es einfach, im Mondlicht spazieren zu gehen.

Apropos Dienerschaft. Der Lakai war unverschämt geworden, hatte Geld von ihr verlangt. Hatte er denn nicht gewusst, mit wem er es zu tun hatte? Sie würde es Hermann erzählen, damit der den frechen Burschen zur Rechenschaft zog.

Sie zögerte den Moment hinaus, in dem die gewaltige Felsenformation in ihr Blickfeld trat. Es war jedes Mal ein erhabener Anblick. Wie die gewaltigen Rückenstacheln eines riesigen Drachens ragten die Steine aus der Erde.

Doch je näher sie den Externsteinen kam, desto verwirrter wurde sie. Warum war das Schloss nicht zu sehen? Die Mauern waren direkt an den Felsen gebaut, und wenn die Externsteine dort standen, so konnte auch ein ganzes Jagdschloss nicht ohne Weiteres verschwinden. Aber wann war sie das letzte Mal hier gewesen? Sie erinnerte sich nicht.

Sie vergaß das Jagdschloss, setzte sich auf eine Holzbank und genoss den Anblick der Externsteine, die majestätisch vor ihr in den Nachthimmel aufragten.

Plötzlich hörte sie Schritte. Im ersten Moment dachte sie an den ungezogenen Kutscher. War er ihr gefolgt? Hatte er vor, sie zu berauben oder ihr gar etwas noch Schlimmeres anzutun?

Ein hoch aufgerichteter Schatten kam den Weg entlang. Das Gesicht der Gestalt kam ihr bekannt vor, aber sie konnte sich nicht erinnern, woher.

Der Ankömmling stellte sich vor sie hin und fragte: „Und? Hast du endlich die verdammte Kamera?“

Den Begriff gab es in ihrer Sprache nicht. Was meinte die fremde Person?

„Hat deine Schwester sie nicht rausgerückt? Sag nicht, sie hat sie schon der Polizei übergeben!“

Der aggressive Tonfall ließ Gräfin Ernestine innerlich zurückweichen. Sie nistete sich in einen Winkel ihres Gehirns ein, zu dem niemand Zutritt hatte. Wo sie sicher war, vor allen Anfeindungen. Sie überließ dem anderen, Daniel, den Vortritt.

Langsam klärten sich Danis Gedanken. Er wusste nicht mehr, wie er hierhergekommen war. Aber er erkannte die Person, die sich vor ihm aufgebaut hatte.

Sie beugte sich herunter zu ihm, umfasste seinen Hals und schrie: „Jetzt red endlich mit mir, du verdammte Tunte!“

Dani schrie. Er war nicht im Vollbesitz seiner Kräfte. Er konnte sich nicht wehren, noch nicht einmal die fremden Hände von seinem Hals lösen. Dabei bekam er schon jetzt kaum mehr Luft. Er japste, krächzte, und endlich ließ der andere ihn los.

„Ein letztes Mal: Was ist mit der Kamera?“, herrschte der andere ihn an.

Die Kamera! Jetzt erinnerte er sich. Er hatte ihm aufgetragen, Anne nach seiner Kamera zu fragen. Aber Anne hatte sie nicht mehr. Sie hatte auf ihn eingeredet und ihm wieder Vorwürfe gemacht. Bevor er etwas hatte sagen können, hatte es geschellt, und er war aus der Wohnung gelaufen.

Nicht weit entfernt von Annes Wohnung hatten er und der andere einen Treffpunkt ausgemacht. Aber dann hatte ihn die Angst gepackt. Er wusste, der andere würde wütend werden, wenn er erfuhr, dass Anne die Kamera nicht hatte. Er war weggelaufen, aber der andere war ihm gefolgt. Zum Glück war er auf ein parkendes Taxi gestoßen. Er hatte den Fahrer gebeten, ihn zu den Externsteinen zu bringen. Der hatte ihn schief angeguckt. Wahrscheinlich hielt er ihn sowieso für verrückt, weil er Frauenkleider trug und so aufgetakelt war. Aber Verdienst ist Verdienst, hatte er sicherlich gedacht und war losgefahren.

Der Fahrer hatte den Mund gehalten, aber Dani hatte ihm die ganze Zeit über angesehen, dass er es bedauerte, ihn überhaupt hatte einsteigen lassen.

Zum Schluss hatte es noch Streit gegeben, weil er nicht genug Geld dabeigehabt hatte. Also war er wortlos rausgesprungen und fortgelaufen. Nach ein paar Schritten hatte die Dunkelheit ihn verschluckt.

Natürlich war der Fahrer ihm gefolgt. Schimpfend hatte er nach ihm gesucht und ihm Prügel angedroht. Dani hatte so lange in einem Gebüsch ausgeharrt, bis der Bursche endlich wieder in seinen Wagen gestiegen und davongefahren war.

Aber schon während er in dem Versteck gehockt hatte, war er ruhiger geworden. Ganz allmählich hatte Gräfin Ernestine sich vorgewagt. So war es immer, wenn er die Externsteine besuchte. Dann war er eingeschlafen. Wie viel Zeit vergangen war, wusste er nicht. Aufgewacht war er als Gräfin Ernestine.

Jetzt war sie fort, und er musste allein mit der Situation fertig werden. Wie hatte der andere ihn überhaupt hier finden können? Wahrscheinlich war er dem Taxi heimlich gefolgt.

„Es war von Anfang an ein Fehler gewesen, sich mit einem Idioten einzulassen!“, schimpfte der andere. „Ich hätte es wissen müssen! Warum hast du deine Schwester da überhaupt mit reingezogen? Weiß du, was ich glaube? Die verarscht uns nur! Natürlich hat sie die Kamera! Vielleicht recherchiert sie ja auf eigene Faust, glaubt, dann wieder ganz groß im Fernsehen damit rauszukommen!“

„Das würde Anne nie machen!“, widersprach Dani. Im nächsten Moment schrie er auf. Der andere hatte ihm mit einer blitzschnellen Bewegung mit der Handfläche auf den Mund geschlagen. Die Unterlippe platzte auf, Dani schmeckte Blut.

Dann legte sich ein Arm um seine Schulter. Nur nach außen hin sah es vielleicht wie eine Freundschaftsgeste aus. Dani spürte die Finger in seinem Nacken, fühlte sich hochgezogen.

„Weißt du was, wir beide machen jetzt mal einen kleinen Spaziergang. Tut mir leid, dass ich dich geschlagen habe. Manchmal rutscht mir die Hand eben aus. Wir unterhalten uns jetzt mal. Vielleicht fällt uns ja gemeinsam etwas ein, wie wir die Suppe, die du uns eingebrockt hast, wieder auslöffeln können."

Dani traute keinem seiner Worte. Nicht nach allem, was vorgefallen war. Dennoch wagte er nicht zu widersprechen. Der andere hatte noch immer den Arm um ihn gelegt. Der Griff im Nacken schmerzte. Er fühlte sich wie eine Katze, die man im Nackenfell gekrallt hat. Also gut, er würde so tun, als machte er alles mit. Vielleicht bot sich ja eine Gelegenheit zu flüchten. Aber wohin? Der andere kannte seine Schlupflöcher. Er wusste zu viel von ihm. Am Anfang, als Dani ihm noch vertraut hatte, hatte er ihm viel über sich erzählt. Und was, wenn der andere Anne aufsuchte? Wenn er ihr etwas antat? Danis Gedanken fuhren Karussell.

Er hatte kaum darauf geachtet, wohin der andere ihn führte. Jetzt erkannte er, wie sie einen Seitenweg einschlugen. Er führte noch vor den Hauptfelsen bergan zu den kleineren Steinen. Dani kannte den Weg. Hier stieg der Höhenzug des Knickenhagen an und ließ nur noch die kleineren Felsen sichtbar werden. Es war ein schöner Pfad, und selbst an Sonn- und Feiertagen, wenn vor den Felsen und um sie herum die Besucherhölle tobte, war es hier oben, je weiter man wanderte, weitgehend still und einsam. Eben diese Einsamkeit hatte er oft gesucht. Und sie gefunden. Und noch nie hatte er sich gefürchtet.

Bis jetzt.

Er lauerte auf eine Gelegenheit, seinem Häscher zu entkommen. Irgendwann musste er doch seinen Halsgriff lockern.

Schließlich stoppten sie vor einem der kleineren Felsen. Oft hatte Dani hier verweilt und sich in einen anderen Körper geträumt. Was wollten sie jetzt hier? Was hatte der andere mit ihm vor?

„Kletter schon voran!“, befahl er Dani.

„Warum? Was soll ich da oben?“ Danis Stimme zitterte. Der Stein war nicht hoch. Selbst Kinder konnten da hinaufkrabbeln. Aber auf der anderen Seite ging es steil in die Tiefe. Zumindest so tief, dass man die Kinder lieber nicht allein dort hochklettern ließ.

„Beweg dich!“, schrie der andere.

Danis Augen füllten sich mit Tränen. Er hatte Angst, unglaubliche Angst. Aber er gehorchte. Schluchzend erklomm er den Felsen. Wenigstens hatte sein Peiniger ihn losgelassen. Vielleicht ergab sich ja doch eine Gelegenheit zu flüchten. Der Gedanke an Gegenwehr kam ihm gar nicht. Zeitlebens hatte er sich herumschubsen lassen. Immer hatte er sich nur verteidigt, versucht, die Schläge und Tritte der anderen abzublocken. Selbst geschlagen hatte er nie.

Sie hatten das Plateau des Felsens erreicht.

Plötzlich glaubte Dani, das Motorengeräusch eines sich nähernden Wagens zu hören. Aber das war unmöglich. Wer sollte hier mitten in der Nacht herfahren? Der Taxifahrer? War er zurückgekommen, vielleicht mit Verstärkung, um nach ihm zu suchen? Oder hatte er die Polizei alarmiert? Aber würde die, bloß, weil er nicht bezahlt hatte, nach ihm suchen?

„Scheiße, da kommt jemand! Hast du eine Ahnung, wer das sein könnte?“

Dani schüttelte den Kopf. „Nein, wirklich nicht!“

„Dann ist gut. Jetzt halt die Schnauze! Wenn uns hier jemand sieht, sind wir hinterher beide dran!“

Dani nickte hektisch. Obwohl er die Logik des anderen nicht kapierte. Was war so schlimm daran, wenn man sie hier sah? Zumindest wäre er dann sicher vor seinem Peiniger. Aber wenn es doch die Polizei war? Dann würden sie Fragen stellen. Fragen, die vielleicht mit der *anderen Sache* zu tun hatten. Einem Verhör würde er nicht lange standhalten, das wusste er. Also verhielt er sich ruhig.

Das Motorengeräusch klang nun ganz nah, aber nach einer Weile entfernte es sich wieder. Trotzdem war es nach wie vor zu hören, und schließlich kam es wieder heran. Dann verstummte es ganz, so als hätte der Fahrer den Motor abgestellt. Dani glaubte, das Schlagen von Türen zu hören.

Der andere wurde plötzlich wieder nervös.

„Weiter!“, befahl er.

„Was hast du denn vor? Ich habe doch alles getan …“

„Halt endlich deine Schnauze, du Jammerlappen!“ Er drückte ihm etwas Spitzes, wahrscheinlich ein Messer, gegen die Rippen und drängte ihn vorwärts, bis er vor dem Geländer stand, das als letzte Barriere zwischen ihm und dem Abgrund stand.

„Bitte nicht!“, flehte er.

„Spring! Vielleicht brichst du dir ja nur alle Knochen und hast Glück. Spring, oder ich stech dich ab!“

Dani wusste, dass der andere log. Er würde sich nicht nur alle Knochen brechen, sondern eher das Genick. Und sollte er tatsächlich den Sturz in die Tiefe überleben, so würde der andere garantiert dafür sorgen, dass es nicht lange dabei blieb.

Nein, er wollte nicht sterben! Alles in ihm bäumte sich dagegen auf.

Mit einer blitzschnellen Drehung machte er sich frei und schlug seinem Gegner die Waffe aus der Hand. Klirrend fiel das Messer auf den Boden.

Dani boxte wild um sich. Er spürte, dass einige seiner Schläge trafen. Der andere schrie auf, und zum ersten Mal in seinem Leben spürte Dani Befriedigung dabei, einem anderen Schmerzen zuzufügen. Er landete einen weiteren Treffer. Diesmal versenkte er die Faust direkt in den Magen seines Gegenübers. Der brüllte auf, jetzt vor Wut, und wie ein Berserker stürzte er vor. Dani wurde zurückgedrängt. In seinem Rücken spürte er das Geländer. Jetzt gewann der andere die Oberhand. Er war einfach größer und stärker. Auf Dauer hatte Dani ihm nicht viel entgegenzusetzen. Er war ein Fliegengewicht. Und wie ein lästiges Insekt fühlte er sich emporgehoben. Verzweifelt klammerte er sich an das Geländer, fühlte die Kälte des Metalls, die sich wie Säure in seine feuchten Hände fraß.

Mit einem Urschrei riss der andere ihn los, hob ihn hoch, hebelte ihn über das Geländer und ließ ihn los.

Dani schrie, als er hinab in die Tiefe fiel.

Schon kurz danach verstummte sein Schrei.

Stille herrschte.

9. Auf Leben und Tod

Als sie die Schranke vor dem Parkplatz erreicht hatten, sagte der Taxifahrer: „Hier hab ich euren Kumpel abgesetzt. Beziehungsweise hier ist er mir abgehauen."

Balthasar kramte in seinem Portemonnaie nach Kleingeld und drückte dem Fahrer ein paar Münzen in die Hand. Damit die Schranke sich öffnete, musste man zuvor Geld in den Automaten werfen.

Der Chauffeur sah Balthasar erstaunt an. „Ist das mein Trinkgeld, oder was?"

„Sie sollen die Münzen einwerfen, damit wir endlich weiterfahren können", erklärte Balthasar in ruhigem Ton.

„Das war aber nicht abgemacht!"

„Ich zahle Ihnen das Doppelte vom Preis, wenn Sie nur endlich weiterfahren!"

„Na gut, aber nur bis zur Gaststätte!"

Auf der steilen Auffahrt dorthin lag alles im Dunkeln. Auch die weiträumigen Parkplätze. Nach kurzer Zeit hatten sie den Kiosk erreicht. Die Scheinwerfer des Taxis rissen ihn aus der Finsternis heraus. Rechts lag das langgestreckte Gebäude des Infozentrums. Daneben das Restaurant des Felsenwirtes. Ob sich Dani darin versteckt hatte? Oder irgendwo in den Wäldern? Mehr und mehr wurde Balthasar bewusst, dass sie kaum eine Chance hatten, Dani zu finden. Schon gar nicht in der Nacht und ohne Hilfsmittel. Sie hatten ja noch nicht einmal eine vernünftige Taschenlampe dabei. Aber Anne vorzuschlagen, die Suche abzubrechen, wagte er nicht. Hinterher würde sie sich noch allein auf die Suche begeben.

Der Fahrer schaute aufs Taxameter. „Also, das macht …"

„Quatsch!" Langsam wurde Balthasar ärgerlich. „Fahren Sie weiter! Oder sehen Sie hier irgendwo Gegenverkehr?"

Der Taxifahrer seufzte. „Also schön, auf Ihre Verantwortung."

Natürlich wusste auch Balthasar, dass der breite Waldweg vom Felsenwirt zu den Externsteinen für den Verkehr gesperrt war. Aber das war seine geringste Sorge. „Und fahren Sie langsam! Vielleicht läuft uns Dani ja über den Weg!“, sagte er.

Doch der Flüchtige blieb verschwunden. Nach einer Minute hatten sie die Externsteine erreicht. In der Nacht wirkten die Felsen unheimlich und bedrohlich. Wie eine Kulisse aus einem transsylvanischen Horrorfilm. Balthasar erinnerte sich, tatsächlich mal einen Film mit dem Dracula-Darsteller Christopher Lee gesehen zu haben, der hier gedreht worden war. Komisch, dass ihm das gerade jetzt einfiel, wo es um so viel Wichtigeres ging.

„So, jetzt's reicht's aber! Bis hierher und nicht weiter!“, brummte ihr Fahrer.

„Nur noch einmal um den See herum!“, bat Balthasar. „Vielleicht sitzt er ja dort irgendwo auf einer Bank.“

„Das wird immer teurer!“, schimpfte der Fahrer. „Vor allen Dingen, wenn wir erwischt werden! Das ist hier Naturschutzgebiet!“

Dennoch fuhr er wieder an. Der breite Pfad führte um den künstlichen See, der seitlich der Externsteine angelegt worden war. Es war ein Rundweg, der letztlich zwischen zwei der Felsenspitzen zurückführte. Früher hatte hier eine Straßenbahn verkehrt, die von Detmold aus die Ausflügler hergefahren hatte.

Abermals hielt der Taxifahrer den Wagen an. Auch Balthasar begriff allmählich, dass es einer Nadelsuche im Heuhaufen glich, Anne-Kathrins Bruder hier aufzustöbern. Wenn er nicht schon längst wieder irgendwo anders war.

„Es bringt nichts, mit dem Wagen hier rumzufahren“, sagte Anne-Kathrin. „Wir müssen raus und ihn zu Fuß suchen!“

„Bei der Dunkelheit? Sie brechen sich noch die Beine!“

„Haben Sie wenigstens eine Taschenlampe?“, fragte Balthasar den Taxifahrer.

Er nickte. „Sogar zwei.“

„Klasse! Dann kommen Sie mit. Sechs Augen sehen mehr als vier!“

Er wehrte sich nur kurz. Anne-Kathrins Sorge und Balthasars Aufregung schien allmählich auch auf ihn überzugreifen.

„Wir teilen uns auf!“, entschied Balthasar, als sie vor den Felsen standen. „Ihr beide geht noch einmal zu Fuß den Weg um den See herum ab. Vielleicht steckt Dani ja irgendwo im Wald.“

„Und du?“, fragte Anne-Kathrin.

Balthasar wies auf den Weg, der links in die Höhe führte, zu den kleineren Steinen. „Vielleicht ist er ja da hoch …“

Nachdem sie sich getrennt hatten und er den Fahrer mit Anne-Kathrin samt dem Lichtkegel der Taschenlampe verschwinden sah, stiefelte Balthasar bergan. Die Taschenlampe war zwar klein, aber stark. Er leuchtete den Weg ab, ließ den Lichtstrahl aber auch nach links und rechts wandern. Er überlegte, ob er nach Dani rufen sollte, entschied sich aber dagegen. Anne-Kathrins Bruder kannte ihn nicht – außer von der kurzen Begegnung im Treppenhaus. Wenn er plötzlich seinen Namen aus dem Munde eines Fremden hörte, würde er sich wahrscheinlich erst recht verkriechen.

Die Wolken gaben plötzlich den Mond frei. In seinem Schein erkannte Balthasar die kleineren Felsen, deren Oberfläche aus der Erde ragten.

Und dann sah er die beiden Schemen. Sie standen auf einem der Felsen und schienen miteinander zu kämpfen. Das war doch lebensgefährlich!

Balthasar schrie, aber die beiden waren zu sehr miteinander beschäftigt, als dass sie ihn hörten. Balthasar stürmte vorwärts. Die beiden gerieten aus seinem Sichtfeld. Dann hörte er den Schrei. Es klang, als würde ein brünstiger Bulle seinen Ruf in die Landschaft schmettern.

Dann ein weiterer Schrei. Ein verzweifelter.

Ein Todesschrei.

Der schon nach zwei oder drei Sekunden wieder abbrach.

II. Hässlicher Dienstag

1. Verwüstung und der Morgen danach

„Sie haben also die zwei Männer kämpfen gesehen und sind losgelaufen?“, fragte der Laubfrosch. Nun ließ sie sich den Hergang schon zum dritten Mal erzählen. Wahrscheinlich suchte sie nach irgendeinem Widerspruch.

Balthasar rieb sich müde über die Augen. Es war tief in der Nacht. Er wollte eigentlich nur noch in sein Bett. „Aber wenn ich es Ihnen doch sage!“

Balthasar war losgestürmt. Einfach so, ohne nachzudenken. Helfen, das war ihm klar, konnte er nicht mehr. Aber jemand hatte den anderen wahrscheinlich in die Tiefe gestürzt. Er musste ihn zur Rede stellen, ihn festhalten, bis die Polizei käme …

Doch als er schnaufend den Felsen erreicht hatte, war von dem anderen nichts mehr zu sehen. Er kehrte wieder rum, lief den Weg zurück und zog im Laufen sein Handy hervor. Zuerst tippte er die eingespeicherte Nummer des Notarztes, dann die der Polizei. Als er den Platz vor den Externsteinen erreichte, kamen auch schon Anne-Kathrin und der Taxifahrer herbeigestürzt. Auch sie hatten den weithin schallenden Schrei gehört.

In knappen Worten berichtete Balthasar, was er gesehen hatte.

„Oh Gott, Dani!“, schluchzte Anne-Kathrin und lief los. Balthasar wollte sie festhalten, aber sie war schneller.

„Bleiben Sie hier, bis der Rettungswagen und die Polizei eintreffen!“, schärfte Balthasar dem Taxifahrer ein.

„Glauben Sie etwa, ich bin lebensmüde und renn Ihnen nach? Wahrscheinlich läuft hier nicht nur ein Irrer herum, sondern gleich ein ganzes Rudel …“

Balthasar hörte nicht auf ihn, er lief Anne-Kathrin hinterher. Sie war seinen Blicken entschwunden, aber er ging davon aus, dass sie nicht den Weg hinauf zu den Steinen genommen, sondern sich durch die Büsche geschlagen hatte, zum Fuße des Felsens.

Und wenn es gar nicht Dani war, dessen Schrei er gehört hatte? Wenn der andere hinuntergestürzt war. Vielleicht waren es ja auch zwei völlig Fremde gewesen, die er beobachtet hatte.

Aber die Hoffnung starb, als er Anne-Kathrin erreichte. Sie hockte dort über einen leblosen Körper gebeugt und heulte sich die Seele aus dem Leibe. Der Strahl der Taschenlampe fiel auf das Gesicht des Mannes in Frauenkleidern. Balthasar erkannte ihn sofort wieder. Und er erkannte an den starren, weit aufgerissenen Augen auch, dass er tot war.

Das alles erzählte er nun ein drittes Mal, und er wusste, dass irgendwo in diesem Bielefelder Polizeipräsidium, wahrscheinlich sogar nebenan, eine verzweifelte Anne-Kathrin saß und von Kleemann verhört wurde. Er hoffte, dass der Kripobeamte dabei mehr Taktgefühl walten ließ als der Laubfrosch.

Die Kommissarin hatte sich einmal mehr vor ihm aufgebaut und warf ihm allerhand Beschuldigungen an den Kopf. „Ist doch komisch, dass Sie immer über Leichen stolpern, oder?“

„Glauben Sie, das macht mir Spaß? Ich wollte, sie würden meinen Weg nicht mehr kreuzen.“

„Und jedes Mal wollen Sie uns erzählen, dass es sich nicht um einen Unglücksfall handelt. Mensch, Held! Ohne Sie läge ich immer noch im Bett, anstatt mich mit Ihren Fantastereien abzugeben. Was glauben Sie, wie viele Idioten jedes Jahr die Externsteine als Sprungbrett benutzen? Noch nie habe ich aber davon gehört, dass jemand einen anderen da runtergeworfen hat. Und jetzt wollen Sie mir erzählen, dass Sie genau so etwas gesehen haben!“

Balthasar merkte sehr wohl, dass sie ihm da etwas in den Mund legte, was er nicht gesagt hatte. „Den Absturz selbst habe ich nicht mitbekommen“, verbesserte er sie. „Das habe ich Ihnen jetzt schon zehnmal gesagt. Die beiden haben gekämpft, danach habe ich die Schreie gehört. Da braucht man doch nur eins und eins zusammenzuzählen ...“

„Und flugs bastelt man sich einen Mörder, was? Held, was glauben Sie, was wir machen? Kaffeesatzleserei? Rätselraten? Hokuspokus? Unsere Arbeit basiert auf Fakten! Beweise! Unwiderlegbare Schlussfolgerungen!“

Balthasar gähnte ungeniert.

Es klopfte an der Tür, und Kleemann trat ein. „Störe ich?“

„Nein, wir sind durch“, sagte der Laubfrosch. „Für heute reicht's mir. „Wie steht's bei dir?“

„Frau Rosenberg ist völlig fertig wegen ihres Bruders. Ich habe ihr geraten, sich in ärztliche Behandlung zu begeben. Ich habe ihr auch angeboten, sie in ein Krankenhaus zu bringen, wo sie Ruhe hat. Aber sie will nicht. Sie will nach Hause.“ Er schaute Balthasar an. „Ich wäre beruhigt, wenn Sie sie nach Hause begleiten und sich um sie kümmern würden.“

Balthasar nickte müde. „Das hatte ich sowieso vor.“

Eine halbe Stunde später setzte sie ein Polizeiwagen vor dem Mietshaus in der Detmolder Pinneichenstraße ab.

„Du musst dir wirklich nicht weiter wegen mir die Nacht um die Ohren schlagen“, sagte Anne-Kathrin. „Du hast schon so viel für mich getan.“

Balthasar sah auf die Uhr. „Von welcher Nacht sprichst du? Wir haben gleich schon Morgen. Ich komme mit hoch und haue mich mit deiner Erlaubnis aufs Sofa.“

„Ich bin froh, dass du mitgekommen bist. Allein ...“

„Ich bin auch froh“, sagte er nur. Er wusste, dass er log. Er war vielmehr besorgt. Er hatte Angst um sie, Angst, dass ihr ebenfalls etwas passierte. Er hatte noch keine Gelegenheit gehabt, über alles in Ruhe nachzudenken. Aber sein Instinkt sagte ihm, dass sie in Gefahr schwebte.

Als sie die Wohnung aufschließen wollte und Balthasar erkannte, dass jemand die Tür aufgebrochen hatte, wusste er, dass seine Sorge nicht umsonst gewesen war.

Mit sanftem Druck schob er sich an Anne-Kathrin vorbei und machte Licht.

Der Einbrecher hatte ganze Arbeit geleistet. Bereits im Korridor lag der Inhalt der Schränke und Regale auf dem Boden verteilt herum.

Er hörte Anne-Kathrin hinter sich aufschluchzen, drehte sich um und nahm sie in die Arme. Es war alles zu viel für eine Nacht. Auch für ihn. Wie musste es da erst um Anne-Kathrin stehen, die ihren Bruder verloren hatte?

Diesmal rückten zwei Beamte vom Einbruchsdezernat an. Danach stießen noch zwei ziemlich ermüdete Kollegen der Spurensicherung dazu. Viel Hoffnung, den Einbrecher zu fangen, hatten sie nicht. Balthasar erfuhr, dass es in letzter Zeit gehäuft zu Wohnungseinbrüchen gekommen sei. Allerdings sei dieser wohl von keinem Profi gewesen. Das Schloss sei zwar leise, aber mit brachialer Gewalt geöffnet worden.

Nachdem sie alles untersucht und einen Nachbarn befragt hatten, der trotz nachtschlafener Zeit neugierig hinzugekommen war, aber nichts gemerkt oder gesehen hatte, fuhren sie wieder. Inzwischen dämmerte es.

„Einen Schlüsseldienst werden wir wohl jetzt noch nicht herbitten können, es sei denn, zu horrenden Preisen." Balthasar besah skeptisch das zerbrochene Türblatt. „Wahrscheinlich muss hier sowieso ein Schreiner ran."

Anne-Kathrin gähnte. Sie schien an einem Punkt zu sein, an dem ihr alles egal war.

Balthasar traf eine Entscheidung. „Du legst dich hin, und ich haue mich aufs Sofa und passe auf. Ich glaube sowieso nicht, dass der Einbrecher noch ein zweites Mal wiederkommt."

Anne-Kathrin verstand, was er meinte. „Weil er hier nicht findet, wonach er gesucht hat? Glaubst du …“

„Im Moment schwirrt mir der Kopf. Ich weiß nicht einmal mehr, was ich glaube.“

„Dann sage ich erst mal gute Nacht. Oder vielmehr guten Morgen.“

Gähnend verschwand sie ins Schlafzimmer. Die Tür ließ sie auf.

Balthasar machte es sich auf dem Sofa bequem.

Nach einer Minute war er tief und fest eingeschlafen.

Der Angreifer sah aus wie Friedel. Er kam mit ausgestreckten Händen auf ihn zu und grinste diabolisch. Sein ganzer Körper war mit Wunden bedeckt. Es roch nach Speck.

Da wusste Balthasar, dass er nur träumte, und schlug die Augen auf. Es war ein entsetzlicher Traum gewesen. Er war nassgeschwitzt. Der verführerische Speckgeruch lag noch immer in der Luft. Balthasar stand auf und folgte dem Duft, bis er schließlich die Küche erreichte.

Anne-Kathrin stand vor dem Herd und briet Spiegeleier mit Speck. Als sie ihn sah, drehte sie sich um. Sie sah mitgenommen aus. „Wusste ich doch, dass ich damit jeden Mann wach kriege!“ Balthasar erkannte hinter dem lockeren Ton, dass sie nach wie vor die Ereignisse der Nacht verarbeitete. Als Moderatorin verstand sie es, sich zusammenzureißen.

„Hast du damit Erfahrung?“

„Natürlich. One-Night-Stands sind meine Passion. Und bevor ich die Kerle wieder rauswerfe, kredenze ich ihnen noch ein kräftiges Frühstück.“ Dann wurde sie schlagartig ernst. „Um elf kommt der Typ von der Versicherung. Er will sich den Schaden ansehen. Einen Schreiner habe ich auch schon bestellt.“

Jetzt erst fiel Balthasar auf, dass die Küche wieder halbwegs normal aussah. „Und aufgeräumt hast du offensichtlich auch schon.“ Er schaute auf die Uhr und konnte nicht fassen, dass es schon nach zehn war. „Ich bin ein miserabler Wächter“, bekannte er zerknirscht.“

Während Anne-Kathrin die Eier und den Speck auf zwei gebutterte Toastscheiben gleiten ließ und auf die Teller verteilte, sagte sie: „Ich habe mich sehr sicher gefühlt, weil du da warst, und das zählt. Außerdem habe ich nachgedacht. Über Dani und was er mir erzählt hat. Ich bin mir sicher, dass sein Tod mit diesem Friedel zusammenhängt.“

Balthasar hatte inzwischen Platz genommen. Anne-Kathrin schüttete ihm eine Tasse Kaffee ein. Schwarz, so wie er es mochte.

„Das war mir längst klar“, sagte er. „Dein Bruder hat sich nicht selbst das Leben genommen. Ich hoffe, du glaubst mir wenigstens.“

„Natürlich. Der Taxifahrer und ich haben genau wie du die beiden unterschiedlichen Schreie gehört. Früher oder später wird die Polizei deine Aussage bestätigen, wenn sie Danis Leichnam …“ Sie brach ab, konnte den Satz offenbar nicht zu Ende bringen.

Balthasar bemühte sich, den Gedanken schnell aufzunehmen, damit sie nicht in das Loch fiel, das sich da vor ihr auftat. „Ja, aber das kann noch etwas dauern, hat mir Kleemann gesagt. Sie sind noch immer mit Friedel nicht endgültig fertig. Erst schien alles klar, und jetzt hat man wohl doch wieder irgendwelche Ungereimtheiten entdeckt.“ Die Vorstellung, dass nun beide vielleicht sogar in nebeneinanderliegenden Kühlfächern lagerten und darauf warteten, obduziert zu werden, schob er schnell wieder beiseite. Kleemann hatte ihm erklärt, dass im Moment dringendere Fälle zu bearbeiten wären und außerdem zwei der Pathologen im Kurzurlaub seien. Und weder bei Friedel noch bei Dani bestehe akuter Mordverdacht.

Als sie sich gegenübersaßen und mit dem Frühstück begannen, sagte Anne-Kathrin: „Ich habe mir Folgendes überlegt: Dani war völlig aufgeregt, als ich ihm sagte, dass ich die Kamera nicht habe. Er stand unter wahnsinnigem Druck. Wahrscheinlich hat ihm derjenige, der ihn auch angeheuert hat, ziemliche Schwierigkeiten gemacht. Nachdem er bei mir gewesen war, muss er sich mit dem Unbekannten getroffen haben …"

„Oder Mr. Unbekannt hat ihn getroffen beziehungsweise ist ihm gefolgt. Vielleicht wollte sich Dani wirklich nur an einem seiner Zufluchtsorte verstecken. Der Taxifahrer hat mir erzählt, dass ihm die ganze Zeit ein Wagen aufgefallen sei, der hinter ihnen hergefahren ist. Erst im Nachhinein sei ihm das komisch vorgekommen. Und weil es dunkel war, weiß er natürlich auch nicht, was für ein Wagen das war. Er hat nur die zwei Scheinwerfer gesehen. Als er das sagte, ist mir eingefallen, dass auf dem Besucherparkplatz bei den Externsteinen ein einziger Wagen parkte. Ich hatte mich nämlich gefragt, was der da um diese Zeit machte. Ein Liebespaar? Der Wagen hätte auch unserem Unbekannten gehört haben können." Balthasar trank einen großen Schluck Kaffee. Allmählich kehrten seine Lebensgeister zurück.

„Jedenfalls sind die beiden aneinandergeraten", nahm Anne-Kathrin den Faden wieder auf. „Wobei Dani keiner Fliege hätte ein Leid antun können …" Sie musste schlucken. „Weißt du, dass einem das unglaublich schwerfällt? Von ihm plötzlich in der Vergangenheit zu reden?" Ihre Augen füllten sich mit Tränen.

Er griff über den Tisch hinweg nach ihrer Hand und drückte sie. „Ja, ich kann das verstehen. Habt ihr … leben eure Eltern noch?"

Sie schniefte und schüttelte den Kopf. „Unsere Eltern sind vor einem Jahr bei einem Autounfall ums Leben gekommen. Deswegen habe ich mich ja auch so verantwortlich für Dani gefühlt. Er hatte sonst niemanden."

Sie stand abrupt auf, wahrscheinlich, damit er ihre neuerlichen Tränen nicht sehen sollte, und hantierte am Herd herum. Nach einer Minute hatte sie sich wieder gefasst, setzte sich erneut an den Tisch und fuhr fort. „Ob absichtlich oder nicht: Der Unbekannte hat Dani von dem Felsen gestürzt. Und dann ist er hierhergefahren. Dani muss ihm vorher schon gesagt haben, wer ich bin und wo ich wohne. Dann hat er hier nach der Kamera gesucht."

Balthasar schaufelte sich den letzten Rest des Spiegeleis in den Mund und nickte bekräftigend. „Genau das ist auch meine Theorie." Es fiel ihm schwer, die folgenden Schlüsse zu formulieren: „Auf jeden Fall hat der Einbrecher nicht gefunden, wonach er so verbissen gesucht hat. Also wird er vermuten, dass du die Kamera anderswo versteckt hast."

„Bingo", sagte Anne-Kathrin. „Also kann ich mich darauf gefasst machen, dass er wiederkommt. Die Frage ist nur wann. Vielleicht steht er ja schon vor der Tür."

In diesem Augenblick klingelte es. Beide zuckten sie nervös zusammen.

Anne-Kathrin sprang auf und lief zur Tür.

„Warte, ich komme mit!", rief Balthasar und lief ihr hinterher. Aber es war nur der Vertreter der Versicherung, der viel zu früh dran war.

„Ich fahre dann erst mal", sagte Balthasar, nachdem er merkte, dass er nur im Weg war. Er griff nach dem Handy, um ein Taxi zu bestellen.

„Ist nicht nötig", sagte Anne-Kathrin. „Dein komisches Mofa ist schon wieder fahrtüchtig."

Balthasar sah sie erstaunt an: „Kannst du zaubern?"

„Nein, aber ich habe heute früh schon den Fahrradhändler gebeten, die Reifen zu flicken. Du brauchst also kein Taxi. Das bin ich dir schuldig, immerhin hat Dani dir die Reifen zerschlitzt."

Sie brachte ihn zur Wohnungstür und verabschiedete ihn mit einer Umarmung. Er hielt sie einen Moment länger als nötig und sagte: „Hast du heute eigentlich irgendwelche Verpflichtungen?"

„Nein, heute nicht und morgen nicht und übermorgen auch nicht. Ich arbeite meistens von zu Hause aus. Nächsten Montag muss ich zu einem Kunden nach Köln, vorher habe ich keinen Termin. Um Danis Beerdigung kann ich mich auch erst kümmern, wenn ich weiß, wann die Polizei i...“ Wieder stockte sie.

„Jedenfalls bist du hier nicht mehr sicher“, sagte Balthasar. „Wie wär’s, wenn du für die nächsten Tage ins *Kur-Schlößchen* ziehst?“

Sie überlegte kurz. „Hältst du das für eine gute Idee?“

„Für die beste!“

„Und was ist mit deiner Theorie, dass Friedel ermordet worden ist? Womöglich von demselben Mörder, der auch Dani auf dem Gewissen hat?“

„Du meinst, einer meiner Gäste hätte …“ Balthasar brachte den Gedanken nicht zu Ende. Einerseits hatte er daran noch gar nicht gedacht, andererseits auch deshalb nicht, weil die Vorstellung einfach zu entsetzlich war. „Im *Kur-Schlößchen* passe ich auf dich auf, du bist dort nicht allein. Hier dagegen …“ Er wollte ihr keine Angst machen, war aber überzeugt, dass sie in ihrer Wohnung weit gefährdeter war.

„Ich überlege es mir“, sagte sie schließlich. „Danke für das Angebot. Aber erst einmal muss ich hier weiter aufräumen und warten, bis der Versicherungsvertreter und die Handwerker aufkreuzen.“ Sie lächelte ihn an. „Und wer weiß, vielleicht komme ich ja danach auf dein Angebot zurück.“

Diesmal hatte er keinen Blick für die Schönheit der Landschaft. Außerdem nieselte es, sodass er nass und etwas durchfroren im *Kur-Schlößchen* ankam. Am liebsten hätte er sofort ein heißes Bad genommen, es sich danach mit einer Decke und einem Krimi auf der Couch gemütlich gemacht und dem Regen zugehört, der gegen die Scheiben strich.

Stattdessen hielt ihn ein missgelaunter Franz Stummer auf. „Ich weiß nicht, wo Sie gesteckt haben, aber zum Glück bin ich ja hier, um die Katastrophen abzufangen", maulte er.

„Katastrophen? Ach ja …?" An den unbekannten Saboteur hatte er gar nicht mehr gedacht. Aber war das im Moment wichtig? „Und? Was hat er diesmal angestellt?"

„Wieder eine versalzene Speise, diesmal das Kartoffelpüree. Die Küche hat es erst bemerkt, als sich die ersten Gäste beschwerten. Zwei Fehlalarme in der Nacht. Mehrere nächtliche Störanrufe bei diversen Gästen via Zimmertelefon." Stummer überlegte kurz. „Herr von Meyrink erzählt jedem, der es hören will oder nicht, dass man im *Kur-Schlößchen* auf seine Wertsachen aufpassen muss, weil sich hier Diebe herumtreiben …"

„Moment! Habt ihr ihm denn erzählt, dass die Uhr verschwunden ist?"

„Er wollte sie plötzlich wiederhaben, also musste Amelie es ihm beichten. Ach ja, er will Sie unbedingt deswegen sprechen, wenn Sie wieder aufgetaucht sind, hat er gesagt."

Balthasar verzog schmerzhaft das Gesicht. „Erledigen Sie das bitte für mich."

Stummer hob abwehrend beide Hände. „Unmöglich, er will mit dem Chef sprechen! Da will ich mich nicht vordrängen. Ach ja, noch jemand will Sie dringend sprechen. Herr Willmers. Und Sie sollen Herrn Kleemann anrufen. Er hätte interessante Neuigkeiten."

„Und die Presse?"

„Es gab ein paar An- und Nachfragen, aber ich habe sie alle an die Polizei verwiesen. Die bittet um Stillschweigen, solange die Todesursache nicht abschließend geklärt ist. Da Friedel kein Promi war, wird sein Ableben wohl keine großen Wellen mehr schlagen."

Es sei denn, er wurde ermordet, dachte Balthasar. Dann würde die Zeitung mit den vier Buchstaben ihren nächsten

Aufmacher haben. Und wieder fragte er sich, wer wohl der Maulwurf gewesen war.

Balthasar sah sein warmes Vollbad davonschwimmen. Was die Erledigung seiner Pflichten betraf, stellte er die Wünsche seiner Gäste, die ihn sprechen wollten, ausnahmsweise einmal hinten an, lief in sein Büro und tippte Kleemanns Durchwahl ein.

Der Hauptoberkommissar meldete sich sofort. „Haben Sie gut geschlafen?“

„Im eigenen Bett schläft es sich besser als auf einer fremden Couch“, antwortete Balthasar. „Gibt es etwas Neues, was Dani betrifft?“

„Nein, ich sagte doch, das kann noch ein Weilchen dauern. Allerdings ist einem der Pathologen im Todesfall Friedel die eine oder andere Ungereimtheit aufgefallen. Aber er hat auch nur deshalb genauer hingeschaut, weil ich ihm von Ihren Mordgespinsten erzählt habe. Es gibt da ein paar kleinere Wunden, die sich Friedel unmöglich selbst beigebracht haben kann.“

Da Kleemann eine bedeutungsvolle Pause einlegte, nahm Balthasar die Schlussfolgerung vorweg: „Das heißt, es war jemand bei ihm!“

„Zumindest schließen wir das zum jetzigen Zeitpunkt nicht mehr aus. Ob dieser jemand ihm letztlich die tödlichen Wunden beigebracht hat, wissen wir nicht, und auch nicht, ob nicht bloß unterlassene Hilfeleistung im Spiel war.“

„Sie haben von Ungereimtheiten gesprochen. Also gab es nicht nur eine …“

„Unsere Recherchen haben ergeben, dass Friedel in München, wo er zuletzt lebte, in der dortigen Schwulen- und Sado-Maso-Szene kein Unbekannter war. Das Bild eines Autoerotikers erfüllte er jedoch nicht. Zum Beispiel lebte er nicht zurückgezogen. Im Gegenteil, er galt als sehr gesellig und suchte den Kontakt zu Gleichgesinnten. Sein Körper weist etliche Narben auf, aber keine stammt von derart schlimmen Wunden, so wie wir sie vorgefunden haben."

„Ich sagte doch, er wurde getötet!"

„Mal wieder verlassen Sie sich nur auf Ihre Spürnase anstatt auf Fakten. Geben Sie uns ein paar Tage Zeit …"

„Ich bilde mir nichts auf meine Spürnase ein. Aber auf mein Bauchgefühl …"

„Und das sagt mir, dass bald Mittag ist, und bis dahin habe ich noch etliche Akten zu bearbeiten. Aber eines habe ich noch für Sie rausgefunden. Ich habe die Sektflaschen, die Sie mir gegeben haben, in unserem Labor untersuchen lassen …"

Wieder machte er eine für Balthasar viel zu lange Pause. An die Flaschen hatte Balthasar kaum mehr gedacht. Jetzt fiel ihm ein, dass er den Kommissar darum gebeten hatte.

„Sie hatten recht. Es befand sich nicht nur Sekt in einer der Flaschen."

„Sondern?"

„Winzige Spuren eines Mittels, das man gemeinhin als K.-O.-Tropfen bezeichnet."

„Aber das heißt ja …"

„Dass man die Hochzeitsgesellschaft, von der Sie mir erzählt haben, bewusst schachmatt setzen wollte."

„Oder mir eins auswischen wollte." Balthasar hatte ihm von den anderen „Scherzen" des Saboteurs erzählt. Und auch von den neuen berichtete er nun.

„Ich kann Ihnen leider keine Aufpasser schicken, Herr Held. Die müssten rund um die Uhr in Ihrem Hotel sein. Zudem erfüllen die meisten Vorfälle noch nicht einmal ansatzweise einen Straftatbestand. Zucker und Salz haben wir alle schon einmal verwechselt!"

Balthasar seufzte. Auf diese Diskussion wollte er sich jetzt nicht einlassen. Ihn interessierte vielmehr etwas anderes: „Und wie sind, Ihrer Meinung nach, die K.-O.-Tropfen in den Sekt gelangt?"

„Wenn die Flasche zuvor wirklich noch verkorkt war, dann wahrscheinlich mittels Injektion durch den Naturkorken. Das kann übrigens schon Tage vorher passiert sein. Wollen Sie Anzeige erstatten?“

Balthasar überlegte und sagte schließlich: „Zu gegebener Zeit, ja.“

Kleemann lachte kurz. „Das heißt, Sie wollen den Täter selbst überführen, oder?“

Balthasar sagte nichts darauf, sodass Kleemann fortfuhr. „Was den zweiten Gefallen betraf, der war nicht ganz so einfach. Aber Sie wissen ja …“

In diesem Moment gellte der Feueralarm los. Obwohl Balthasar das Geräusch nun schon ein paar Mal innerhalb weniger Tage gehört hatte, zuckte er doch zusammen. Auch wenn er sich denken konnte, dass es wieder nur ein Fehlalarm war. Trotzdem verabschiedete er sich hastig, stürmte aus dem Büro und ins Foyer. Dort kamen aus allen Richtungen Gäste und Mitarbeiter herbeigeströmt.

Henkelmann stürzte aufgeregt auf Balthasar zu und rief: „In der Tiefgarage brennt’s!“

Die Tiefgarage war sowohl von draußen als auch durch den Keller erreichbar. Balthasar lief die Treppen hinab. Vage bekam er mit, dass der alte Mann ihm folgte und fast behänder war als er. Stummer blieb zurück und ordnete das Chaos.

Als Balthasar die Feuerschutztür aufwarf, quoll ihm schwarzer Rauch entgegen. Er erkannte gerade noch den Feuerlöscher und riss ihn von der Wand. Er erbrach das Siegel und spritzte den Schaum in den Qualm hinein. Er wusste nicht, wohin er zielte und ob es wirklich etwas half. Aber zumindest stand er nicht tatenlos herum.

„Hat keinen Zweck, Chef!“, hörte er Henkelmann hinter sich brüllen. Trotzdem gab Balthasar nicht auf. Erst als der Feuerlöscher leer war, warf er ihn auf den Boden und sah ein, dass er allein nicht viel ausrichten konnte.

Also lief er wieder nach oben, wo Stummer inzwischen alle Gäste herauskomplimentiert hatte. Die anderen Mitarbeiter gingen durchs Haus, klopften an die Türen und versuchten, auch den letzten Schwerhörigen auf das Feuer aufmerksam zu machen. Von Meyrink war dieser Schwerhörige. Er hatte sich nach seiner Massage im *VitaSol* aufs Ohr gelegt und nichts von dem Alarm mitbekommen. Balthasar persönlich leitete ihn hinaus.

„Ich wollte Sie sowieso dringend sprechen!“, sagte der Oberst. „Dieser Willmers …“

Balthasar blockte ab. „Nichts jetzt! Bitte! Sie sehen doch, was hier los ist!“

Er versuchte, sich einen Überblick zu verschaffen, welche der Gäste vor dem Hotel versammelt waren. Es waren nur eine Handvoll. Die meisten waren um diese Zeit in der Stadt oder zu irgendwelchen Anwendungen. Er erkannte eine aufgeregte Frau Luetkers, die sich dramatisch an Sammy geklammert hatte. Fee Brinkmann stand mit trotzigem Gesicht etwas abseits und schaute auf den Kurparksee, als ginge sie das alles nichts an. Das junge, verliebte Pärchen, von dem er inzwischen wusste, dass sie Tobias Höwel und Lena Brink hießen, stand fast versteinert da, Arm in Arm, um sich gegenseitig Trost zu geben. Unwillkürlich fragte er sich, warum sie eigentlich im Kurbad ihren Kuschelurlaub verbrachten. Für junge Leute gab es sicherlich aufregendere Orte.

Neben ihm stand plötzlich Herr Nair. Das Lächeln war aus seinem Gesicht verschwunden. „Eine ganz schlimme Sache“, sagte er in fast fehlerfreiem Deutsch, und das Bedauern war ihm anzusehen. Er wirkte regelrecht zerknirscht. „Das hat Ihr Hotel nicht verdient.“

„Nein, das hat es nicht“, antwortete Balthasar.

Hier und da erkannte er weitere Hotelgäste. Unter diese mischten sich jetzt immer mehr Neugierige, die von dem schwarzen Rauch, der aus der Tiefgarage quoll, angelockt wurden.

Aus der Ferne erklang das Sirenengeheul der Feuerwehr.

„Was ist denn da wieder passiert?“, fragte jemand neben ihm. Es war Machoffsky. Balthasar hatte mitbekommen, dass sein Oldtimerbus immer noch nicht repariert worden war.

Balthasar zuckte nur mit den Achseln. Er hatte keine Lust, dem redseligen Cowboy zu antworten.

Er hatte jetzt ganz andere Sorgen.

Nach einer Stunde war der Brand gelöscht. Zum Glück war der Schaden geringer als angenommen. Nachdem sich der Qualm verzogen hatte, führte ihn ein Streifenbeamter in die Tiefgarage. Beide trugen Sie Atemschutzmasken.

Der Polizist hielt vor einem Mercedes, dessen Karosserie mit schwarzem Ruß bedeckt war. „Wissen Sie, wem der Wagen gehört?“

Natürlich wusste Balthasar das. „Einem Gast. Frau Hoyerswort. Können Sie schon sagen, wie es passiert ist?“

Der Polizist wies auf die verbrannten Räder. „Darunter hat man Grillanzünder gelegt. Unter alle vier Räder. Es hat was gedauert, bis die Reifen in Brand geraten sind. Der Täter konnte sich also in aller Ruhe aus dem Staub machen.“

Sie begaben sich wieder hinaus. Balthasar schnappte nach Atem.

„Zum Glück hat die Alarmanlage angeschlagen. Das Feuer ist noch nicht mal auf die anderen Wagen übergesprungen. Der Mercedes ist jedoch Schrott. Wenigstens ist der Tank nicht explodiert! Wir müssen jetzt erst mal alle Spuren sichern und alles protokollieren. Bis dahin können Sie höchstens die Halterin des Wagens informieren. Hinterher werden wir uns dann auch noch mal mit der Dame unterhalten.“

Balthasar hielt eine kurze Ansprache an die Gäste. Mehr und mehr waren inzwischen eingetrudelt, auch die üblichen Restaurantbesucher. Kurzerhand lud er alle zu einem kostenlosen Mittagessen ein und hoffte so, den Ärger in Grenzen zu halten.

Auch sein eigener Magen knurrte inzwischen gewaltig. Seine Erleichterung, dass nicht mehr passiert war, überwog die Wut darüber, dass der Saboteur erneut zugeschlagen hatte.

Es wurde langsam Zeit, in die Offensive zu gehen!

Während er im Restaurant sein Mittagessen einnahm – er hatte sich für Marthas Krautwickel mit frischen Petersilienkartoffeln entschieden – schaute er sich unauffällig nach Frauke Hoyerswort um. Die saß heute Mittag nicht hier. Vielleicht war sie ja noch in der Stadt shoppen. Oder in irgendeinem Schönheitssalon. Man konnte alles zu Fuß erreichen, dazu brauchte man kein Auto.

Sein Blick fiel auf Fee Brinkmann. Seit dem weinseligen Abend hatte er noch nicht wieder mit ihr gesprochen. Sie trug heute einen verfilzten, lilafarbenen Pullover und einen geblümten Rock. Und sie hatte sich dezent geschminkt. Dabei wirkte sie heute auf Balthasar fast attraktiv. Vielleicht auch deshalb, weil sie bessere Laune hatte. Sonst waren ihre Mundwinkel immer nach unten gekehrt. Jetzt strahlte sie beinahe. Als sich kurz ihre Blicke trafen, lächelte sie sogar.

Und plötzlich kam ihm ein ungeheurer Verdacht. Hatte sie das Feuer gelegt? Sie war wahrscheinlich die einzige Person im *Kur-Schlößchen*, die Frauke Hoyerswort hasste. Aber war sie auch für die anderen Sabotageakte verantwortlich? Er traute es ihr nicht zu. Sollte er sie mit seinem Verdacht konfrontieren? Aber noch immer sträubte sich sein Innerstes, einen seiner Gäste mit verbrecherischen Neigungen in Verbindung zu bringen. Dennoch: Er würde sich der Wahrheit irgendwann stellen müssen.

Ja, das war der erste Schritt. Er würde Fee Brinkmann jetzt fragen!

Er legte das Besteck beiseite, ging zu ihr an den Tisch und fragte höflich, ob er sich zu ihr setzen dürfe. „Natürlich, ich bin sowieso gleich fertig“, sagte sie in ihrer schnippischen Art.“

„Ich möchte Sie etwas fragen …"

„Und was?"

„Ich wollte eigentlich nur fragen, ob Sie wissen, wo Frau Hoyerswort sich aufhält?"

Sie sah ihn entgeistert an: „Das fragen Sie ausgerechnet mich?"

„Na ja, Sie sind Ihre beste Feindin, oder?"

„Jetzt reicht's aber!" Ihre Blicke schossen Dolche auf ihn ab. „Wollen Sie mir unterstellen, ich hätte was mit dem Brand zu tun?" Sie warf das Besteck klirrend auf den Teller, sodass alle anderen Gäste erschrocken zusammenfuhren und zu ihnen herüberblickten.

Fee Brinkmann sprang auf, warf dabei den Stuhl um und marschierte wutschnaubend hinaus. Solche eine theaterreife Szene hätte Balthasar eher Frauke Hoyerswort zugetraut. Alle Achtung!

Er erhob sich ebenfalls, stellte den Stuhl wieder auf, rückte alles ein wenig zurecht und folgte ihr. Als er das Foyer erreichte, war sie verschwunden.

Er sah auf die Uhr. Frau Hoyerswort war noch immer nicht eingetroffen. Oder war sie inzwischen auf ihr Zimmer gegangen? Balthasar fragte Stummer, aber der verneinte.

Also gut, dann musste er eben noch etwas warten, bis er ihr die unangenehme Nachricht überbringen konnte.

Einer der Polizisten kam auf ihn zu. „Vielen Dank fürs Mittagessen! So gut speisen wir nicht alle Tage!"

Balthasar winkte ab. „Das war das Mindeste …"

„Jedenfalls haben wir die Kollegen von der Kripo benachrichtigt. Brandstiftung ist kein Kavaliersdelikt."

„Natürlich nicht. Ich hoffe nur, dass der Verursacher schnell gefasst wird."

Der Polizist nickte verständnisvoll. „Ich habe gehört, was bei Ihnen in den letzten Tagen los war. Ist sicherlich nicht gut für das Haus …"

Balthasar zuckte mit den Achseln. „Auf Dauer bestimmt nicht. Ein paar Gäste sind tatsächlich abgereist, und heute werden es sicherlich noch ein paar mehr sein. Aber dafür kommen andere, und die, die bleiben, finden alles auch noch spannend."

„Machen Sie doch ein Horror-Hotel aus Ihrem Kasten", schlug der Polizist vor und lachte.

Balthasar konnte nicht darüber lachen.

Es schlug ihm sogar derart auf den Magen, dass er sich entschuldigte und den verdutzten Beamten einfach stehen ließ.

Im ersten Moment wusste er nicht wohin, noch immer kam er sich reichlich nutzlos vor. Die Gedanken, die ihn plagten, waren schwer wie Steine, die er in seinem Kopf fortwährend hin und her wälzte.

Seine Schritte führten ihn zum Aufzug. Er konnte ja mal bei Frau Hoyerswort anrufen. Vielleicht war sie ja inzwischen doch auf ihrem Zimmer und ging nicht ans Telefon.

Da stellte sich ihm der Oberst in den Weg. „Ich weiß, wer den Brand gelegt hat! Derselbe Bursche, der auch meine Uhr gestohlen hat!"

„Herr Willmers?", fragte Balthasar.

Amelie-Clara, die Dienst an der Rezeption gehabt hatte, als er eincheckte, konnte sich vage erinnern, dass er behauptet hätte, ein alter Bekannter von Herrn von Meyrink zu sein und ob noch ein Zimmer in seiner Nähe frei wäre. Amelie-Clara hatte ihm die 118 gegeben. Das Zimmer lag direkt neben dem des Obersts. Allerdings konnte sie es nicht beschwören, dass er danach gefragt hatte, weil sie gleichzeitig am Telefonieren gewesen war. Für Balthasar war das eher der Beweis, dass Willmers nicht der Uhrendieb war. Wer war schon so blöd und erkundigte sich vorher nach seinem Opfer?

Und nun stand der alte Herr erregt vor ihm und fuchtelte mit dem Finger in der Luft herum. Im nächsten Moment wies der knorrige Zeigefinger auf ihn und tippte gegen seine

Brust. „Was warten Sie noch! Schnappen Sie sich endlich den unverschämten Kerl!“

„Warum gehen Sie mit Ihrem Anliegen nicht einfach zur Polizei?“, schlug Balthasar vor. Inzwischen hatte er von den anderen erfahren, dass der Oberst diesen Weg scheute wie das Ferkel den Schlachter. Balthasar überlegte noch, ob nicht er die Polizei einschalten sollte. Vielleicht würde ja auch die Versicherung den Schaden übernehmen.

Der Oberst sah ihn fast flehentlich an. „Weil ich nicht beweisen kann, dass es meine Uhr ist. Ich besitze die Zertifikate nicht mehr. Ich weiß, in Ihren Augen bin ich auch nur ein alter Trottel, der Gespenster sieht. Es tut mir leid, dass ich Sie überhaupt damit behelligt habe …“

Plötzlich tat Balthasar der alte Mann leid. Er hatte ja recht. Auch er nahm ihn nicht völlig ernst, hielt ihn für einen nervigen, alten Opa. Fakt aber war, dass jemand die Uhr aus Amelie-Claras Spind gestohlen hatte. Ob sie wirklich so wertvoll war, wie von Meyrink behauptete, stand wieder auf einem anderen Blatt.

„Wenn Sie wenigstens die Spur eines Beweises hätten“, sagte Balthasar. Dann …“

„Dann?“ Der alte Mann schaute plötzlich wie ein Habicht, der eine Beute erspäht hat.

„Na ja, dann könnte ich mich mal in Willmers’ Zimmer umsehen …“

Der Oberst packte ihn am Revers, beugte sich vor und berührte mit den Lippen fast Balthasars Ohr, als er flüsterte: „Ich schwöre Ihnen, ich habe ihn auf dem Flur belauscht, wie er in sein Handtelefon gesprochen hat. Und zwar den Satz: ‚Ich habe die Uhr! Jetzt seid ihr an der Reihe!‘ Wahrscheinlich hat er seinen Hehler kontaktiert und …“

Balthasar schob ihn ein wenig von sich und sagte: „Also gut. Ich schaue mich mal kurz um.“ Er konnte sich erinnern, dass Willmers nach dem Mittagessen nach draußen gegangen war. Vielleicht hatte er Besorgungen zu machen, oder er nutzte das schöne Wetter für einen Spaziergang. Wenn überhaupt, so war jetzt die beste Gelegenheit. Und wenn sich das Ganze als Irrtum entpuppte, so würde Willmers nichts von der Inspektion erfahren.

„Ich begleite Sie!“, sagte der Oberst.

„Kommt nicht infrage!“

„Ich bin der Einzige, der die Uhr erkennt!“

„Sie können Sie mir beschreiben!“

„Das ist alles viel zu umständlich. Los, junger Mann, lassen Sie uns gemeinsam die Sache auskämpfen!“

Der Aufzug kam. Die Türen öffneten sich. Die Kabine war leer. Mit einem schnellen Schritt war von Meyrink drin. „Nun kommen Sie schon!“, drängte er. „Wer weiß, wann der Bursche wiederkommt. Wir haben nicht viel Zeit!“

Mit einem unguten Gefühl gehorchte Balthasar. Und das Gefühl wurde nicht besser, als sich der Aufzug in Bewegung setzte. Jetzt betätigte er sich auch noch als Hoteldetektiv. Allerdings dachte er dabei in erster Linie an Amelie-Clara. Wenn die Uhr wirklich so wertvoll war und nicht wiederauftauchte, hatte sie ein Problem.

Im ersten Stock angekommen, schaute sich Balthasar um. Zum Glück war kein Mensch zu sehen. Vor Zimmer 118 blieb er stehen, holte seinen Universalschlüssel hervor und öffnete die Tür.

„Nun kommen Sie schon rein, bevor uns jemand sieht!“ Nun war er es, der drängte.

Der Oberst folgte ihm. Balthasar schloss die Zimmertür wieder. Dann schaute er sich um. Wo mochte jemand eine Uhr verstecken? Er begann mit der Suche unter den Matratzen. Aber das war Quatsch, denn die Gefahr war viel zu groß, dass ein Zimmermädchen die Uhr entdeckte. Aber wo dann? Systematisch suchte er die möglichen Verstecke ab. Sogar in den Schuhen schaute er nach.

Nach zehn Minuten gab er auf. Auch von Meyrink schaute bedrückt.

„Wie kommen Sie eigentlich darauf, Willmers hätte auch den Wagen in der Tiefgarage angezündet?“, fragte Balthasar.

„Wer klaut, der zündelt auch“, behauptete von Meyrink.

„Aber gesehen haben Sie nichts?“

„Nein, ich verlasse mich da voll und ganz auf meinen Instinkt, und ich sage Ihnen …“

In diesem Moment wurde die Tür aufgeworfen, und Steven Willmers betrat das Zimmer. Zuerst glaubte Balthasar, er würde sich auf sie stürzen, als er in Willmers angriffslustige, himmelblaue Augen schaute. Dessen ganze Körpersprache sah nicht danach aus, als ob er ihnen zur Begrüßung auch noch die Hand schütteln wollte. Dann aber entspannte er sich sichtlich. Sogar ein breites Grinsen erschien auf seinem Gesicht.

„Was fällt Ihnen ein …“, begann von Meyrink zu schimpfen, aber Balthasar unterbrach ihn sofort.

„Ich bitte um Entschuldigung, dass wir Ihr Zimmer betreten haben. Wir …“

Willmers winkte ab. „Ist schon in Ordnung. Ich fürchte, ich habe mich auch nicht gerade korrekt verhalten.“ Er trat nun vollends ins Zimmer und schloss die Tür hinter sich. „Setzen Sie sich doch bitte!“

Wie zwei ertappte Schuljungen nahmen von Meyrink und Balthasar auf der Bettkante Platz. Willmers zog sich einen Stuhl heran und setzte sich rittlings darauf, sodass er ihnen gegenübersaß.

Balthasar musste allerdings zugeben, dass er nicht wie ein Oberlehrer wirkte, sondern eher wie der nette Lehrer Specht aus dem Fernsehen damals. Willmers war ihm nach wie vor sympathisch, und deshalb verfluchte er sich umso mehr, sich in diese Situation gebracht zu haben.

Willmers griff in seine Sakkotasche und zog eine Uhr hervor. „Ich schätze, Sie haben die hier gesucht …“

„Meine Uhr! Er gibt zu, dass er sie gestohlen hat!“, rief von Meyrink und griff nach der Taschenuhr. Willmers ließ ohne jegliche Gegenwehr geschehen, dass er sie sich krallte. Feindselig sah der Oberst den Holländer an.

„Ich gebe zu, die Uhr entwendet zu haben. Wahrscheinlich liegt sogar ein Straftatbestand vor. Wenn Sie mich also anzeigen wollen, nur zu."

„Moment mal. So schnell schießen wir nicht", sagte Balthasar mit einem scharfen Blick auf den Oberst, damit auch der sich zusammennahm. „Warum haben Sie die Uhr meiner Angestellten aus dem Spind gestohlen?"

„Das war nicht die feine Art, Sie haben recht. Ich werde mich bei dem Mädchen entschuldigen und versuchen, die Sache wiedergutzumachen."

Balthasar glaubte, ein scharf gezischtes „Lumpenkerl" aus von Meyrinks Mund zu hören, ignorierte es aber, genau wie Willmers.

„Ich bin Privatdetektiv", sagte der. „Meine Detektei ist international tätig. Wir haben uns darauf spezialisiert, NS-Verbrecher zu jagen. Wir arbeiten dabei natürlich auch mit den deutschen Behörden eng zusammen. In diesem Fall mit dem LKA in Düsseldorf. Besagte Uhr, hinter der ich her bin, wurde 1941 einem niederländischen Bürger abgenommen. Sie ist nicht nur sehr wertvoll, sondern bedeutet natürlich für die Nachfahren ein Erinnerungsstück. Außerdem bringt sie uns vielleicht noch auf die Spur eines der damaligen Mörder – sofern er noch lebt. Ist Ihnen der Fall Putten ein Begriff?"

Von Meyrink schwieg eisern, mit zusammengepressten Lippen. Balthasar hatte noch nie davon gehört, wie er zugeben musste.

„Damals wurden nach der Ermordung eines Wehrmachtssoldaten durch niederländische Partisanen 661 Männer der Gemeinde Putten in Konzentrationslager überführt. Nur wenige Häftlinge überlebten ihre Gefangenschaft. Das Dorf wurde dem Erdboden gleichgemacht." Er machte eine Pause. Balthasar sah ihm an, dass er das nicht tat, um die

Dramatik zu steigern. Ein Blick in Willems Augen zeigte ihm, dass er betroffen war.

„Einer der Gefangenen besaß eine sehr wertvolle Taschenuhr. Eine sogenannte Savonette der Firma *A. Lange & Söhne* aus vierzehnkarätigem Gold. Geschätzter Wert heute: mindestens 25.000 Euro. Die Uhr wurde 1899 gefertigt, und der Gefangene hatte sie von seinem Großvater geerbt. Die Uhr verschwand noch auf dem Weg ins KZ, wie Sie sich vorstellen können. Vor zwei Jahren tauchte solch eine Uhr in den Listen eines angesehenen Auktionshauses auf, wurde dort aber nicht verkauft …“

„Weil die Gebote viel zu niedrig waren!“, wetterte plötzlich von Meyrink. „10.000 Euro wollte man mir für mein Schmuckstück geben! Lächerlich! Da habe ich auf den Verkauf lieber verzichtet.“

„Genau“, grinste Willems. „Die Uhr verschwand wieder aus den Listen, und da es sich, wie gesagt, um ein sehr seriöses Auktionshaus handelt, haben wir lange gebraucht herauszufinden, wer der Eigentümer der Uhr ist …“

Balthasar hatte sprachlos zugehört. Er hatte von einem zum anderen geschaut und begriff allmählich, was sich hier abspielte.

„Ich war überzeugt, dass wir die Uhr des Puttener Bürgers gefunden hätten. Ich habe Fotos in die Niederlande geschickt, um ganz sicher zu sein. Vorhin habe ich den Anruf bekommen, dass es sich nicht um besagte Uhr handelt. Ihre Uhr, Herr von Meyrink, unterscheidet sich in einem winzigen Detail: Der Handaufzug ist bei Ihrer Uhr einwandfrei. Die Uhr des Puttener Bürgers war minimal beschädigt, wie wir zweifelsfrei wissen.“

Er erhob sich und hielt von Meyrink die Hand hin: „Ich entschuldige mich in aller Form bei Ihnen. Ich würde es Ihnen nicht verübeln, wenn Sie Anzeige erstatten.“ Wieder zeigte er sein jugendliches Grinsen. „Allerdings wissen die Kollegen in Düsseldorf darüber Bescheid, auf welcher Seite ich stehe.“

Balthasar grübelte immer noch. Vor allem über den Ausdruck in den Augen des Detektivs.

„Sie sind selbst betroffen, nicht wahr?“, fragte er.

„Gut erkannt. Jener Puttener Bürger war mein Opa. Er starb im KZ. Seinetwegen jage ich bis heute die Mörder von damals. Und Sie können sich vorstellen, was ich empfunden habe, als plötzlich diese Uhr auftauchte … Wahrscheinlich habe ich deshalb ein wenig über die Stränge geschlagen.“

Auch Balthasar erhob sich. Die Erzählung war ihm an die Nieren gegangen. Eine Frage aber interessierte ihn: „Sind solche wertvollen Uhren nicht nummeriert?“

„In der Regel schon. Und im Falle der Uhr meines Großvaters existiert sogar noch der originale Stammbuchauszug. Bei der Uhr, die Herr von Meyrink besitzt, ist die Nummer weggeätzt worden, daher war ich nicht sicher.“ Er sah den Oberst zweifelnd an: „Von wem haben Sie Ihre Uhr? Ich frage aus reiner Neugier.“

„Ein Erbstück“, haspelte der Oberst, und ich sah ihm an, dass er mehr darüber wusste. Sicherlich hatte er sie nicht selbst jemandem abgenommen. Aber er stammte aus einer alten Soldatendynastie.

Rasch steckte er die Uhr in die Innentasche seines Jacketts, erhob sich und sagte. „Dann wäre ja so weit alles geklärt. Vielen Dank!“

Sein Abgang glich einer Flucht.

Willmers sah ihm nach. Dann schaute er Balthasar wieder an. „An so vielen Dingen klebt noch altes Blut. Manchmal frage ich mich, ob unsere Generation es jemals ganz abwaschen kann.“

„Nicht, solange es noch immer Menschen gibt, auch in unserer Generation, die sich mit dem Blut von damals immer noch die Hände reiben. Er dachte an einige Leute, deren Großväter damals zu Eigentum gekommen waren, Häuser, Geschäfte, Firmen, die sie den Juden billig abgeknöpft hatten, bevor diese die Flucht antraten – oder ins KZ transportiert wurden.

„Ich werde, wenn Sie mich nicht rauswerfen, noch bis morgen früh in Ihrem wunderschönen Hotel übernachten und dann zurück nach Amsterdam fahren. Es warten neue Aufgaben auf mich."

Balthasar streckte ihm die Hand hin: „Sie dürfen bleiben, so lange Sie wollen. Ich hoffe, wir sehen uns morgen früh noch einmal."

Willmers ergriff die Hand, und Balthasar verabschiedete sich.

Draußen auf dem Flur war kein Mensch zu sein. Auch der Oberst hatte sich verdrückt.

An so vielen Dingen klebt noch altes Blut. Unwillkürlich fragte sich Balthasar, wie viel Blut wohl an von Meyrinks Uhr klebte. Aber das ging ihn nichts an. Damit musste der alte Mann allein fertig werden.

Ihm fiel sein ursprüngliches Ziel ein. Er wollte nachgucken, wo Frau Hoyerswort steckte.

Auf dem Weg zu ihrem Zimmer kam er an 113 vorbei und ihn schauderte. Zwar wies bis auf ein winziges Siegel nichts mehr darauf hin, dass sich darin etwas Grauenhaftes abgespielt hatte, aber dennoch erschien vor Balthasars Augen sofort wieder das Bild der auf dem Bett liegenden Leiche.

Fast nebenan, nur von einem weiteren Zimmer getrennt, befand sich das Refugium von Frau Hoyerswort. Zimmer 111. Bisher waren Balthasar keine Beschwerden zu Ohren gekommen, dass sie sich aufgrund des Todesfalls dort nicht mehr wohlfühlte.

Neben ihrem Zimmer befand sich nur noch ein weiteres. Zimmer 110 lag ganz am Ende des Flurs. Hier war Fee Brinkmann untergebracht. Balthasar hatte sich die Zimmernummern vorher eingeprägt, aber erst jetzt wurde ihm bewusst, wie nah die Feindinnen beieinander wohnten. Er schwor sich, demnächst mehr Fingerspitzengefühl walten zu lassen. Andererseits hatte er beim Einchecken allenfalls ahnen können, wie schlecht Fee Brinkmann auf die andere Frau zu sprechen war.

Er klopfte.

Niemand antwortete. Frauke Hoyerswort schien tatsächlich nicht da zu sein.

Er wusste später nicht mehr zu sagen, warum er dennoch die Klinke herunterdrückte. Er ging davon aus, dass die Tür verschlossen war.

Aber das war sie nicht.

Sie war gar nicht richtig ins Schloss gefallen, wie er nun feststellte.

Fast mühelos konnte er sie aufdrücken.

Das Zimmer dahinter war leer. Er zögerte, es zu betreten. Das empfand er schon als sehr großen Eingriff in ihre Privatsphäre. Andererseits hatte die Tür ja quasi offen gestanden! Hatte sie sie beim Verlassen nicht richtig geschlossen? Das hätte ihm noch gefehlt, dass der Saboteur oder ein Dieb die Gelegenheit genutzt hatte!

Er war in der Mitte des Raumes angelangt, als sein Blick auf die Badezimmertür fiel. Lichtschein drang heraus.

Jetzt hielt er es wirklich an der Zeit, sich diskret zurückzuziehen. Aber seine Neugier war stärker. Und sein Drang, das Licht auszuknipsen, falls sie nicht da war. Und das war ja nun offensichtlich. Er rief noch einmal ihren Namen, und als niemand antwortete, schob er kurzentschlossen die Tür zum Bad auf.

Auf der Schwelle prallte er zurück.

Er hatte sich getäuscht.

Frau Hoyerswort war doch nicht ausgegangen.

Sie lag bekleidet in der Badewanne, die weit aufgerissenen, starren Augen blickten zur Decke. Das Wasser war blutrot verfärbt.

2. Schrecken in der Nacht

„Selbstmord! Und diesmal eindeutig!“, erklärte der Laubfrosch. „Kommen Sie mir also nicht wieder mit Ihren Mordfantasien!“

Balthasar sah durch die Kommissarin hindurch. Sein Blick war genauso leer wie sein Kopf. Er fühlte sich wie ein Ballon, aus dem alle Luft gewichen war.

Außerdem kam ihm das alles bekannt vor. Wieder saßen sie in seinem Büro. Nur dass diesmal nicht Kleemann, sondern der Laubfrosch das Protokoll aufnahm.

In stockenden Worten hatte er ihr erzählt, was sein erster Eindruck gewesen war. Warum er überhaupt das Zimmer betreten hatte …

Ihre unverschämte Art weckte seine Lebensgeister wieder ein wenig. „Drei Tote innerhalb weniger Tage!“, hielt er ihr vor. „Zwei davon waren bei *LA Belle Jacqueline* beschäftigt. Und das halten Sie für normal?“

Der Laubfrosch zuckte mit den Schultern. „Das Einzige, was ich nicht für normal halte, ist die Tatsache, dass Sie alle drei Leichen gefunden haben.“ Sie lächelte gemein. „Vielleicht haben Sie sie ja doch umgebracht? Auf eine Art, die wir noch herausfinden werden!“ Sie zählte mit den Fingern auf: „Ralf Friedel. Es gibt da tatsächlich einige Hinweise, die unseren Pathologen noch nicht ganz schlüssig sind. Daniel Rosenberg. Der einzige Zeuge, der gesehen haben will, dass er vorher in einen Kampf verwickelt war, sind Sie. Es war dunkel in der Nacht, die Augen gaukeln einem etwas vor, was gar nicht da ist, da täuscht man sich leicht. Nach erster Einschätzung hat sich Rosenberg selbst gerichtet. Vielleicht war es ja auch ein Unfall, genau wie bei Friedel. Und nun Frauke Hoyerswort. Meine Dienstgeheimnispflicht verbietet es leider, Ihnen das detailliert auseinanderzuklamüsern, warum es sich eindeutig um Selbstmord handelt. Es gibt dafür eindeutige Anzeichen. Erst hat sie ein Röhrchen

Schlaftabletten eingenommen, und sich dann die Pulsadern aufgeschnitten."

Balthasar schüttelte den Kopf. „Pulsaderschnitte sind selten tödlich, das wissen Sie besser als ich. Meistens kommt es zu einer spontanen Blutstillung."

„Deswegen ja die Schlaftabletten, Sie Oberschlaumeier. Sie ist in der Badewanne ertrunken."

Balthasar grinste innerlich. Da hatte sie jetzt doch einiges verraten.

Der Laubfrosch sprang vom Schreibtisch und sagte: „Das alles wird die Untersuchung ergeben. Sie dagegen sollten überlegen, Ihr Hotel entweder ganz zu schließen oder mit dieser Selbstmörderserie zu werben. Vielleicht zieht Ihr morbider Kasten ja gerade solche Typen besonders an. Sie sind erst mal entlassen."

Grußlos watschelte sie zur Tür, und am liebsten hätte Balthasar ihr einen Tritt in den breiten Hintern gegeben.

Ihr gemeiner Ratschlag ging ihm durch den Kopf. *Ihr Kur-Schlößchen – willkommen im Selbstmörder-Hotel! Welches Zimmer hätten Sie gern? Das mit der Badewanne, dem Schälmesser und den Schlaftabletten? Oder lieber das mit der Guillotine? Sprechen Sie uns an, wir erfüllen auch Ihren ausgefallensten Todeswunsch!*

Es waren keine guten Gedanken, die er wälzte, während er sich einen doppelten Gin einschenkte. Seine Hände zitterten.

Als es ein paar Minuten später erneut an der Tür klopfte, zuckte er zusammen. Aber es war nicht erneut die Kommissarin, die ihn sprechen wollte, sondern Herr Nair, der indische Gast.

Er trat ein und verbeugte sich. „Haben Sie einen Moment Zeit für mich`", fragte er höflich.

„Immer. Möchten Sie auch was trinken?", fragte Balthasar und wies auf den leeren Stuhl vor seinem Schreibtisch.

„Nein, danke, ich wollte nur kurz mit Ihnen sprechen." Er nahm Platz und betrachte Balthasar fast mitleidig.

„Worum geht es?", fragte Balthasar, der nicht recht bei der Sache war.

„Nun, ich bin in Auftrag meines Unternehmens hier. Wir sind eine der größten Investmentfirmen weltweit, zweihunderttausend Mitarbeiter, davon zwanzigtausend Zuwachs allein im letzten Jahr."

„Das ist sehr schön für Sie und Ihr Unternehmen", sagte Balthasar und trank einen tiefen Schluck, Der Gin verlieh seinen Gedanken Flügel. Er war nicht ganz bei der Sache, wie er zugeben musste.

„Im deutschen Ranking befinden wir uns mittlerweile unter den Top 20. Unser Ziel ist es, kurzfristig unter die Top 5 zu kommen. Das geht nur durch Zukauf."

„Natürlich", pflichtete ihm Balthasar bei. Er fragte sich, was er damit zu tun hatte. Dann plötzlich fiel es ihm wie Schuppen von den Augen. „Jetzt sagen Sie nicht, dass Sie ausgerechnet das *Kur-Schlößchen* kaufen wollen, um Ihren Weltkonzern nach vorn zu bringen." Er musste plötzlich laut lachen. Und konnte gar nicht mehr damit aufhören. Herr Nair fiel in das Lachen ein.

Und nachdem sie gemeinsam gelacht hatten, stimmte Herr Nair schließlich doch zu, einen Gin mit Balthasar zu trinken.

„Es verhält sich nicht ganz so, wie Sie glauben. Aber wenn Sie wollen, kaufe ich Ihnen Ihr *Kur-Schlößchen* noch heute ab."

Balthasar schüttelte den Kopf. Es war zwar bereits das dritte Glas Gin, aber er konnte noch immer klar denken. „Keine Chance! Unverkäuflich!"

„Das dachte ich mir. Ich habe Ihr Hotel mehr als lieb gewonnen in der Zeit, in der ich die Ehre hatte, Ihr Gast zu sein. Leider reise ich heute ab."

„Und weshalb?"

„Um daheim in Indien Bericht zu erstatten. Ich rate dem Vorstand davon ab, die deutsche Investor-Firma zu kaufen, die unter anderem auch Ihr Hotel übernehmen will."

Balthasar war baff. „Dann stecken Sie hinter allem?"

Herr Nair schüttelte den Kopf. „Damit habe ich nichts zu tun. Nur schauen wir uns vorher die möglichen Projekte unserer zukünftigen Tochterfirmen genau an. Und ehrlich gesagt, mir gefallen deren Geschäftsmethoden nicht allzu sehr. Unsere Philosophie und unsere Religion mögen für Ausländer sehr bunt und folkloristisch erscheinen, aber tatsächlich wohnen ihr eine Ethik inne, die auf jahrtausendealter Spiritualität aufbaut. Um es kurz zu machen: Unsere Firmenphilosphie ist mit der der deutschen Firma, die wir zu übernehmen gedachten, nicht kompertibel. Und außerdem gefällt es mir hier viel zu gut, als dass ich erlauben würde, aus Ihrem Kurbad ein Mini-Disneyland zu machen."

„Na dann ist ja alles klar!", sagte Balthasar und prostete ihm zu.

Eine viertel Stunde später stand Herr Nair torkelnd auf und verabschiedete sich lächelnd.

Am Abend hatte Balthasar ein weiteres Mal Grund zur Freude. Es klopfte an seiner Bürotür, und als er „Herein" rief, öffnete sie sich und Anne-Kathrin stand plötzlich vor ihm. Ihre Hand hielt den Griff eines Trolleys umfasst.

Balthasar sprang auf, lief ihr entgegen, zögerte kurz und umarmte sie dann doch. Schließlich schob sie ihn wieder sanft von sich. „Demnächst nehme ich Geld dafür!"

„Wofür?"

„Für die Freudenstürme, die ich allein durch mein Erscheinen entfache."

„Du solltest zum Fernsehen gehen", scherzte er, bereute aber gleich seinen lockeren Spruch. Zu seiner Überraschung steckte sie es aber nicht nur weg, sondern lächelte und sagte geheimnisvoll: „Vielleicht tue ich das ja sogar …"

Mehr wollte sie nicht sagen, und mehr wollte Balthasar für den Augenblick auch gar nicht hören. „Willst du dich nicht hinsetzen? Ist wieder alles in Ordnung in deiner Wohnung?"

„So weit ja. Die Tür ist jedenfalls wieder heil. Und ich habe einen Riegel und ein Sicherheitsschloss anbringen lassen. Für alle Fälle. So schnell kommt da keiner mehr rein."

„Und die Versicherung?"

„Zahlt das Meiste. Es ist nichts gestohlen worden, nur einiges zu Bruch gegangen. Na ja, die Arbeit bleibt natürlich an mir hängen … Und nein, setzen will ich mich nicht. Ich bin todmüde, ehrlich gesagt."

Balthasar überlegte kurz, ob er ihr überhaupt die neue Schreckensnachricht zumuten konnte. Andererseits betraf sie sie ja nicht persönlich.

„Über was grübelst du?", fragte sie. Offensichtlich konnte er vor ihr nichts verbergen.

Also erzählte er ihr, was passiert war.

Nachdem er geendet hatte, sagte Anne-Kathrin. „Jetzt brauche ich auch erst mal einen Gin!"

Sie blieben noch eine Weile sitzen, Anne-Kathrins Müdigkeit war verflogen, und sie unterhielten sich lange. Vor allen Dingen ging es um Dani, und Balthasar hörte geduldig zu.

Nachher wurde es ihnen doch zu ungemütlich in seinem Büro. Balthasar schnappte sich eine Flasche Wein und zwei Gläser, und Hand in Hand gingen sie in den Garten. Sie waren allein. Der Abend war warm, vom Kurparksee her erklang das Quaken eines einzelnen Frosches. Für die Paarungszeit war es noch etwas früh, wahrscheinlich markierte er vorab sein Revier. Fliederduft kitzelte Balthasars Nase.

Sie setzten sich auf eine der Bänke, und diesmal schwiegen sie die meiste Zeit, während sie den Wein tranken und die Stille der unvergleichlichen Frühlingsnacht genossen.

Später führte Balthasar Anne-Kathrin auf ihr Zimmer. Er hatte ihr das Gästebett in seinem Apartment angeboten, aber sie schüttelte lächelnd den Kopf. „Ich glaube, das wäre keine gute Idee. Ich bin schon ziemlich beschwipst."

„Na und? Ich doch auch!"

„Ja, aber ich mache dann Dinge, die ich lieber in nüchternem Zustand bei vollem Bewusstsein entscheiden und dann erleben möchte."

Balthasar verstand, was sie meinte. Trotzdem hätte er sie lieber in seiner Nähe gehabt. Allein, um besser auf sie aufpassen zu können. Zumindest sollte sie nicht ganz weit von ihm entfernt schlafen. Er gab ihr das Zimmer 214, das direkt neben seinen Privatgemächern lag.

An der Zimmertür verabschiedete sie sich von Balthasar mit einem flüchtigen Kuss und gähnte. „Jetzt muss ich aber wirklich ins Bett. Warte nicht mit dem Frühstück auf mich morgen früh. Ich fürchte, ich schlafe durch bis Mittag."

Sie schloss die Tür hinter sich, und Balthasar stand für einen Moment versonnen davor. Dann ging auch er schlafen.

Diesmal träumte er gut.

Er träumte von Anne-Kathrin.

Zumindest so lange, bis er durch das Klingeln seines Haustelefons geweckt wurde. Er sprang auf und tastete halbblind zu dem Apparat auf der Kommode. Was war jetzt wieder los? Wieder ein Alarm? Wieder ein Selbstmord? Nein, dann hätte Stummer oder jemand anders ihn über das Handy angerufen.

Er nahm den Hörer von der Station und meldete sich, noch immer verschlafen, mit seinem Namen.

Eine blecherne Stimme antwortete ihm. Sie erinnerte ihn an einen Roboter. „Wenn Sie wissen wollen, wer Daniel Rosenberg getötet hat und wer als Nächstes an der Reihe ist, dann sollten wir uns dringend unterhalten."

„Wer sind Sie?", stammelte Balthasar. Erst allmählich drang der Inhalt der Worte in sein Gehirn. Das war ja ungeheuerlich!

„Muss Sie nicht interessieren. Auf jeden Fall jemand, der es gut mit Ihnen meint. Der Drecksack soll bestraft werden!“

„Welcher Drecksack? Sie meinen …“

„Danis Mörder, ja.“

Einige Sekunden lang herrschte Schweigen. Dann fragte Balthasar: „Also gut, sagen Sie es schon! Wer hat Dani auf dem Gewissen?“

Ein blechernes Lachen antwortete ihm. „Nicht am Telefon. Ich will Ihnen in die Augen blicken, wenn ich Ihnen den Mörder nenne! Ich will sehen, wie überrascht Sie sind. Sie werden mir kaum glauben, aber ich habe Beweise …“

„Also gut, wo und wann sollen wir uns treffen?“

„In einer halben Stunde. In der Heerser Mühle. Wissen Sie, wo dort die Naturbühne steht?“

„Klar, ist mir bekannt.“ Balthasar hatte dort die eine oder andere Aufführung miterlebt.

„Dort treffen wir uns. Ach ja: Keine Polizei bitte! Kommen Sie allein. Sonst bin ich verschwunden, und Sie werden nie erfahren, wer Dani ermordet hat.“ Der Anrufer unterbrach abrupt die Verbindung. Einige Momente lang stand Balthasar wie ein Denkmal da, während ihm tausend Gedanken durch den Kopf schossen. Sollte er sich wirklich darauf einlassen? Er taugte nicht zum Helden, auch wenn sein Nachname dies vermuten ließ. Sollte er nicht doch besser die Polizei rufen? Woher sollte der Anrufer das denn erfahren? Andererseits hatte er sehr bestimmt geklungen. Er musste sich absichern. Keine Polizei, das hieß ja nicht, doch jemanden ins Vertrauen zu ziehen. Kurz dachte er an Anne-Kathrin. Nein, er durfte sie nicht unnötig aufregen. Hinterher erwies sich alles als Flop und übler Scherz. Dafür hatte er plötzlich eine andere Idee …

Ein Blick auf die Uhr, es war drei Uhr nachts. Schnell zog er sich an, verließ seine Räumlichkeiten und fuhr mit dem Aufzug direkt in die Tiefgarage, wo sein Volvo parkte. Obwohl der schwarze Lack wie neu glänzte, hatte das

Gefährt mittlerweile fast fünfhunderttausend Kilometer auf dem Buckel. Trotzdem mochte sich Balthasar nicht von ihm trennen. Allein schon der Ledersitze wegen, die sich im Laufe der Jahre ergonomisch seinem Hintern angepasst hatten.

Die Straßen waren um diese Stunde wie leergefegt. Er ließ die Innenstadt hinter sich und fuhr Richtung Holzhausen. Dabei kam ihm kurz in den Sinn, dass das Umweltzentrum Heerser Mühle, das sich auf über 37 Hektar erstreckte, direkt neben dem Industriegebiet lag, auf dem auch *LA Belle Jacqueline* einst residiert hatte und nun abgewickelt wurde.

Er war viel zu früh da. Den Wagen parkte er vor dem Gelände gegenüber der Feuerwache. Aber der Dieselmotor war weithin zu vernehmen, wahrscheinlich war der Anrufer schon auf ihn aufmerksam geworden.

Er stieg aus und knipste die Taschenlampe an, die er vorsorglich mitgebracht hatte. Die Stille um ihn herum war bedrückend. Hier, außerhalb der Stadt, würde ihn niemand hören, wenn er um Hilfe schrie. Auch nicht in dem Feuerwehrgebäude, sollte dort überhaupt noch jemand wach sein. Und selbst wenn, so lauschte der Wachhabende bestimmt nicht nach draußen auf eventuelle Hilferufe, sondern schaute sich einen Film an oder hörte Radio. Balthasar schob das ungute Gefühl beiseite und klammerte sich an die Hoffnung, dass die Vorsichtsmaßnahmen, die er getroffen hatte, ihn vor Schlimmerem bewahren würden. Ihn und vor allem Anne-Kathrin.

Vor ihm tauchte das *Mühlencafé* auf. An sonnigen Tagen war er selbst schon hier rausgefahren, um in dem kleinen Biergarten inmitten der Natur zu verweilen. Jetzt lag das Gebäude im Dunkeln. Er überquerte die hölzerne Brücke über den Mühlengraben und schlug den Weg nach rechts ein, der, wie er wusste, zu der kleinen Naturbühne führte.

Der Kiesweg knirschte unter seinen Schritten. Er hatte plötzlich das dringende Bedürfnis, die Toilette aufzusuchen, aber das war nur ein Ergebnis seiner Angst. Er unterdrückte den plötzlichen Zwang und ging weiter.

Ein riesiger Schatten schob sich in sein Blickfeld. Das war die Arche, ein hölzernes, schiffsähnliches Gebilde, welches den Besucher daran erinnerte, dass jeden Tag weltweit Pflanzen ausstarben.

Balthasar schaltete die Taschenlampe aus. Bis zur Naturbühne waren es nur noch wenige Schritte. Er wollte sich zwar nicht anschleichen, aber auch nicht wie ein beleuchteter Christbaum am Treffpunkt erscheinen.

Mit jedem Meter wurde ihm etwas mulmiger. Hätte er nicht doch lieber die Polizei rufen sollen? Jetzt war es zu spät. Er spürte, wie er trotz des leichten Windes schwitzte.

Plötzlich zuckte er zusammen, als hinter ihm jemand aufschrie. Es war nur ein Nachtkauz. Balthasar atmete erleichtert auf. Dennoch zitterte er. Käuze? Brachten die nicht Unglück? So ein schlechtes Omen konnte er gerade noch gebrauchen. Seine Nerven waren sowieso angespannt wie ein Flitzebogen.

Als er weiterging, spürte er, dass seine Beine wie Gummi waren. Außer der Taschenlampe hatte er noch nicht mal irgendetwas zur Verteidigung dabei, wenn ihn jemand angriff. Aber was auch? Er besaß ja noch nicht mal eine Schreckschusspistole.

Der Mond verschwand hinter einer Wolke, und er konnte noch weniger sehen als vorher.

Nachts ist es dunkler als draußen.

Er wusste nicht, warum ihm dieser Blödsinn gerade jetzt einfiel, aber er hatte das Gefühl, dass er perfekt passte. Vor ihm tauchte das Halbrund der Naturbühne auf. Sie ließ sich mehr erahnen, als dass er wirklich etwas erkennen konnte. Er näherte sich ihr von der Seite. Nur ein schmaler Durchgang befand sich zwischen ihr und dem Nachbarareal, in dem ein ausrangiertes Klavier stand. Heute schien der Durchgang noch schmaler. Irgendetwas stand dort und versperrte den Weg. Eine Maschine oder ein Bagger, Balthasar konnte es nicht genau erkennen. Er wollte sich gerade daran vorbeizwängen, als der Mond sich erneut zwischen den Wolken zeigte.

Balthasars Blick war wie gebannt auf die Bühne gerichtet. Ein bizarrer Schatten erhob sich dort. Eine klobige, breite Gestalt. Zwei Meter groß und sicherlich ein echtes Schwergewicht.

War das sein geheimnisvoller Anruferr?

Und wieso bewegte er sich nicht? Der Unbekannte hätte ihn längst bemerken müssen.

Da hörte er über sich ein metallisches Geräusch. Und gleichzeitig bekam er einen Stoß in den Rücken. Er fühlte sich nach vorn katapultiert und landete auf dem Boden.

Dann ein Rumpeln, etwas krachte auf den Boden, ein Schrei, ein Bellen dicht an seinem Ohr. Ein scharfer Befehl: „Otto! Fass!“

Balthasar hievte sich hoch. Er sah wieder zur Bühne. Jetzt, wo er direkt davorstand, erkannte er seinen Irrtum. Dort oben auf den Brettern stand kein Mensch, sondern … ja, was eigentlich?

„Alles klar, wir haben den Burschen!“

Hermann Schmolke stand breitbeinig vor dem Minibagger und leuchtete die Szenerie aus. Sein Schäferhund Otto hockte knurrend vor einem winselnden Häufchen Elend, das schützend die Hände um den Kopf geschlagen hatte.

Was Balthasar jedoch einen Mords-Schrecken einjagte, war der riesige Grabstein, der dort lag, wo er soeben noch gestanden hatte. Die Schaufel des Baggers zeigte nach unten. Balthasar war augenblicklich klar, was ihm widerfahren wäre, wenn er den Stoß in den Rücken nicht erhalten hätte: Der Grabstein hätte ihm den Schädel zerschmettert. Und wahrscheinlich noch ein bisschen mehr.

Aber wer hatte auf der Bühne gestanden? Balthasar schaute dorthin und erkannte nun, dass es sich um eine klobige Holzfigur handelte. Balthasar erinnerte sich, dass die Figur sonst vor der Arche stand und Noah darstellte. Wahrscheinlich hatte derjenige, der auch in dem Bagger gesessen hatte, sie dort oben vorher hin transportiert, damit er abgelenkt sein sollte.

Balthasar nickte Hermann zu: „Vielen Dank, dass Sie gekommen sind. Ohne Sie …"

„Bedanken Sie sich bei Otto. Der hat die Situation eher erkannt als ich und hat Sie angesprungen."

„Er bekommt von mir bis ans Ende seiner Tage jeden Tag einen Knochen!", versprach Balthasar. Er atmete einmal kräftig durch. Bevor er aufgebrochen war, hatte er Hermann Schmolke angerufen und um seine Hilfe gebeten. Man konnte ja nie wissen, wer auf einen wartete. Der Sicherheitsmann drehte tatsächlich auch nachts seine Runden bei *LA Belle Jacqueline*. Und von dort war es nur ein Katzensprung zur Heerser Mühle. Man musste nur die Straße überqueren und war schon da.

„Schauen wir uns doch mal den Burschen an!", schlug Hermann vor und leuchtete der am Boden liegenden Gestalt direkt ins Gesicht.

„Nimm mal deine Flossen hoch, damit wir deine Visage erkennen können!", befahl Hermann.

„Rufen Sie erst die Bestie zurück!", kam es ziemlich kläglich aus dem Mund des Überwältigten.

„Die Bedingungen stelle ich! Also avanti!"

Balthasar kannte die Stimme. Auch die Statur war unverkennbar.

Als der am Boden Liegende die Hände hob, starrte Balthasar in das verängstigte Gesicht von Volker Machoffsky.

Hermann schaute ihn entgeistert an. „Sie?"

„Ja ich, du Trottel!"

Balthasar schaute von einem zum anderen. Es überraschte ihn nicht, dass sich die beiden kannten.

„Jetzt ruf endlich deinen Köter zurück! Ich habe nichts getan!"

Otto knurrte. Es hörte sich gefährlich an. Wahrscheinlich, dachte Balthasar, mochte er das Wort Köter nicht.

Balthasar stellte sich neben Hermann: „Sie haben mich hierhergelockt, um mich umzubringen ..."

„Unsinn, ich wollte Ihnen nur einen Denkzettel verpassen!", behauptete Machoffsky. „Nichts mehr als einen Schrecken einjagen."

„Und warum, wenn ich fragen darf?"

Machoffsky schwieg eisern. Hermann griff zum Handy und tippte die Nummer der Polizei. „Wenn er sich nicht mit Ihnen unterhalten will, dann wird er sicherlich mit den uniformierten Kollegen reden ..."

„Halt, warte!"

Hermann ließ das Handy sinken. Dafür beugte er sich zu Machoffsky hinunter, befahl ihm, die Arme vorzustrecken und hatte ihm blitzschnell ein paar Handschellen umgelegt. Erst jetzt rief er Otto mit einem scharfen Befehl zurück. Machoffsky setzte sich mühsam auf, sodass er auf dem Hosenboden saß. Sein Gesicht war schweißnass.

Balthasar beschloss, ihm das Reden zu erleichtern, indem er anfing: „Sie waren Prokurist bei *LA Belle Jacqueline*, nicht wahr?"

„Woher wissen Sie das?"

Balthasar verriet ihm nicht, dass ihm sein Name auf dem alten Memorandum aufgefallen war, über das er bei seinem Besuch in der Firma gestoßen war. Er grinste nur.

„Machoffsky war Friedels Bulldozer", sagte Hermann. „Friedel stand immer lächelnd im Hintergrund, während er die Schmutzarbeit erledigte. Am Ende stand der werte Herr Machoffsky selbst auf der Straße. Um Ihren Sohn tat es mir damals leid, um Sie nicht. Wir mussten ja alle dran glauben ..."

Balthasars Gesicht war ein einziges Fragezeichen. „Herr Schmolke, das müssen Sie mir erklären!"

„Ich habe Ihnen doch von dem jungen Kollegen erzählt, dem Friedel den Laufpass gegeben hat …"

„Halt die Schnauze!", brüllte Machoffsky und wollte sich hochwälzen. Aber Otto war sofort zur Stelle und knurrte. Machoffsky fiel wieder zurück auf den Boden.

„Übrigens", erklärte Schmolke. „Herr Machoffsky und Otto sind alte Bekannte. Freunde kann man nicht unbedingt sagen, nicht wahr?"

Als Machoffsky schwieg, fuhr Schmolke fort. „Otto war damals der betriebseigene Wachhund. Einmal hat er Herrn Machoffsky ins Bein gebissen, als der nach ihm getreten hat, weil er ihm nicht schnell genug aus dem Weg ging. Eigentlich müssten Sie die Narbe heute noch haben, oder?"

„Nimm endlich dieses Mistvieh weg!", heulte Machoffsky, der auch heute noch einen Riesenschiß vor Otto zu haben schien.

„Herr Machoffsky beauftragte mich damals damit, Otto zum Tierarzt zu bringen und ihn einschläfern zu lassen. Das habe ich natürlich nicht gemacht, sondern ihn bei mir aufgenommen. Na ja, dann fingen die Schikanen an, habe ich Ihnen ja schon erzählt …"

„Also steckte letztlich Machoffsky hinter Ihrem Rauswurf. Sie müssen ihn echt hassen!", entfuhr es Balthasar.

Schmolke überlegte kurz, schüttelte den Kopf. „Nein, er war genauso Friedels Opfer wie wir alle. Otto und ich haben unseren Frieden gefunden. Hätten Sie mich nicht neulich ausgefragt und heute angerufen, ich hätte schon fast nicht mehr an Machoffsky gedacht." Er hielt plötzlich eine Cent-Münze in der Hand, umschloss sie mit der Faust und hielt sie ausgestreckt über den Boden. „Von dem einen Cent kann ich mir doch nichts kaufen. So ist das mit dem Hass. Wenn man sich an ihn klammert, lässt er einen nicht los." Er öffnete die Faust, und das Cent-Stück fiel auf die Erde. „Wenn man ihn loslässt, ist man nicht ärmer, aber umso erleichteter."

Machoffsky lachte höhnisch. „Hätte ich schon damals gewusst, dass du so ein Kasper-Philosoph bist, hätte ich dich glatt zum Geschäftsführer vorgeschlagen. Die, die sich Geschäftsführer nannten, waren jedenfalls nicht besser.“

Balthasar wurde sich zunehmend der Absurdität dieses Gespräches bewusst.. Es war höchste Zeit, die Polizei zu rufen. Aber als er Schmolke darum bat, rief Machoffsky laut: „Nein! Sie wollen doch wissen, wie sich damals alles abgespielt hat, oder?“

Balthasar runzelte die Stirn. War das ein Trick? Wollte er Zeit gewinnen? Aber wozu?

„Friedel hat sich damals an meinen Sohn rangepirscht. Die schwule Sau dachte wohl, André wäre auch so einer von seiner Sorte …“

„Das war er auch“, unterbrach ihn Schmolke. „War ja nicht schlimm, aber die ganze Firma wusste das.“

„Das war er nicht! André war nicht schwul! Nicht bevor dieser Drecksack was weiß ich mit ihm angestellt hat!“ Er schrie die Worte hasserfüllt heraus.

Und Balthasar begriff plötzlich die ganze Geschichte. „Nachdem Friedel Ihren Sohn fallen gelassen hat, hat er sich das Leben genommen. Und Sie haben Friedel in mein Hotel gelockt und ihn umgebracht!“

Machoffsky fing plötzlich an zu schluchzen. Balthasar ließ ihm Zeit. Es war nicht seine Aufgabe, eine Aussage aus dem Mann herauszupressen oder ihn des Mordes zu überführen. Das würden Kleemann und seine Kollegen übernehmen. Eine Frage hatte er trotzdem noch. „Warum wollten Sie eigentlich auch noch mich umbringen?“

„Ich sagte doch, ich wollte Ihnen nur einen Schrecken einjagen, fertig! Überall haben Sie Ihre Nase reingestreckt. Außerdem kann ich's Ihnen ja jetzt sagen: Ich wollte nicht, dass Sie uns noch mal in die Quere kommen?“

„Wieso noch mal?“

„Sie und diese Tussie! Beide waren Sie in Friedels Zimmer, obwohl wir noch gar nicht ganz fertig mit dem Aufräumen waren!“

„Sie suchen nach wie vor die Kamera?“

„Diese Rosenberg hat sie, da bin ich mir sicher! Die ist mit allen Wassern gewaschen. Und wenn Sie mich jetzt nicht laufen lassen, wird sie sterben!“

„Was quasseln Sie denn da für einen Unsinn?“, entfuhr es Schmolke. „Halten Sie die Klappe!“

„Nein, lassen Sie ihn reden!“, widersprach Balthasar aufgeregt. „Was haben Sie mit Frau Rosenberg vor?“ Er kannte jetzt keine Zurückhaltung mehr. Er beugte sich zu Machoffsky hinunter und packte ihn am Kragen. Otto bellte anfeuernd.

„Während wir hier gequasselt haben, hat Frau Rosenberg Besuch bekommen. Bevor ich nicht anrufe und Entwarnung gebe, wird Sie festgehalten. Sollten Sie mich der Polizei ausliefern, stirbt Frau Rosenberg.“

Balthasar lockerte seinen Griff.

Machoffsky setzte ein Pokerface auf. „Wollen Sie sie sprechen? Vielleicht glauben Sie mir dann?“

Balthasar ließ seinen Kragen los und ging einen Schritt zurück. Er musste jetzt aufpassen. Er musste sich zusammenreißen, um nicht auf den am Boden Liegenden einzuschlagen.

Machoffsky streckte provozierend die Arme mit den Handschellen nach vorne und verlangte: „Schließ die Dinger schon auf, du Hanswurst!“

„Wieso sollte ich?“, fragte Schmolke, beugte sich zu ihm runter und tastete ihn ab. Neben einem Klappmesser und einem Elektroschocker brachte er ein Smartphone zum Vorschein. Er drückte Machoffsky das Gerät in die Hand und sagte: „Das schaffen Sie auch mit gefesselten Händen. Wetten?“

Während Machoffsky umständlich das Smartphone bediente, spürte Balthasar, wie ihm der Schweiß ausbrach.

In welcher Gefahr schwebte Anne-Kathrin? Gleichzeitig versuchte er sich zu beruhigen. Er hatte ja auch Vorsorge getroffen, dass ihr nichts passierte …

Anne-Kathrin schrak hoch. Aus einem Alptraum glaubte sie, gleich in den nächsten geglitten zu sein.

Es klopfte erneut, und diesmal wusste sie, dass sie nicht geträumt hatte. Das Klopfen war nur zaghaft, wahrscheinlich, weil es mitten in der Nacht war und niemand der anderen Gäste gestört werden sollte.

Und eigentlich fiel ihr nur eine Person ein, die sie jetzt hätte sprechen wollen. Balthasar.

Schlaftrunken ging sie zur Tür.

„Ja, wer ist da?“, fragte sie dennoch.

„Held!“, flüsterte der nächtliche Besucher.

Was immer ihn bewog, sie zu stören, wichtig konnte es nicht sein. Dennoch wollte sie ihn nicht einfach abweisen. Dazu waren sie sich am Abend zu nah gekommen.

„Momentchen!“; sagte sie, knipste das Deckenlicht an und schaute kurz in den Ankleidespiegel, um ihr Haar zu ordnen. In dem gepunkteten Jersey-Schlafanzug, den sie letztens bei Tchibo gekauft hatte, würde es ihr schwerfallen, selbst einen Balthasar Held, der offensichtlich Interesse an ihr hatte, zu verführen. Aber das war vielleicht auch ganz gut so.

Sie drehte den Schlüssel im Schloss herum, öffnete die Tür und wurde brutal zurückgestoßen. Mit dem Rücken landete sie auf dem Boden. Jemand war sofort über ihr, presste ihr mit einer Hand den Mund zu, bevor sie schreien konnte. Mit der anderen Hand schlug der Angreifer ihr gegen die Schläfe. Anne-Kathrin sah buchstäblich Sterne.

Instinktiv haute sie ebenfalls um sich. Einer der Schläge traf, denn ihr Angreifer gab einen Schmerzenslaut von sich.

Und Anne-Kathrin erkannte, dass es sich um eine Frau handeln musste. Sie bekam Haar zu fassen und zog daran. Wieder schrie die andere auf.

Im nächsten Moment wurde ihr etwas über den Kopf gestülpt. Sie bekam Panik, schlug noch wilder um sich und merkte, dass sie kaum noch Luft bekam.

Ihre Angreiferin saß nun auf ihr und umfasste mit beiden Händen ihren Hals.

Anne-Kathrine spürte, wie es dunkel um sie wurde.

Sie wollte nicht sterben!

Und das würde sie, wenn sie zuließ, dass die andere ihr weiter unerbittlich die Luft abschnürte.

Sie versuchte, ruhig zu bleiben. Ganz ruhig. Die andere drückte noch immer mit beiden Händen zu. Auch wenn Anne-Kathrin nichts sehen konnte, so wusste sie doch, dass der Kopf ihrer Gegnerin jetzt direkt über ihr schweben musste.

Sie hatte einen Versuch. Einen einzigen Versuch. Ihre Rechte zuckte hoch. Die ausgestreckten Finger suchten das Gesicht der anderen. Krallten sich in den Augenhöhlen fest.

Und stießen zu.

Ein gellender Schmerzensschrei bestätigte ihr, dass sie ihr Ziel gefunden hatte.

Die Halsumklammerung lockerte sich. Mit der Linken schlug Anne-Kathrin den Arm ihrer Gegnerin beiseite.

Die schrie noch immer, offensichtlich rasend vor Schmerz.

Der Rest war Routine. Anne-Kathrin stieß die Frau von sich, rollte unter ihr weg und sprang auf die Beine. Sie riss sich die Ledermaske vom Kopf.

Ihre Gegnerin krümmte sich nun auf dem Boden. Sie blutete aus den Augen und schrie um Hilfe.

Aber dafür hatte Anne-Kathrin jetzt keinen Blick.

Im Türrahmen stand plötzlich ein weiterer Besucher. Ein hochgewachsener Mann, der sie überrascht anstarrte. Automatisch nahm sie wieder die Abwehrstellung ein.

„Wer sind Sie?“, bellte sie.

Der Mann brauchte einen Moment, um sich zu fassen. Dann erst antwortete er: „Steven Willmers. Wir kennen uns. Ich wohne auch auf dieser Etage, Zimmer 118."

„Ja und?"

„Herr Held hat mich gebeten, auf Sie aufzupassen."

„Vielen Dank, aber wie Sie sehen, habe ich mir bereits selbst helfen können."

Irgendwo summte ein Handy.

Es schien der Frau zu gehören, die noch immer wimmernd auf dem Boden lag. Sie hatte es bei dem Kampf verloren.

Anne-Kathrin hob es auf, nahm das Gespräch an und fragte: „Hallo?"

„Fee, bist du das?" Einen Moment lang schien Machoffsky irritiert. In der nächsten Sekunde wurde ihm das Telefon von Balthasar aus der Hand gerissen.

„Wer immer da dran ist, wenn Sie Frau Rosenberg auch nur ein Haar krümmen, dann …"

„Dann? Was machst du dann?", fragte Anne-Kathrin.

Balthasar verstand plötzlich gar nichts mehr.

Teil 3

Blut ist dicker als Wasser

I. Dickes Ende

1. Aussprache

Balthasar hatte vorgeschlagen, sich im *Kur-Schlößchen* noch einmal zusammenzusetzen. Aber einiges sprach dafür, die Aussprache ins *Mühlencafé* in der Heerser Mühle zu verlegen. Es war ein sonniger Samstagnachmittag. Sie saßen unter den Sonnenschirmen im Biergarten. Die Erleichterung, dass nun alles vorbei war, überwog allmählich die Gräueltaten, die dennoch wie ein Schatten über ihnen schwebten. Noch nicht alles war aufgeklärt, aber Kleemann hatte versprochen, zumindest etwas Licht ins Dunkel zu bringen.

Außer Hauptoberkommissar Kleemann saßen Balthasar, Anne-Kathrin, Steven Willmers und Hermann Schmolke an dem langen Tisch.

Kleemann fing an zu sprechen:

„Machoffsky schiebt alles auf seine Exfrau Frauke, die mit ihrem Mädchennamen Hoyerswort bei Ihnen eingecheckt hat. Sie war seinerzeit genau wie Machoffsky bei *LA Belle Jacqueline* angestellt. Damals waren die beiden aber schon geschieden. Was sie immer verbunden hat, war die Liebe zu ihrem gemeinsamen Sohn André.“

Das war ja das reinste Familienunternehmen“, entfuhr es Willmers. „Alle drei in einem Betrieb?“

Kleemann zuckte mit den Achseln.

„Beteiligt an dem Mord war außerdem noch die Tochter der beiden, Fee Brinkmann, die mit richtigem Namen wie ihr Vater Machoffsky heißt.

Frauke Hoyerswort war als Chefsekretärin bei *LA Belle Jacqueline* angestellt und galt als ziemliche Furie. Ihr Ex-Mann Machoffsky war Prokurist in der Firma. Sie wurden zu unterschiedlichen Zeiten von Friedel an die Luft gesetzt und konnten beruflich nicht wieder Fuß fassen. Es war für beide unabhängig voneinander der Beginn ihres sozialen Abstiegs …"

„Machoffsky hat mir erzählt, Versicherungsmakler zu sein", erinnerte sich Balthasar.

Kleemann winkte ab. „Aber ein ziemlich mieser. Er hat ein Alkoholproblem."

„Und der Westernclub? Alles nur ein Fake?"

„Nein, der Westernclub ist wirklich sein Steckenpferd. Er hat die Panne mit dem Bus so eingefädelt, um inmitten der anderen Cowboys möglichst unauffällig agieren zu können. Außerdem wäre es sein Alibi gewesen, wenn alles aufgeflogen wäre. Ja klar, hätte er gesagt, Ralf Friedel hätte er mal irgendwann gekannt. Aber das sei reiner Zufall, dass sie in demselben Hotel übernachteten. Eigentlich wäre er auch schon längst wieder weg gewesen, genau wie seine Mit-Cowboys. Aber die Sauerei war mit einer Kamera aufgezeichnet worden, und diese Kamera hatten sie nach dem Mord zurücklassen müssen, weil sie gestört worden waren. Und seitdem ist sie verschwunden. Machoffsky konnte also nicht einfach danach mit seinen Cowboys abreisen, ohne vorher wieder in den Besitz dieser Kamera zu kommen."

Kleemann sah zunächst Anne-Kathrin, dann Balthasar fest in die Augen. Es war der Blick, mit dem er normalerweise die ganz harten Jungs zum Sprechen brachte. „Ich sage Ihnen nichts Neues, wenn ich Ihnen verrate, dass die Kamera nach wie vor spurlos verschwunden ist. Machoffsky glaubt, dass wir sie inzwischen haben, insofern ist er auskunftsfreudig, ganz im Gegensatz zu seiner Tochter." Sein Blick wurde noch eine Spur schärfer. „Sie haben die Kamera nicht zufällig irgendwo gefunden?"

Balthasar und Anne-Kathrin sahen sich an.

„Nein", sagten sie unisono.

„So schlimm ist es, wie gesagt nicht. Wir haben ja das Schuldeingeständnis. Und für Machoffsky scheint es eine große Erleichterung zu sein, uns jede einzelne Phase dieser widerwärtigen Folter zu erzählen. Er behauptet zwar, dass seine Ex-Frau die Idee dazu hatte, weil sie in Geldschwierigkeiten war, und das Opfer nachher mit dem Filmmaterial erpressen wollte, aber er verschweigt nicht, dass er mitgefoltert hat. Meiner Meinung nach war Frau Hoyerswort eher Zuschauerin. Seine Tochter Fee hat jedoch laut seiner Aussage auch kräftig mitgemischt. Wir haben übrigens in ihrem Zimmer eine Haifischmaske und einen Stimmenverzerrer gefunden." Er fluchte. „Insofern wäre es doch ganz hilfreich, die Kamera zu haben."

„Vielleicht taucht sie ja wieder auf", sagte Balthasar. „Aber nageln Sie mich jetzt nicht fest."

Kleemann nickte, als hätte er verstanden. Bevor er fortfuhr, brachte die Wirtin des *Mühlencafés* die Getränke.

„Machoffskys Motiv bei der Tat war die Rache für den Selbstmord seines Sohnes André. Seiner Ex ging es dabei, wie schon gesagt, eher um das Materielle. Aus diesem Grunde hatte sie auch keinerlei Interesse daran, ihn zu töten. Machoffsky gibt auch zu, dass sie ihn gar nicht töten wollte, sondern mit den Fotos und den Videos nur erpressen. Was sie nicht ahnte, war, dass auch Friedel inzwischen pleite war. Er hätte höchstens gelacht, wenn man Geld von ihm verlangt hätte. Und wäre trotzdem zur Polizei gegangen."

„Und warum musste Frauke Hoyerswort sterben?", fragte Anne-Katrin.

„Sie war zwar die Geldgierige, aber wahrscheinlich immer noch die Moralischere von den dreien. Sie machte ihrem Mann und ihrer Tochter große Vorwürfe, weil Friedel während der Folter umgekommen war. Außerdem hatte sie ja jetzt keinen mehr, den sie erpressen konnte. Sie lebte zuletzt von Hartz IV, deshalb hatte sie mitgemacht. Jetzt, wo sie eh keine Hoffnung mehr hatte, an Geld zu kommen, drohte sie den anderen, sich der Polizei zu stellen."

„Also musste sie sterben ..."

„Das werden wir auch noch rauskriegen, wer von den beiden sie umgebracht hat. Vielleicht haben sie es auch zu zweit getan. Denn auch Fee Brinkmann hasste ihre Mutter!“

„Was für eine verkorkste Familie!“, entfuhr es Schmolke.

„Na ja“, Kleemann nahm einen tiefen Schluck. Er hatte sich ein Weizenbier bestellt. „Sie müssen sich vorstellen, dass die Familie aus höchsten Höhen abgestürzt ist: Bungalow, Swimming-Pool, Fernreisen, das konnten sich beide leisten, auch nachdem sie geschieden waren. Als sie ihren Job verloren, ging es bergab. Fee Brinkmann machte ihre Mutter für das Scheitern der Ehe verantwortlich. Das hat sie ihr nie verziehen. Sie hasste sie.“

Zumindest das war nicht gespielt, dachte Balthasar. „Aber warum hat sie dann mitgemacht?“, fragte er

„Weil sie ihren Bruder André umso mehr geliebt hatte.“

Balthasars und Anne-Kathrins Blicke trafen sich. Auch Anne hatte ihren Bruder Dani geliebt. Sie konnte Fee Brinkmanns Gefühle sicherlich am besten nachvollziehen.

Dann wagte es Anne-Kathrin, die für sie entscheidende Frage zu stellen: „Warum musste mein Bruder sterben? Er hatte doch niemandem was getan.“ Tränen traten in ihre Augen.

„Machoffsky kannte ihren Bruder von früher aus der Firma. Er hatte ja dort als Fotograf gearbeitet, und insofern vertraute er ihm und er bat ihn, Fotos von den Exzessen zu machen. Er lockte ihn zudem mit einem fürstlichen Honorar, dem ihr Bruder nicht widerstehen konnte.“

„Irgendwie sind in Ihrem Drama alle pleite“, wunderte sich Schmolke.

„Das ist nicht mein Drama. Es ist das Leben, das es schrieb. Jedenfalls sollte auch Daniel sterben. Auch ihn machte Machoffsky für den Selbstmord seines Sohnes verantwortlich, obwohl er nun wirklich nichts dafür konnte, dass Friedel seinen Lover abservierte und ihn erwählte. Aber Machoffsky war wie besessen. Bis ins Kleinste hatte er seinen Rachefeldzug geplant: Alles sollte nach einem Selbstmord aussehen. Und Friedel wurde ausschließlich mit Objekten gefoltert, die aus dem Fundus von *LA Belle Jacqueline* stammten. Sogar der alte Tauchsieder stammte aus der alten Firma."

Eine Weile herrschte Schweigen.

Sie bestellten eine weitere Runde, währenddessen wurden andere Themen angeschnitten.

„Was ist eigentlich aus Ihrem Saboteur geworden?", fragte Kleemann. „Macht er noch Ihr *Kur-Schlößchen* unsicher?"

„Es war nicht nur einer, es waren gleich zwei", berichtete Balthasar. Er schaute zu Steven Willmers. „Herr Willmers hat mir den Tipp gegeben. Er hat Herrn Luetkers aus der Tiefgarage kommen sehen, bevor der Wagen von Frau Hoyerswort abgefackelt wurde."

„Der Rest war Recherche", winkte Willmers ab. „In Holland sind die beiden polizeibekannt. Sie haben sich als sogenannte ‚Troublemaker' einen unrühmlichen Namen gemacht. Sie ekeln Mieter aus ihren Wohnungen, Angestellte aus ihren Firmen und in diesem Fall Gäste aus dem Kur-Schlößchen."

Balthasar nickte zustimmend. „Ich habe mit beiden ein ernstes Wörtchen gesprochen. Beweisen kann ich ihnen ja leider nichts, aber ich habe immerhin herausbekommen, dass sie von demselben Investor beauftragt wurden, der auch dieses Glasbrücken-Projekt realisieren wollte."

„Was ist eigentlich daraus geworden?", fragte Kleemann. „Darüber hat man sogar im fernen Bielefeld den Kopf geschüttelt.

Balthasar grinste befreit: „Nichts wird daraus. Der indische Geldgeber des deutschen Investors ist abgesprungen. Der Investor hat Insolvenz angemeldet. Der Baudezernent hat sich bei mir wegen der Unannehmlichkeiten entschuldigt."

Balthasar bestellte noch eine Runde.

Auf seine Kosten.

2. Ein Oberst in Erklärungsnot

Amelie-Clara strahlte. „Alles paletti, Chef. Herr Willmers hat sich bei mir entschuldigt und mir erklärt, warum er die Uhr entwendet hat. Er tut mir leid. Ich glaube, es wäre sehr wichtig für ihn gewesen, die Uhr seines Großvaters wiederzufinden.“ Sie schaute fast ein bisschen teuflisch, als sie hinzusetzte: „Fast würde ich ihm wünschen, dass es doch die richtige gewesen wäre.“

„Dann wäre der Oberst in Erklärungsnot“, erwiderte Balthasar.

„Jedenfalls hat mich Herr Willmers nach Amsterdam eingeladen. Seine Detektei übernimmt alle Kosten.“ Und wieder erschien ein kleines Teufelchen in ihren Augen, als sie sagte: „Er will mir Amsterdam zeigen und mich zum Essen einladen. Wer weiß, wozu noch alles? Er ist zwar mindestens doppelt so alt wie ich, aber ein sehr attraktiver Mann.“

Das musste Balthasar neidlos zugeben.

In der Eingangshalle sah er, dass Luisa Zimmer, die Dame in Grau, wie er sie insgeheim noch immer nannte, auscheckte. Sie schien ausgesprochen guter Laune, sodass er zu ihr trat und sich persönlich von ihr verabschiedete.

„Sie haben mich am Anfang die ganze Zeit beobachtet“, fragte sie ihn. „Ich habe mich gefragt, warum?“

War das wirklich so auffällig gewesen? Dabei hatte er es gar nicht bewusst getan. Er beschloss, ihr reinen Wein einzuschenken. Als er ihr erzählte, dass er sie gesehen hatte, wie sie Anne-Kathrin und ihren Bruder heimlich betrachtet hatte, musste sie laut und schallend lachen. Es war ein fröhliches Lachen.

„Ich bin rein zufällig auf die beiden gestoßen. Frau Rosenberg kannte ich aus Ihrem *Kur-Schlößchen*. Ich hielt die beiden für ein Liebespaar.“

„Ich übrigens auch“, verriet Balthasar.

„Ich musste plötzlich an meinen verstorbenen Mann denken. Er ist vor einem halben Jahr gestorben …“

„Das tut mir leid …“

„Muss es nicht. Unsere Ehe war nicht gerade harmonisch … er hatte es mit anderen Frauen, und ich nahm mehr Tabletten, als gut für mich war. Nun ja, als ich Frau Rosenberg und ihren vermeintlichen Liebhaber dastehen sah, da ging mir zum ersten Mal durch den Kopf, wie froh ich doch sein konnte, meinen Mann los zu sein …“

„Sie haben aber nicht nachgeholfen, oder?“, scherzte Balthasar.

Die Dame in Grau setzte ein unergründliches Lächeln auf, das alles bedeuten konnte.

Balthasar lief es eiskalt über den Rücken.

3. Abschied

Balthasar ließ es sich nicht nehmen, Anne-Kathrin zum Bahnhof zu fahren und auf dem Bahnsteig zu warten, bis ihr Zug eintraf.

Es war ein etwas trauriger Abschied.

„Hier habe ich noch was für dich. Beziehungsweise für Kleemann. Gibst du es ihm?"

Sie reichte ihm einen USB-Stick. „Auf den Bildern und dem Filmmaterial sind Machoffsky, seine Ex und seine Tochter zu erkennen. Ich habe nur die Szenen rausgeschnitten, auf denen Dani zu sehen ist."

Balthasar war fassungslos. „Er hat auch Dani mitfoltern lassen?"

„Nicht bei den wirklich schlimmen Sachen. Dani hat Friedel Handschellen angelegt und solche Dinge. Wahrscheinlich wollte Machoffsky Dani damit im Nachhinein irgendwie mit reinziehen. Dann hätte er alles auf ihn, den Psycho, schieben können. Vor allen Dingen, nachdem er Dani getötet hatte."

„Du hattest die Kamera von Anfang an, oder?"

Sie nickte. „Bist du sauer, weil ich dich angelogen habe?"

„Nein, ich wusste es. Aber wo hattest du sie die ganze Zeit über versteckt?"

Sie schmunzelte. „In eurem Hotelsafe natürlich."

Balthasar steckte den Stick achtlos in die Sakkotasche. „Und du willst es dir nicht noch einmal überlegen?"

Sie lächelte und strich ihm über den Scheitel. „Ich weiß dein überaus großzügiges Angebot zu schätzen. Und glaub mir, es wäre der schönste Job in meiner lausigen Karriere als Innenarchitektin geworden. Aber auch der schwierigste. Du hättest aufgeheult, wenn ich an dein geliebtes *Kur-Schlößchen* Hand angelegt hätte. Wahrscheinlich würde es mir auch schwerfallen, irgendetwas zu verändern. Sogar die kitschigen Blumenvorhänge habe ich inzwischen liebgewonnen. Gib zu, du hängst an jedem einzelnen Teil."

„Na ja, aber an dir hänge ich auch."

„Vielleicht sehen wir uns ja bald wieder. Und wenn es mit dem Job in Köln nicht klappt, komme ich auf dein Angebot zurück. Dickes Ehrenwort."

Balthasar musste schlucken. Und hoffentlich blieb es bei der einen Träne, die ihm aus dem Auge kullerte. Anne-Kathrin hatte ihm von dem neuen Job erzählt. Ein neuer Job als Moderatorin bei einem Privatsender. Nichts Großartiges, aber vielleicht, so hoffte sie, der Wiedereinstieg, um Fuß zu fassen.

Sie strich ihm über die Wange, wischte die Träne weg und bekam nun selbst feuchte Augen. „Außerdem kannst du mich ja jetzt öfter sehen. Du musst nur morgens früh *Annes Morgenshow* einschalten. Ich winke dir auch zu. Wenigstens in der ersten Sendung! Also: Drückst du mir die Daumen?"

Der Zug fuhr ein.

„Klar!"

„Versprochen?"

„Versprochen", sagte Balthasar.

„Und wenn du dich mal von deinem *Kur-Schlößchen* trennen kannst, kommst du mich einfach besuchen, okay?"

Balthasar nickte. Jetzt konnte er die Tränen doch nicht mehr zurückhalten.

Er zog sein Taschentuch aus der Tasche und schnäuzte sich ausgiebig.

Als er wieder klar sehen konnte, war Anne-Kathrin eingestiegen. Sie winkte ihm aus einem der Fenster zu.

Lange sah er dem Zug hinterher, selbst als er schon in der Ferne verschwunden war.

Habt Dank für die Stunden …

Dieses Buch entstand in schwerer Zeit. Während ich es schrieb, verstarb zunächst ein langjähriger, guter Freund und kurze Zeit danach mein Vater. Die Frage, die sich mir stellte: Darf ich angesichts des Todes so leichtfertig über den Tod anderer schreiben, sei es auch nur fiktional? Kann ich das überhaupt?

Beim Schreiben musste ich zwangsläufig daran denken, was der Tod wirklich bedeutet: Kummer, Leid, Trauer, Verlust … In Krimis dient der Tod als Auftakt oder Mittelpunkt einer spannenden Handlung. Die Frage nach dem Täter liegt Autor und Leser oft näher als die Beschäftigung damit, was der Tod sonst noch bringt. Wir lesen Krimis auch deshalb, um den Tod in der Wirklichkeit ein wenig erträglicher zu machen. Ein wenig vergnüglicher sogar.

Dem kann auch ich mich nicht entziehen, und so ist das vorliegende Buch vielleicht ein bisschen ernster geworden als „Mörderische Kurschatten“, aber es ist letztendlich – ein Krimi. Womit ich zumindest für mich die zuvor gestellte Frage, ob ich diesen Krimi überhaupt schreiben kann, beantworten, um nicht zu sagen, bewältigen konnte.

Ich danke all denen, die mir dabei geholfen haben. Zuallererst meiner Frau Gisela.

E N D E

Uwe Voehl

Uwe Voehl lebt als freiberuflicher Autor und Lektor in Bad Salzuflen. U.a. erscheinen seine Romane (wie die kulinarische Krimireihe um Moritz Morgenstern) im Bastei Lübbe Verlag. Die Romane spielen zum größten Teil im Teutoburger Wald und Ostwestfalen-Lippe, das er wie seine Westentasche kennt.

Außerdem ist Uwe Voehl Herausgeber mehrerer Anthologien und Dozent für Creative Writing (u. a. für die *Bastei Lübbe Academy*). Seit 2014 ist Uwe Voehl als Redakteur für die Reihe *Cotton Reloaded* verantwortlich, dem Remake der erfolgreichen Kultserie *Jerry Cotton*.

www.uwevoehl.de

topp+möller